A Sir Phillip, con amor

JULIA QUINN

A
Sir Phillip,
con amor

BRIDGERTON
Una romántica y divertida saga familiar.

TITANIA

Argentina • Chile • Colombia • España
Estados Unidos • México • Perú • Uruguay

Título original: *To Sir Phillip With Love*
Editor original: Avon Books, An Imprint of HarperCollins*Publishers*, New York
Traducción: Mireia Terés Loriente

1.ª edición: marzo 2020
7.ª reimpresión: julio 2024

Copyright © 2003 *by* Julie Cotler Pottinger
All Rights Reserved
© de la traducción: 2003 *by* Mireia Terés Loriente
© 2020 *by* Urano World Spain, S.A.U.
Plaza de los Reyes Magos, 8, piso 1.º C y D – 28007 Madrid
www.titania.org
atencion@titania.org

ISBN: 978-84-16327-86-7
E-ISBN: 978-84-17780-83-8
Depósito legal: B-1.298-2020

Fotocomposición: Urano World Spain, S.A.U.

Impreso por Romanyà Valls, S.A. – Verdaguer, 1– 08786 Capellades (Barcelona)

Impreso en España – *Printed in Spain*

Para Stefanie y Randall Hargreaves.
Nos abristeis vuestra casa,
nos enseñasteis vuestra ciudad,
nos guardasteis nuestras cosas y,
cuando llegamos,
nos dejasteis un precioso obsequio en el porche.

Y cuando necesitaba a alguien de verdad,
sabía exactamente a quién llamar.

Y para Paul,
esta vez Porque.
En realidad, siempre es Porque.

Prólogo

Febrero, 1823
Gloucestershire, Inglaterra

Resultó muy irónico que sucediera, precisamente, un día tan soleado.

El primer día soleado en... ¿qué, seis semanas seguidas de cielos enca-
potados acompañados de la ocasional nieve o lluvia? Hasta Phillip, que se
creía inmune a las inclemencias del tiempo, se había animado y había
mostrado una sonrisa más amplia. Había salido fuera..., tenía que hacerlo.
Era imposible quedarse dentro de casa ante aquella magnífica explosión
de sol.

Y, sobre todo, en medio de aquel invierno tan gris.

Incluso ahora, un mes después de lo sucedido, todavía no acababa de
creerse que el sol se hubiera burlado de él de aquella manera.

Pero, ¿cómo había podido estar tan ciego para no verlo venir? Había vivido con Marina desde el día que se casaron. Y había tenido ocho largos años
para conocerla. Debería habérselo esperado. Y, en realidad...

Bueno, en realidad, se lo esperaba. Aunque nunca había querido admitirlo. A lo mejor solo quería engañarse o, incluso, protegerse. O ignorar lo obvio
con la esperanza de que, si no lo pensaba, nunca sucedería.

Pero sucedió. Y, encima, en un día soleado. Definitivamente, Dios tenía
un sentido del humor muy particular.

Miró el vaso de whisky que tenía en las manos y que, inexplicablemente,
estaba vacío. Debía de habérselo bebido, aunque no lo recordaba. No notaba
que estuviera borracho, al menos no como debería o como quería estar.

Miró por la ventana y vio cómo el sol se iba poniendo en el horizonte. Hoy también había sido un día soleado. Y, posiblemente, aquella era la razón de su excepcional melancolía. Como mínimo, eso esperaba. Quería una explicación, la necesitaba, para justificar ese cansancio que parecía que se estaba apoderando de él.

La melancolía lo aterraba.

Más que cualquier otra cosa. Más que el fuego, la guerra, más que el mismo infierno. La idea de hundirse en la tristeza, de ser como ella...

Marina había sido la melancolía personificada. Toda su vida o, al menos, la vida que él había conocido, había estado rodeada de melancolía. No recordaba el sonido de su risa y, de hecho, no estaba seguro de si alguna vez había reído.

Había sido un día soleado y...

Cerró los ojos, aunque no supo si era para buscar ese recuerdo o para disiparlo.

Había sido un día soleado y...

—Nunca creyó que volvería a sentir esa calidez en la piel, ¿verdad, Sir Phillip?

Phillip Crane se giró hacia el sol y cerró los ojos mientras el sol le bañaba la piel.

—Es perfecto —murmuró—. O lo sería, si no hiciera tanto frío.

Miles Carter, su secretario, chasqueó la lengua.

—No hace tanto frío. Este año, el lago no se ha helado. Solo algunas clapas aisladas.

A regañadientes, Phillip se apartó del sol y abrió los ojos.

—Pero todavía no es primavera.

—Si creía que era primavera, señor, quizás debería haber consultado el calendario.

Phillip lo miró de reojo.

—¿Te pago para que me digas esas impertinencias?

—Sí, señor. Y debo añadir que es usted bastante generoso.

Phillip sonrió para sí mismo mientras los dos se paraban unos segundos a disfrutar de los rayos del astro rey.

—Creía que el cielo gris no le importaba —dijo Miles, cuando volvieron a ponerse en marcha camino del invernadero de Phillip.

—No me importa —respondió Phillip, desplazándose con las ágiles zancadas de un atleta natural—. Pero el hecho de que el cielo encapotado no me importe no significa que no prefiera el sol —hizo una pausa, quedándose unos segundos pensativo—. Dígale a la niñera Millsby que saque a los niños hoy. Necesitarán abrigos, bufandas y guantes, pero les irá bien que les toque el sol en la cara. Llevan demasiado tiempo encerrados.

—Como todos —murmuró Miles.

Phillip chasqueó la lengua.

—Es verdad.

Miró hacia el invernadero. Debería ir a mirar la correspondencia, pero tenía que clasificar unas semillas y, sinceramente, no pasaría nada por arreglar los asuntos de la casa con Miles dentro de una hora.

—Venga —le dijo a Miles—. Ve a buscar a la niñera Millsby. Nos reuniremos en el despacho más tarde. Además, odias el invernadero.

—En esta época del año, no —respondió Miles—. El calor se agradece.

Phillip arqueó una ceja y ladeó la cabeza hacia Romney Hall.

—¿Estás insinuando que mi casa solariega es fría?

—Todas las casas solariegas son frías.

—Eso es verdad —dijo Phillip, sonriendo.

Miles le caía muy bien. Lo había contratado hacía seis meses para que le ayudara con las montañas de papeleo y los detalles de la gestión de la pequeña finca, que parecía que criaban encima de su mesa. Era bastante bueno. Joven pero bueno. Además, su sentido del humor ácido era más que bienvenido en una casa donde las risas brillaban por su ausencia. Los criados nunca se atreverían a bromear con Phillip y Marina... Bueno, obviaba decir que Marina no se reía ni bromeaba con nadie.

A veces, Phillip se reía con los niños, pero eso era otra clase de humor y, además, casi nunca sabía qué decirles. Lo intentaba pero se sentía muy raro, demasiado grande, demasiado fuerte, si es que eso era posible. Y enseguida los echaba de su lado y los enviaba con la niñera.

Así era más fácil.

—Venga, vete —dijo Phillip, enviando a Miles a hacer lo que, posiblemente, debería hacer él. Hoy todavía no había visto a sus hijos y suponía que debería hacerlo, pero no quería arruinarles el día con algún comentario cruel que, por lo visto, no podía evitar.

Ya se reuniría con ellos mientras estuvieran de paseo con la niñera Millsby. Eso sería una buena idea porque podría enseñarles alguna planta y hablarles de ella y, así, todo sería más fácil.

Phillip entró en el invernadero y cerró la puerta, respirando el agradable aire húmedo. Había estudiado botánica en Cambridge, siendo el primero de su promoción y, en realidad, habría enfocado su vida hacia la enseñanza si su hermano mayor no hubiera muerto en la batalla de Waterloo, dejando a Phillip como único heredero de las tierras y caballero rural.

A veces incluso pensaba que la vida académica habría sido peor. Después de todo, habría sido el único heredero de las tierras y caballero urbano. Al menos, ahora podía seguir dedicándose a la botánica con relativa tranquilidad.

Se inclinó sobre la mesa de trabajo y examinó su último proyecto: una variedad de guisantes que estaba intentando cultivar para que crecieran más grandes en la vaina. Aunque, por ahora, nada. La última vaina no solo se había marchitado, sino que también se había vuelto amarilla, que no era, en absoluto, el resultado deseado.

Frunció el ceño pero luego, mientras caminaba hacia el fondo del invernadero para ir a buscar más guisantes, sonrió. Si sus experimentos no daban resultado, nunca se preocupaba demasiado. En su opinión, la casualidad era la madre de la invención.

Accidentes. Todo se reducía a accidentes. Ningún científico lo admitiría, por supuesto, pero casi todos los grandes inventos de la historia se produjeron mientras el científico estaba intentando solucionar otro problema totalmente distinto.

Chasqueó la lengua mientras tiraba los guisantes marchitos a la basura. A este ritmo, a finales de año habría encontrado la cura para la gota.

«Vuelve al trabajo. Vuelve al trabajo.» Se inclinó sobre la colección de semillas y las esparció en la mesa para poder verlas bien. Necesitaba la semilla perfecta para...

Levantó la cabeza y miró por el cristal recién lavado. Le llamó la atención un movimiento en el bosque. Vio un destello rojo.

Rojo. Phillip sonrió y meneó la cabeza. Debía de ser Marina. El rojo era su color preferido, aunque a él siempre le había extrañado mucho. Cualquiera que la conociera pensaría que preferiría colores más oscuros y serios.

La vio desaparecer por el bosquecillo y volvió al trabajo. Era muy raro que hubiera salido a dar un paseo. Últimamente, apenas salía de su habitación. Phillip se alegraba de que lo hubiera hecho. A lo mejor, el paseo la animaba. No del todo, claro. Ni siquiera el sol tenía la capacidad para hacerlo. Pero, a lo mejor, un cálido y soleado día bastaría para alegrarla un poco y conseguía hacerla sonreír.

Solo Dios sabe que a los niños les iría de perlas. Iban a verla cada noche a su habitación, pero aquello no era suficiente.

Y Phillip era consciente que él no les estaba compensando aquella pérdida.

Suspiró, sintiéndose culpable. Sabía que no era la clase de padre que necesitaban. Intentaba decirse que lo hacía lo mejor que sabía, que estaba haciendo bien lo único que se había propuesto: no ser como su padre.

Pero, aun así, sabía que no era suficiente.

Con movimientos decididos, se apartó de la mesa de trabajo. Las semillas podían esperar. Posiblemente, sus hijos también, pero eso no quería decir que debieran hacerlo. Además, ese paseo por el bosque deberían hacerlo con él, y no con la niñera Millsby, que no sabía distinguir entre los árboles caducifolios y las coníferas y, seguramente, les diría que una rosa era una margarita y...

Volvió a mirar por la ventana, recordándose que era febrero. Seguramente, la niñera Millsby no encontraría ninguna flor en el bosque con el tiempo que había hecho y, además, eso no era excusa. Era él quien debía llevarlos de paseo. Era una de esas actividades que hacían los niños que se le daban verdaderamente bien y no debía eludir la responsabilidad.

Salió del invernadero y, cuando apenas había recorrido un tercio del camino hasta la casa, se detuvo. Si iba a acompañar a los niños, debería llevarlos a ver a su madre. La echaban mucho de menos a pesar de que, cuando estaban con ella, solo les acariciara la cabeza. Sí, tenía que encontrar a Marina. Aquello les iría mucho mejor que un paseo por el bosque.

Pero sabía, por experiencia, que no debía fiarse de ella. El hecho de que hubiera salido de casa no quería decir que se encontrara bien. Y odiaba que los niños la vieran en plena crisis.

Dio la vuelta y se dirigió hacia el bosquecillo por donde había desaparecido su mujer hacía tan solo unos instantes. Caminaba el doble de deprisa que ella, así que no tardaría mucho en encontrarla y asegurarse que estaba de buen humor. Después, podría llegar a la habitación de los niños antes de que estuvieran preparados para salir con la niñera Millsby.

Caminó por el bosque, siguiendo las huellas de Marina. El suelo estaba blando, por la humedad, y su mujer debía de llevar botas pesadas porque la suela y el tacón estaban perfectamente definidos. Lo llevaron por el camino y hacia el otro lado del bosquecillo, y luego por un camino cubierto de hierba.

—¡Maldita sea! —susurró Phillip, aunque la brisa casi le impidió escuchar sus propias palabras.

Era imposible seguir las huellas por la hierba. Se colocó una mano a modo de visera, para protegerse los ojos del sol, y buscó algún destello de rojo.

No vio nada cerca de la casa abandonada, ni en el campo de veteados experimentales de Phillip, ni en la roca en la que tantas veces se había encaramado de pequeño. Se giró hacia el norte, forzando la vista hasta que la localizó. Iba hacia el lago.

El lago.

Phillip separó los labios mientras la miraba avanzar lentamente hacia la orilla. Phillip no se había quedado helado, era más bien como si, mientras digería aquella imagen, hubieran detenido el tiempo. Marina nunca nadaba. De hecho, no sabía ni si sabía hacerlo. Suponía que ella sabría que había un lago en la finca pero, sinceramente, en aquellos ocho años de matrimonio nunca la había visto bajar allí. Empezó a caminar, temiéndose lo que su mente se negaba a aceptar. Cuando la vio adentrarse en la parte poco profunda, aceleró el paso, aunque todavía estaba demasiado lejos para poder hacer algo; solo podía gritar su nombre.

Y lo hizo pero si ella lo escuchó, no dio ninguna señal; solo siguió avanzando con paso firme hacia las profundidades del lago.

—¡Marina! —gritó él, echando a correr. Aunque volara, todavía tardaría un minuto en llegar al agua—. ¡Marina!

Ella llegó a un punto en que sus pies perdieron contacto con el fondo y se hundió, desapareció debajo de la superficie gris brillante, aunque la capa roja flotó unos instantes encima del agua antes de empaparse y hundirse.

Phillip la llamó otra vez, pero era imposible que lo escuchara. Bajó la pendiente a trompicones y resbalando y, cuando llegó a la orilla, tuvo el suficiente aplomo para quitarse el abrigo y las botas antes de meterse en aquel agua congelada. Marina llevaba ahí abajo poco más de un minuto; Phillip sabía que era imposible que se hubiera ahogado pero cada segundo que tardara en encontrarla sería un segundo menos antes de la muerte de su mujer.

Se había metido en el lago muchas veces y sabía perfectamente dónde empezaba a ser profundo. Nadó con brazadas amplias hasta ese punto crítico sin darse cuenta de la resistencia de la ropa al agua.

Sabía que podía encontrarla. Tenía que encontrarla.

Antes de que fuera demasiado tarde.

Se zambulló en el agua, buscando a Marina debajo de las aguas revueltas. Seguro que había llegado al fondo y había levantado barro, porque el agua estaba sucia y aquellas opacas nubes de suciedad le impedían ver con claridad.

Pero, al final, a Marina la salvó su predilección por el color rojo. Cuando Phillip localizó la capa, nadó hacia allí a toda velocidad. Ella no se resistió cuando la subió hacia la superficie; de hecho, estaba inconsciente y solo era un peso muerto en sus brazos.

Cuando salieron, Phillip tuvo que llenarse varias veces los pulmones, que le dolían mucho. Durante unos instantes, solo pudo concentrarse en respirar porque el cuerpo le decía que, antes de poder salvar a nadie, tenía que recuperarse. Entonces, la llevó hasta la orilla, con cuidado de mantenerle la cabeza fuera del agua, aunque parecía que no respiraba.

Al final, cuando llegaron a la orilla, Phillip la dejó encima de la zona cubierta de tierra y piedras que separaba el lago y la hierba. Con movimientos rápidos, intentó comprobar si respiraba, pero no le salía nada de aire de la boca.

No sabía qué hacer, jamás se había imaginado que tendría que salvar a alguien a punto de ahogarse, de modo que hizo lo que le pareció de mayor sentido común: la colocó encima de sus rodillas, bocabajo, y le dio unos golpecitos en la espalda. Al principio, no pasó nada pero, después de la cuarta sacudida, Marina tosió y escupió un poco de agua sucia.

Phillip le dio la vuelta enseguida.

—¿Marina? —preguntó, nervioso y dándoles unas suaves cachetadas—. ¿Marina?

Ella volvió a toser y empezó a temblar y a sufrir pequeños espasmos. Y entonces empezó a respirar porque, aunque la mente quería otra cosa, los pulmones la obligaron a vivir.

—Marina —dijo Phillip, aliviado—. ¡Gracias a Dios! —no la quería, nunca la había querido, pero era su mujer, la madre de sus hijos y, debajo de esa coraza de pena y desesperación, era una buena persona. Puede que no la quisiera, pero tampoco deseaba su muerte.

Marina parpadeó, un poco perdida, hasta que poco a poco se fue dando cuenta de dónde estaba y de con quién estaba y suspiró:

—No.

—Tengo que llevarte a casa —dijo él, muy seco, incluso sorprendido de la rabia que le había provocado esa palabra.

«No.»

¿Cómo se atrevía a rechazar su ayuda? ¿Acaso iba a rendirse por estar triste? ¿Podía más la melancolía que sus dos hijos? En la balanza de la vida, ¿un mal día pesaba más que lo mucho que unos niños necesitaban a su madre?

—Nos vamos a casa —gruñó él, levantándola de manera bastante brusca. Ahora estaba respirando bien y, obviamente, volvía a estar en perfecto uso de sus facultades, por alteradas que estuvieran. No había razón para tratarla como a una flor delicada.

—No —dijo ella, entre sollozos—. Por favor, no. No quiero... No puedo...

—Vienes a casa conmigo —dijo él, con firmeza, subiendo la colina, haciendo caso omiso del frío que le estaba convirtiendo la ropa mojada en hielo y del duro suelo lleno de piedras donde pisaba con los pies descalzos.

—No puedo —susurró ella, con lo que parecían sus últimas fuerzas.

Y, mientras Phillip la llevaba a casa, solo podía pensar en lo acertadas que eran esas palabras.

«No puedo.»

En cierto modo, parecían el resumen perfecto de la vida de Marina.

Al caer la noche, todos tuvieron bastante claro que la fiebre conseguiría lo que el lago no había podido.

Phillip había llevado a Marina a casa lo más rápido posible y, con la ayuda del ama de llaves, la señora Hurley, le habían quitado la ropa empapada y habían intentado hacerla entrar en calor envolviéndola en el edredón de oca que, ocho años atrás, había sido la pieza central de su ajuar.

—¿Qué ha pasado? —preguntó la señora Hurley cuando lo vio entrar por la puerta de la cocina. Había preferido evitar la entrada principal, para evitar que los niños los vieran y, además, la puerta de la cocina estaba más cerca del camino.

—Se ha caído en el lago —respondió él, con brusquedad.

La señora Hurley lo miró con recelo y, al mismo tiempo, compasión y, en ese momento, Phillip se dio cuenta de que la mujer sabía perfectamente lo que había pasado. Llevaba en aquella casa desde que los Crane se habían casado, tiempo suficiente para conocer las crisis de Marina.

Después de meter a Marina en la cama, lo había echado de la habitación y le había dicho que se fuera a cambiar si no quería enfermar él también. Sin embargo, inmediatamente después había vuelto al lado de su mujer. Como marido, y aunque se sintiera culpable por pensarlo, era el lugar que le correspondía, un lugar que había estado evitando esos últimos años.

Estar al lado de Marina era deprimente. Era muy difícil.

Pero ahora no era el momento de eludir sus responsabilidades, así que se quedó junto a su cama todo el día y toda la noche. Le secaba el sudor de la frente de vez en cuando y, cuando estaba más tranquila, intentaba hacerle tragar un poco de caldo tibio.

Le dijo que luchara, aunque sabía perfectamente que no lo escuchaba.

Al cabo de tres días, murió.

Era lo que ella quería pero aquello no sirvió de nada cuando Phillip tuvo que sentarse delante de sus hijos, una pareja de gemelos que acababan de cumplir siete años, para intentar explicarles que su madre se había ido. Se sentó con ellos en la sala de juegos, aunque era demasiado grande para esas sillas de niños. Pero, de todos modos, se encogió como pudo, se encajó en una de ellas y se obligó a mirar a sus hijos a los ojos mientras se lo decía de la mejor manera posible.

No dijeron demasiado, algo sorprendente en ellos. Aunque no parecieron muy sorprendidos, y eso dejó muy intrigado a Phillip.

—Lo... Lo siento —consiguió decir, al final de su discurso. Los quería mucho y les había fallado muchas veces. Si apenas sabía cómo hacerles de padre, ¿cómo demonios se suponía que debía asumir también el papel de madre?

—No es culpa tuya —dijo Oliver, clavando sus ojos marrones en los de su padre—. Fue ella la que cayó al lago, ¿no? Tú no la tiraste.

Phillip asintió, porque no sabía demasiado bien cómo responder.

—¿Es feliz, ahora? —preguntó Amanda, despacio.

—Creo que sí —dijo Phillip—. Ahora os estará viendo a todas horas desde el cielo, así que debe de ser muy feliz.

Los gemelos se quedaron pensando en aquellas palabras unos segundos.

—Ojalá sea feliz —dijo Oliver, al final, con una voz más decidida que su rostro—. A lo mejor, allí ya no llorará.

Phillip sintió un nudo en la garganta. Nunca se había dado cuenta de que los niños podían oír cómo su madre lloraba. Lo solía hacer bastante tarde y, aunque la habitación de los niños estaba justo encima de la suya, Phillip siempre había supuesto que, cuando ella lloraba, ellos ya debían de estar dormidos.

Amanda asintió con aquella pequeña cabeza cubierta de mechones rubios.

—Si ahora es feliz —dijo—, me alegro de que se haya ido.

—No se ha ido —intervino Oliver—. Se ha muerto.

—No, se ha ido —insistió Amanda.

—Es lo mismo —dijo Phillip, con rotundidad, deseando poder decirles otra cosa que no fuera la verdad—. Pero creo que ahora es feliz.

Y, en cierto modo, aquella también era la verdad. Después de todo, era lo que Marina quería. A lo mejor era lo único que había querido todos esos años.

Los niños se quedaron en silencio un buen rato, sentados al borde de la cama de Oliver, observando el balanceo de sus piernas. Allí, sentados en aquella cama que, obviamente, era demasiado alta para ellos, se veían muy pequeños. Phillip frunció el ceño. ¿Cómo es que no se había dado cuenta hasta ahora? ¿No deberían dormir en camas más bajas? ¿Y si se caían por la noche?

A lo mejor ya eran muy mayores para eso. A lo mejor ya no se caían de la cama. A lo mejor nunca lo habían hecho.

A lo mejor sí que era un padre abominable. A lo mejor debería saber todas esas cosas.

A lo mejor... A lo mejor... Cerró los ojos y suspiró. A lo mejor debería dejar de pensar tanto e intentar hacerlo lo mejor que pudiera y ser feliz con eso.

—¿Tú también te irás? —preguntó Amanda, levantando la cabeza.

Phillip la miró a los ojos, unos ojos tan azules, tan iguales a los de su madre.

—No —dijo, en un doloroso suspiro, arrodillándose frente a ella y tomándole las manos. Encima de la suya parecían tan pequeñas y frágiles—. No —repitió—. Yo no me iré. Nunca me iré...

Phillip bajó la cabeza y miró el vaso de whisky. Volvía a estar vacío. Era gracioso cómo se seguía vaciando incluso después de haberlo llenado cuatro veces.

Odiaba los recuerdos. No sabía cuál era peor, si la zambullida en las aguas heladas del lago o cuando la señora Hurley lo había mirado y había dicho: «Está muerta».

O quizás los niños, con esas caras de pena y los ojos llenos de miedo.

Se acercó el vaso a la boca, bebiendo las últimas gotas de licor. Sí, la peor parte era lo de los niños. Les había dicho que jamás los dejaría y no lo había hecho, ni lo haría, pero su mera presencia no era suficiente. Necesitaban más. Necesitaban a alguien que supiera hacerles de madre o de padre, que supiera hablar con ellos, entenderlos y educarlos.

Y, como no podía buscarles otro padre, supuso que debería buscarles otra madre. Aunque todavía era muy pronto, claro. No podía volver a casarse hasta que hubiera pasado el periodo de luto, pero eso no significaba que no pudiera empezar a buscar.

Suspiró y se hundió en la butaca. Necesitaba una esposa. Cualquiera. No le importaba qué aspecto tuviera. Tampoco le importaba si tenía dinero, ni si sabía sumar mentalmente, si hablaba francés o montaba a caballo.

Solo tenía que ser una persona alegre.

¿Era pedir demasiado para una esposa? Una sonrisa, al menos una vez al día. ¿Incluso, quién sabe, escuchar el sonido de su risa?

Y tenía que querer a los niños. O, como mínimo, hacerlo ver de manera tan convincente que ellos no se dieran cuenta.

No estaba pidiendo un imposible, ¿no?

—¿Sir Phillip?

Phillip levantó la cabeza, maldiciéndose por haber dejado la puerta del estudio entreabierta. Miles Carter, el secretario, asomaba la cabeza.

—¿Qué quieres?

—Ha llegado una carta, señor —dijo Miles, acercándose a Phillip para darle el sobre—. De Londres.

Phillip miró el sobre, arqueando las cejas ante la escritura claramente femenina. Con un movimiento de cabeza, le dio a entender a Miles que podía retirarse, cogió el abridor de cartas y rompió el lacre. Había una única hoja de papel. Phillip la acarició. De buena calidad. Caro. Y grueso, una señal de que el remitente no tenía necesidad de ahorrar en gastos de franqueo.

Le dio la vuelta y leyó:

5, Bruton Street
Londres

Señor Phillip Crane:

Le escribo para expresarle mis condolencias por la pérdida de su esposa, mi querida prima Marina. Aunque han pasado muchos años desde la última vez que la vi, guardo un gran recuerdo de ella y me entristeció mucho la noticia de su fallecimiento.

Por favor, no dude en escribirme si puedo hacer algo para aliviar su dolor en estos difíciles momentos.

Sinceramente,
Señorita Eloise Bridgerton

Phillip se frotó los ojos. Bridgerton... Bridgerton. ¿Marina tenía primos apellidados Bridgerton? Debía de tenerlos, porque una le había escrito una nota.

Suspiró y se sorprendió a sí mismo cogiendo la estilográfica y una hoja de papel. Desde la muerte de Marina, había recibido muy pocas cartas de condolencias. Al parecer, la mayoría de su familia y amigos se habían olvidado de ella desde su matrimonio. No debería estar molesto, ni preocupado. Apenas salía de su habitación, así que era fácil olvidarse de alguien a quien nunca se veía.

La señorita Bridgerton se merecía una respuesta. Era una muestra de educación y, aunque no lo fuera, y Phillip estaba seguro de que no conocía el protocolo a seguir cuando uno se quedaba viudo, parecía lo más correcto.

Así pues, respirando hondo, empezó a escribir.

1

Mayo, 1824
En algún punto entre Londres y Gloucestershire
En mitad de la noche

Querida señorita Bridgerton:

Muchas gracias por su amable nota después de la pérdida de mi mujer. Ha sido muy considerada al escribirle a un caballero al que ni siquiera conoce. Como muestra de mi agradecimiento, le ofrezco esta flor prensada. Solo es una cariofilácea silvestre roja (Silene dioica), pero ilumina los campos de Gloucestershire y, de hecho, este año parece que ha llegado con antelación.
Era la flor preferida de Marina.

Sinceramente,
Sir Phillip Crane

Eloise Bridgerton aplanó aquella carta tan culta en su regazo. Apenas había luz para leer, a pesar del brillo de la luna llena que entraba por la ventana del carruaje, pero no importaba. Se la sabía de memoria y la delicada flor que, de hecho, era más rosa que roja, estaba cuidadosamente colocada entre dos hojas de un libro que había cogido de la biblioteca de su hermano.

No le había sorprendido en absoluto la respuesta de Sir Phillip. Así lo dictaban los buenos modales, aunque incluso su madre, la máxima institución en lo relativo a los buenos modales, decía que Eloise se tomaba su correspondencia demasiado en serio.

Era habitual que las damas de la clase social de Eloise se pasaran varias horas a la semana escribiendo cartas, pero Eloise ya hacía mucho que había adquirido el hábito de hacerlo, pero cada día. Le encantaba escribir notas, sobre todo a gente a la que hacía mucho que no veía (siempre le había gustado imaginarse su sorpresa cuando abrieran el sobre), así que acudía al papel y a la pluma con motivo de cualquier ocasión, ya fueran nacimientos, muertes o cualquier otra fecha señalada que requiriera una felicitación o una condolencia.

No sabía por qué seguía enviando cartas, solo sabía que se pasaba mucho tiempo escribiendo cartas a cualquiera de sus hermanos que no estuvieran en Londres en ese momento y, una vez en el escritorio, no le importaba escribirle una pequeña nota a algún pariente lejano.

Y a pesar de que todo el mundo le enviaba una pequeña nota en respuesta, porque era una Bridgerton, claro, y nadie quería ofender a una Bridgerton, nunca nadie le había enviado un regalo, aunque fuera algo tan sencillo como una flor prensada.

Eloise cerró los ojos y recordó los delicados pétalos de rosa. Era difícil imaginarse a un hombre cortando y cuidando una flor tan delicada. Sus cuatro hermanos eran hombres altos y fuertes, de hombros anchos y manos grandes y, seguramente, la habrían destrozado en un abrir y cerrar de ojos.

La respuesta de Sir Phillip la había dejado muy intrigada, sobre todo por el uso del latín, e inmediatamente le había contestado.

Querido Sir Phillip:

Muchísimas gracias por la preciosa flor prensada. Cuando asomó sus bellos pétalos por el sobre fue una sorpresa encantadora. Y también un perfecto recuerdo para mi querida Marina.

Sin embargo, no pude evitar fijarme en su habilidad con la nomenclatura en latín de la flor. ¿Es botánico?

Afectuosamente,
señorita Eloise Bridgerton

Lo de acabar la carta con una pregunta no había sido casualidad. Ahora el pobre tendría que contestarle.

Y no la decepcionó. Al cabo de diez días, Eloise recibió su respuesta.

Querida señorita Bridgerton:

En realidad, sí. Soy botánico. Estudié en Cambridge, aunque en la actualidad no estoy en contacto con la Universidad ni con ningún grupo de científicos. Realizo mis propios experimentos aquí, en Romney Hall, en mi propio invernadero.
¿A usted también le interesa la ciencia?

Afectuosamente,
Sir Phillip Crane

Había algo emocionante en las cartas; quizás era descubrir que alguien que no la conocía parecía más que dispuesto a mantener un diálogo escrito con ella. Fuera lo que fuera, Eloise le respondió de inmediato.

Querido Sir Phillip:

¡Cielo santo, no! No estoy en absoluto relacionada con la ciencia, aunque las matemáticas se me dan bastante bien. Me interesan más las humanidades; se habrá dado cuenta de que me encanta mantener contacto por correspondencia.

Su amiga,
Eloise Bridgerton

Había dudado un poco a la hora de cerrar la carta con aquella firma informal, pero al final decidió lanzarse. Estaba claro que Sir Phillip estaba disfrutando de la correspondencia tanto como ella porque, si no, no habría terminado la nota con una pregunta, ¿verdad?
Su respuesta llegó a las dos semanas.

Mi querida señorita Bridgerton:

Sí que se ha convertido en una amistad, ¿no cree? Le confieso que, aquí en el campo, estoy un poco solo y, si uno no puede tener una cara sonriente enfrente cuando baja a desayunar, al menos le queda una amistosa carta, ¿no está de acuerdo?
Le envío otra flor, un Geranium pratense.

Saludos cordiales,
Phillip Crane

Eloise recordaba perfectamente ese día. Estaba en la silla que estaba junto a la ventana de su habitación y se había quedado mirando la flor prensada una eternidad. ¿Estaba intentando cortejarla? ¿Por carta?

Y entonces, un día, recibió una carta un poco distinta a las demás.

Mi querida señorita Bridgerton:

Ya llevamos un tiempo manteniendo correspondencia y, aunque no nos hemos presentado formalmente, siento que la conozco. Y espero que usted sienta lo mismo.
Ruego disculpe mi atrevimiento, pero le escribo para invitarla a visitarme, aquí en Romney Hall. Espero que, después de un tiempo prudencial, podamos adaptarnos bien el uno al otro y acepte ser mi esposa.
Por supuesto, cuando llegue tendrá una dama de compañía. Empezaré a arreglarlo todo para que la tía de mi difunta mujer se instale en Romney Hall una temporada.
Espero que considere mi proposición.

Suyo, como siempre,
Phillip Crane

Cuando acabó de leerla, la guardó en un cajón de inmediato, sin entender lo que le pedía. ¿Pretendía casarse con alguien a quien ni siquiera conocía?

No, bueno, eso no era del todo cierto. Se conocían. Se habían dicho más cosas por carta en un año que lo que muchos matrimonios conversaban a lo largo de su vida en común.

Pero, aun así, no se habían visto nunca.

Eloise pensó en todas las propuestas de matrimonio que había rechazado a lo largo de los años. ¿Cuántas habían sido? Como mínimo, seis. Y ahora ni siquiera recordaba por qué lo había hecho. En realidad, por nada, solo que no eran...

Perfectos.

¿Era mucho pedir?

Meneó la cabeza, porque sabía que parecía una niña tonta y mimada. No, no necesitaba a alguien perfecto. Solo necesitaba a alguien perfecto para ella.

Sabía lo que pensaban de ella las señoras de la alta sociedad. Decían que era demasiado exigente, que era peor que ser estúpida. Acabaría siendo una solterona... No, eso ya no lo decían. Decían que ya lo era, y era cierto. Era imposible llegar a los veintiocho años sin escuchar esos comentarios a sus espaldas.

O en su propia cara.

Sin embargo, la verdad era que a Eloise no le molestaba en absoluto su situación. O, al menos, no le había molestado hasta ahora.

Jamás se le había ocurrido que sería una solterona toda la vida y, además, le encantaba su vida. Tenía la familia más maravillosa que podía imaginar; eran ocho hermanos, cuyos nombres seguían el orden alfabético, colocándola a ella en el medio, con cuatro hermanos mayores y tres hermanos pequeños. Su madre era un encanto y ya había dejado de insistir en lo del matrimonio. Eloise seguía disfrutando de un lugar prominente en la sociedad; todo el mundo adoraba y respetaba a los Bridgerton, incluso a veces los temían, y Eloise tenía una personalidad tan alegre e indomable que, solterona o no, todo el mundo quería tenerla como compañía.

Pero, últimamente...

Suspiró, sintiéndose de repente mucho más vieja. Últimamente no había estado tan alegre. Últimamente había empezado a pensar que quizás esas señoras de la alta sociedad tenían razón y que nunca encontraría marido. A lo mejor sí que había sido demasiado quisquillosa, demasiado decidida a seguir el ejemplo de sus hermanos mayores, que habían encontrado un profundo y apasionado amor junto a sus maridos y mujeres (aunque no todo había sido un camino de rosas desde el principio para ellos).

Quizás era mejor casarse por respeto mutuo y compañía que quedarse soltera para siempre.

Pero era complicado encontrar a alguien con quien hablar de estos sentimientos. Su madre se había pasado tantos años insistiéndole en que se casara que ahora, por mucho que Eloise la adorara, sería muy difícil volver con el rabo entre las piernas y confesarle que debería haberle hecho caso. Sus hermanos no la hubieran podido ayudar en nada. Anthony, el mayor, seguramente habría asumido la tarea de encontrarle un marido decente a su hermana y luego lo habría intimidado el resto de su vida. Benedict era un soñador y, además, ya casi nunca venía a Londres porque prefería la tranquilidad del campo. Y en cuanto a Colin..., bueno, Colin era otra historia totalmente distinta que necesitaría su propio párrafo.

Supuso que podría hablar con Daphne pero, cada vez que iba a verla, su hermana mayor estaba condenadamente feliz y perdidamente enamorada de su marido y de su vida como madre de cuatro hijos. ¿Cómo podría alguien como ella darle consejos a alguien en la situación de Eloise? Y Francesca, en Escocia, parecía que estaba en la otra punta del mundo. Además, Eloise no quería molestarla con sus tonterías. Francesca había enviudado a los veintitrés años, ¡por el amor de Dios!. Los temores y las preocupaciones de Eloise palidecían comparados con los de su hermana pequeña.

Y quizás por todo esto la correspondencia con Sir Phillip se había convertido en un placer vergonzoso. Los Bridgerton eran una familia muy numerosa, ruidosa y bulliciosa. Era casi imposible guardar secretos, sobre todo sin que sus hermanas se enteraran. La peor era Hyacinth, la pequeña, que si su Majestad la reina la hubiera contratado como espía, seguramente habría ganado la guerra contra Napoleón en la mitad de tiempo.

En cierto modo, Sir Phillip era solo suyo. Lo único que jamás se había visto obligada a compartir con nadie. Guardaba las cartas envueltas y atadas con cinta de color violeta en el fondo del cajón del medio de su escritorio, debajo de todos los papeles que utilizaba para escribir cartas.

Sir Phillip era su secreto. Solo suyo.

Y, como nunca lo había visto, se lo había imaginado como había querido y basándose en sus cartas. Si alguna vez existía un hombre perfecto, seguro que sería el Phillip Crane de su imaginación.

¿Y ahora quería que se conocieran? ¿En persona? ¿Se había vuelto loco? ¿Y arruinar lo que se suponía que tenía que ser el cortejo perfecto?

Aunque sus ojos habían sido testigo de lo que parecía imposible. Penelope Featherington, la mejor amiga de Eloise desde hacía más de diez años, se había casado... nada más y nada menos que con Colin. ¡El hermano de Eloise!

Eloise no hubiera podido sorprenderse más si, aquel día, la luna hubiera caído del cielo y hubiera ido a parar al jardín de su casa.

Se alegraba mucho por Penelope, de verdad. Y por Colin. Seguramente, eran las dos personas que más quería en el mundo, y le encantaba que hubieran encontrado la felicidad. Nadie se la merecía más que ellos.

Pero eso no significaba que su matrimonio no hubiera dejado un enorme vacío en la vida de Eloise.

Suponía que, cuando se imaginaba su vida como solterona e intentaba convencerse de que realmente era lo que quería, Penelope siempre estaba a su lado, también solterona. Estar soltera a los veintiocho años era aceptable, incluso atrevido, siempre que Penelope estuviera soltera a los veintiocho años. No es que no quisiera que su amiga encontrara marido pero, la verdad, parecía algo poco probable. Eloise sabía que Penelope era maravillosa, amable, lista y divertida, pero los hombres casaderos parecían no darse cuenta. En todos esos años desde que se presentó en sociedad, once en total, Penelope no había recibido ni una proposición de matrimonio. Ni siquiera había despertado el más mínimo interés en nadie.

En cierto modo, Eloise contaba con que Penelope seguiría donde estaba y siendo quien era: antes que nada, su amiga. Su compañera de soltería.

Y lo peor, lo que hacía sentir culpable a Eloise, era que jamás se había planteado cómo se sentiría Penelope si era ella la que se casaba primero, una posibilidad a la que, sinceramente, siempre había dado más credibilidad.

Pero ahora Penelope tenía a Colin y Eloise sabía que hacían una pareja perfecta. Y ella estaba sola. Sola en medio de un Londres a rebosar. Sola en medio de una familia numerosa y muy cariñosa.

Se hacía difícil imaginar un lugar más solitario.

De repente, la atrevida proposición de Sir Phillip, escondida al fondo del paquete, escondido al fondo del cajón y encerrado en una caja con cerradura que había comprado para evitar la tentación de leerla seis veces al día, parecía..., bueno, un poco más intrigante.

Y lo fue más durante el día, cuando Eloise estaba cada vez más inquieta y menos satisfecha con el tipo de vida que, tenía que admitirlo, ella misma había escogido.

Así pues, un día, después de ir a visitar a Penelope y que el mayordomo le dijera que no era un buen momento para que el señor y la señora Bridgerton recibieran visitas (en un tono que hasta Eloise supo qué quería decir), tomó una decisión. Había llegado el momento de coger las riendas de su vida, de decidir su destino en lugar de ir a un baile tras otro con la esperanza de que el hombre perfecto se materializaría ante ella, aunque supiera que en Londres, después de una década, no había nadie nuevo y que ya había conocido a todos los hombres casaderos de la ciudad.

Se dijo que eso no quería decir que tuviera que casarse con Sir Phillip; solo estaba investigando lo que parecía una extraordinaria posibilidad. Si no se adaptaban bien, no se casarían. De hecho, ella no le había prometido nada.

Pero si Eloise se caracterizaba por algo era por la rapidez con la que actuaba cuando tomaba una decisión. «No», se dijo en una impresionante muestra de honradez, al menos para ella. Había dos cosas que la caracterizaban: le gustaba actuar deprisa y era muy tenaz. Una vez, Penelope la describió como un perro cuando encuentra un hueso, que no lo suelta por nada.

Y era verdad.

Cuando Eloise se proponía algo, ni siquiera la fuerza de toda la familia Bridgerton podía detenerla. Y los Bridgerton suponían una fuerza asombrosa, todos juntos. Posiblemente, había sido una suerte que sus objetivos y los de su familia nunca hubieran chocado, al menos, no en nada importante.

Sabía que nunca aceptarían que se marchara a casa de un desconocido. Seguramente, Anthony habría querido que Sir Phillip viajara a Londres y conociera a la familia en pleno, y a Eloise no se le ocurría peor escenario para espantar a un posible pretendiente. Los hombres que la habían cortejado alguna vez, al menos estaban familiarizados con el ritmo de vida londinense y sabían dónde se metían; pero el pobre Sir Phillip, que, como él mismo había admitido en sus cartas, no había pisado Londres desde sus días de estudiante y nunca había participado en la temporada social, se sentiría atrapado.

Así que la única opción que le quedaba era viajar a Gloucestershire y, después de darle muchas vueltas durante varios días, decidió que lo mejor sería hacerlo en secreto. Si su familia se enteraba de sus planes, podrían prohibírselo. Eloise era una dura contrincante y, seguramente, acabaría saliéndose con la suya, pero solo después de una larga batalla. Además, si al final la dejaban ir, aunque fuera después de una prolongada discusión, insistiría en que la acompañaran dos miembros de la familia, como mínimo.

Eloise se estremeció. Seguramente, serían su madre y Hyacinth.

¡Dios Santo!, con esas dos alrededor era imposible enamorarse o establecer una relación amigable pero duradera, algo que Eloise estaba deseando hacer.

Decidió que huiría durante la fiesta de su hermana Daphne. Sería uno de los grandes acontecimientos de la temporada, acudirían cientos de invitados y habría la cantidad de ruido y confusión necesaria para que su ausencia pasara desapercibida durante unas seis horas, o quizás más. Su madre siempre insistía en que, cuando la fiesta era en casa de alguien de la familia, tenían que llegar puntuales, o con un poco de antelación, así que seguramente llegarían a casa de Daphne antes de las ocho. Si se escapaba temprano y el baile se alargaba hasta altas horas de la madrugada, no se darían cuenta de que se había ido hasta casi el amanecer y, para entonces, ella ya podría estar a medio camino de Gloucestershire.

Y, si no a medio camino, sí lo suficientemente lejos de Londres para que les costara seguirle el rastro.

Al final, todo resultó mucho más fácil de lo que había imaginado. Toda la familia estaba entretenida por un anuncio que Colin dijo que tenía que hacer, así que solo tuvo que excusarse para ir al tocador, salir por la puerta de atrás, caminar la corta distancia que la separaba de su casa, porque había dejado las maletas escondidas en el jardín, y desde allí solo tuvo que caminar hasta la esquina, donde había pedido que la esperara un carruaje.

¡Madre mía!, si hubiera sabido que salir al mundo sola sería tan fácil, lo habría hecho hacía años.

Y ahora estaba camino de Gloucestershire y suponía, o esperaba, no sabía muy bien cómo definir esa sensación, camino de su destino, con un par de mudas y un montón de cartas que un hombre que no conocía le había escrito.

Un hombre que esperaba poder amar.

¡Era tan emocionante!

No, era aterrador.

Reflexionó un poco y llegó a la conclusión de que, posiblemente, era lo más estúpido que había hecho en su vida, y tenía que admitir que había hecho unas cuantas estupideces.

Aunque también podía ser su única oportunidad para ser feliz.

Sonrió. Estaba empezando a dejar volar la imaginación, y aquello era muy mala señal. Tenía que enfocar aquella aventura con el sentido práctico y pragmático con el que siempre tomaba las decisiones. Todavía estaba a tiempo de dar marcha atrás. Porque, en realidad, ¿qué sabía de ese hombre? Durante un año, le había dicho bastantes cosas...

Tenía treinta años, dos más que ella.

Había estudiado Botánica en Cambridge.

Había estado casado con Marina ocho años, lo que significaba que se había casado con veintidós años.

Tenía el pelo oscuro.

Tenía todos los dientes.

Era barón.

Vivía en Romney Hall, una casa de piedra construida en el siglo xviii y que estaba cerca de Tetbury, en Gloucestershire.

Le gustaba leer tratados científicos y poesía, aunque no le gustaban las novelas y mucho menos las obras de filosofía.

Le gustaba la lluvia.

Su color preferido era el verde.

Nunca había salido de Inglaterra.

No le gustaba el pescado.

Eloise soltó una risita nerviosa. ¿No le gustaba el pescado? ¿Eso era todo lo que sabía de él?

—Una base sólida para el matrimonio, sin duda —se dijo, en voz baja, intentando pasar por alto el pánico reflejado en su voz.

¿Y qué sabía él de ella? ¿Qué le habría llevado a proponerle matrimonio a una perfecta desconocida?

Intentó recordar qué había revelado en sus numerosas cartas.

Tenía veintiocho años.

Tenía el pelo oscuro, bueno, castaño, y todos los dientes.

Tenía los ojos grises.

Venía de una encantadora familia numerosa.

Su hermano era vizconde.

Su padre había muerto cuando ella era una niña, incomprensiblemente a causa de una sencilla picadura de abeja.

Tenía tendencia a hablar demasiado. (¡Dios Santo!, ¿de verdad lo había incluido en alguna carta?)

Le gustaba la poesía y las novelas, aunque detestaba los tratados científicos y los libros de filosofía.

Había estado en Escocia, pero nada más.

Su color preferido era el violeta.

No le gustaba la carne de ovino y odiaba el pudin de sangre.

Soltó otra risita nerviosa. Visto así, y dejando de lado el sarcasmo, parecía todo un partido.

Miró por la ventana, como si eso pudiera indicarle a qué altura del viaje entre Londres y Tetbury estaban.

Siempre veía las mismas colinas de cumbres redondeadas y cubiertas de hierba y, en realidad, podría estar en Gales y ni se enteraría.

Con el ceño fruncido, miró el papel que tenía en el regazo y dobló la carta de Sir Phillip. La colocó junto a las demás, en el paquete atado con cinta violeta que llevaba en la maleta, y luego empezó a juguetear con los dedos encima de los muslos. Estaba nerviosa.

Tenía motivos para estarlo.

Se había marchado de casa y había abandonado todo lo que conocía.

Iba hacia la otra punta del país y nadie lo sabía.

Nadie.

Ni siquiera Sir Phillip.

Con las prisas por marcharse de Londres, se había olvidado de decírselo. Bueno, no es que se olvidara, es que... simplemente, lo había dejado para más tarde hasta que fue demasiado tarde.

Si se lo decía, tenía que cumplir su palabra. Y así, en cambio, todavía podía echarse atrás en cualquier momento. Intentaba convencerse de que lo había hecho porque le gustaba tener varias opciones pero, en realidad, era porque estaba aterrada y tenía miedo de no tener el valor suficiente.

Además, la propuesta de conocerse había surgido de él. Se alegraría de verla.

¿No?

Phillip se levantó de la cama y abrió las cortinas de su habitación, descubriendo otro día soleado y perfecto.

Genial.

Fue hasta el vestidor para buscar algo que ponerse, pues ya hacía mucho tiempo que había despedido a los sirvientes que se encargaban de hacerlo. No sabría explicar por qué pero, desde la muerte de Marina, no había querido que nadie entrara en la habitación a abrirle las cortinas y decidir qué ropa debía ponerse.

Incluso había despedido a Miles Carter, que, después de la muerte de Marina, había hecho lo imposible por convertirse en su amigo. Pero, en cierto modo, el joven secretario solo conseguía que se sintiera peor y, por lo tanto, lo había echado, junto con el sueldo de seis meses y una excelente carta de recomendación.

Durante los años que estuvo casado con Marina, siempre necesitó a alguien con quien hablar, porque ella estaba casi siempre encerrada en su habitación. Pero, ahora que estaba muerta, lo único que quería era su propia compañía.

Y, seguramente, debió de dejarlo claro en alguna de las muchas cartas que le había escrito a la misteriosa Eloise Bridgerton, porque le había enviado la propuesta de no matrimonio aunque sí de una relación que pudiera llegar a desembocar en él hacía un mes y el silencio que había recibido por respuesta resultó contundente, más teniendo en cuenta que, normalmente, respondía a sus cartas con una prontitud encantadora.

Frunció el ceño. En realidad, la misteriosa Eloise Bridgerton no lo era tanto. Por las cartas, parecía una persona bastante abierta y sincera, y demostraba una predisposición optimista ante la vida que, pensándolo bien, era todo lo que él buscaba en una posible esposa.

Se puso una camisa de trabajo; tenía la intención de pasarse el día en el invernadero con tierra hasta los codos. Le había decepcionado un poco el hecho de que la señorita Bridgerton hubiera decidido que era una especie de lunático con el que no quería tener nada que ver. A él le había parecido la solución perfecta a todos sus problemas. Necesitaba desesperadamente una madre para Amanda y Oliver, pero como eran tan rebeldes, le resultaba difícil imaginar que una mujer accediera a casarse con él voluntariamente y quedar, de esa forma, atada a esos dos demonios de por vida o, al menos, hasta que alcanzaran la mayoría de edad.

Sin embargo, la señorita Bridgerton tenía veintiocho años; una solterona en toda regla. Y se había estado escribiendo con un completo desconocido durante un año. Seguro que debía de estar muy desesperada. ¿No agradecería la posibilidad de encontrar marido? Él le ofrecía un hogar, una fortuna considerable y, encima, solo tenía treinta años. ¿Qué más podría desear una mujer?

Mientras se ponía los roídos pantalones de lana, balbuceó unas palabras, enfadado. Obviamente, esta mujer quería algo más porque, si no, habría tenido la amabilidad de responderle y declinar su invitación.

«¡Pum!»

Phillip miró al techo e hizo una mueca. Romney Hall era una casa antigua y sólida, así que si podía escuchar esos golpes en el techo, es que a los niños se les había caído, o habían tirado, algo realmente voluminoso.

«¡Pum!»

Se estremeció. El segundo golpe había sonado incluso peor que el primero. Pero, en cualquier caso, la niñera estaba con ellos y los sabía manejar mejor que él. Si pudiera ponerse las botas en menos de un minuto, podría estar fuera de la casa antes de que siguieran con los destrozos y, así, podría hacer ver que allí no había pasado nada.

Alargó el brazo para coger las botas. Sí, una idea excelente. Ojos que no ven, corazón que no siente.

Acabó de vestirse a una velocidad impresionante y salió al pasillo, dando grandes zancadas hacia las escaleras.

—¡Sir Phillip! ¡Sir Phillip!

¡Demonios! Ahora lo perseguía el mayordomo.

Phillip hizo como si no lo hubiera oído.

—¡Sir Phillip!

—¡Maldita sea! —dijo, entre dientes. A menos que quisiera someterse a la tortura de los empleados acercándosele demasiado, en vista de su aparente pérdida de audición, era imposible ignorarlo—. ¿Qué pasa, Gunning? —preguntó, girándose muy despacio.

—Sir Phillip —dijo Gunning, aclarándose la garganta—, tenemos una visita.

—¿Una visita? —repitió Phillip—. ¿Era ese el origen de los, eh...?

—¿Ruidos? —sugirió servilmente Gunning.

—Sí.

—No —el mayordomo volvió a aclararse la garganta—. Creo que han sido sus hijos, señor.

—Ya —murmuró Phillip—. ¡Ingenuo de mí!

—Me parece que no han roto nada, señor.

—Bueno, eso es tranquilizador y un cambio, para variar.

—Sí, señor, pero la visita lo está esperando.

Phillip gruñó. ¿Quién demonios había venido de visita a esas horas de la mañana? Aunque, claro, tampoco es que estuvieran acostumbrados a recibir visitas a horas más decentes del día.

Gunning intentó sonreír, pero quedó claro que estaba muy desentrenado.

—Solíamos tener visitas, ¿recuerda?

Aquel era el problema de los mayordomos que llevaban trabajando en una casa desde antes de que el dueño hubiera nacido. Solían recurrir al sarcasmo con frecuencia.

—¿De quién se trata?

—No estoy seguro, señor.

—¿No estás seguro? —preguntó Phillip, incrédulo.

—No le he pedido que se identificara.

—¿Y no se supone que eso es lo que hacen los mayordomos?

—¿Pedir identificación, señor?

—Sí —respondió Phillip, enfadado, preguntándose si Gunning estaba intentando comprobar lo rojo de ira que podía ponerse Phillip antes de darle un ataque y caer al suelo.

—He pensado que era mejor que lo hiciera usted, señor.

—Has pensado que era mejor que lo hiciera yo —dijo, después de comprobar que las preguntas eran inútiles.

—Sí, señor. Al fin y al cabo, la señora ha venido a verle a usted.

—Como todas las visitas, y eso nunca te ha impedido pedirles que se identificaran.

—Bueno, en realidad, señor...

—Estoy seguro... —intentó interrumpirle Phillip.

—No tenemos visitas, señor —terminó Gunning, ganando la batalla oratoria.

Phillip abrió la boca para responder que sí que tenían visitas, que había una en la puerta en ese mismo instante pero, ¿para qué seguir discutiendo?

—Muy bien —dijo, al final, muy irritado—. Bajaré a recibirla.

Gunning sonrió.

—Excelente, señor.

Phillip se quedó mirando a su mayordomo.

—Gunning, ¿te encuentras bien?

—Perfectamente, señor. ¿Por qué lo pregunta?

A Phillip no le pareció de buena educación decirle que aquella sonrisa le hacía parecer un caballo, así que se limitó a decir:

—Por nada —y bajó las escaleras.

¿Una visita? ¿Quién podría ser? Hacía casi un año que no venía nadie, desde que los vecinos habían acabado con las visitas de rigor para darle el pésame. Se dijo que no podía culparlos por alejarse de Romney Hall; la última vez que habían recibido a alguien, Amanda y Oliver habían untado las sillas con mermelada de fresa.

Lady Winslet se había puesto hecha una furia, algo que Phillip consideró que no debía de ser bueno para una señora de su edad.

Cuando llegó al recibidor, frunció el ceño. Debía de ser una mujer. Gunning había dicho «la señora», ¿verdad?

¿Quién diablos...?

Se quedó allí inmóvil; de hecho, casi tropezó.

Porque la mujer que estaba en la puerta era joven, bastante bonita y, cuando lo miró, vio que tenía los ojos grises más grandes y preciosos que había visto en su vida.

Podría ahogarse en esos ojos.

Y Phillip no era de los que usaban el verbo «ahogar» a la ligera, como alguien podría creer.

2

«... y entonces, seguro que no te sorprende, hablé demasiado. Es que no podía parar, pero supongo que es lo que hago cuando estoy nerviosa. Solo podemos esperar que, en el futuro, tenga menos razones para estar nerviosa.»

Eloise Bridgerton a su hermano Colin,
con motivo del debut de Eloise en la temporada londinense.

Y entonces, abrió la boca.

—¿Sir Phillip? —preguntó y, sin darle tiempo a responder, continuó hablando a la velocidad de la luz—. Siento mucho presentarme en su casa sin haberle avisado, pero no me quedó otra opción y, para serle sincera, si le hubiera escrito que venía, la carta hubiera tardado más que yo, de modo que hubiera sido inútil, seguro que lo entiende y...

Phillip parpadeó, convencido de que debería entenderla, aunque ya hacía rato que se había perdido.

—... un viaje bastante largo, y me temo que no he podido dormir, así que le ruego disculpe que me haya presentado así y...

A Phillip le daba vueltas la cabeza. ¿Sería de mala educación sentarse?

—... no he traído muchas cosas, pero es que no me ha quedado otra opción y...

Aquello había pasado de castaño oscuro y, en realidad, no tenía pinta de terminar. Si la dejaba hablar un segundo más, estaba seguro de que sufriría un desequilibrio auditivo interno o, a lo mejor, ella se quedaría sin aliento, caería al suelo redonda y se golpearía la cabeza. En cualquiera de los dos casos, uno de los acabaría herido.

—Señora —dijo, aclarándose la garganta.

Si lo oyó, no lo demostró, y siguió diciendo algo sobre el carruaje que la había llevado hasta su puerta.

—Señora —repitió Phillip, aunque un poco más alto, esta vez.

—... pero entonces he... —levantó la cabeza y lo miró, parpadeando, con aquellos espectaculares ojos grises. Por un momento, Phillip temió perder el equilibrio—. ¿Sí? —dijo.

Ahora que tenía toda su atención, parecía no recordar qué quería decirle.

—Eh... —dijo—. ¿Quién es usted?

Ella lo miró fijamente durante unos buenos cinco segundos, con la boca abierta por la sorpresa y, al final, respondió:

—Eloise Bridgerton, por supuesto.

Eloise estaba casi segura de que estaba hablando demasiado, y sabía a ciencia cierta que estaba hablando demasiado deprisa, pero es lo que solía hacer cuando estaba nerviosa y, aunque presumía de encontrarse en contadas ocasiones en esa situación, ahora parecía un momento bastante indicado para explorar aquella emoción; además, Sir Phillip, suponiendo que el hombre terriblemente corpulento que tenía delante fuera él, no era para nada como se había imaginado.

—¿Usted es Eloise Bridgerton?

Ella lo miró con cierta irritación.

—Por supuesto. ¿Quién creía que era?

—Es que no me lo esperaba.

—Usted mismo me invitó —señaló ella.

—Sí, y usted no respondió a mi invitación —contestó él.

Eloise tragó saliva. En eso tenía razón. Y mucha, para ser justos, aunque ella no quería serlo. No en ese momento.

—No tuve ocasión de hacerlo —respondió ella, tratando de salirse por la tangente y entonces, cuando por la expresión de Sir Phillip, Eloise comprendió que necesitaba más explicaciones, añadió—: Como ya le he dicho antes.

Él se la quedó mirando un buen rato, haciéndola sentir incómoda, con esos ojos oscuros e inescrutables, y luego dijo:

—No he entendido ni una palabra de lo que ha dicho.

Eloise notó cómo se le abría la boca por la... ¿sorpresa? No, era irritación.

—¿No me estaba escuchando? —le preguntó.

—Lo intenté.

Eloise apretó los labios.

—Muy bien, perfecto —dijo, contando mentalmente, y en latín, hasta cinco antes de añadir—: Lo siento. Siento haberme presentado aquí sin avisar. Ha sido un gesto muy maleducado por mi parte.

Phillip se quedó callado tres segundos, Eloise los contó, y dijo:

—Acepto sus disculpas.

Ella se aclaró la garganta.

—Y, por supuesto —añadió él, tosiendo un poco y mirando si había alguien por allí que pudiera salvarlo de la señorita Bridgerton—, estoy encantado de que haya venido.

Seguramente, sería impertinente decirle que, por su tono de voz, parecía cualquier cosa menos encantado, así que Eloise se quedó allí de pie, mirándole el pómulo derecho y pensando qué podría decirle sin insultarlo.

Le pareció muy mal augurio que a ella, que generalmente siempre tenía algo que decir en cualquier ocasión, no se le ocurriera nada.

Por suerte, Sir Phillip evitó que aquel incómodo silencio adquiriera proporciones monumentales al preguntarle:

—¿Solo trae este equipaje?

Eloise se irguió, encantada de pasar a un tema tan trivial, en comparación con lo de antes.

—Sí. En realidad, no... —se detuvo. ¿Era necesario explicarle que se había escapado de casa en mitad de la noche? Aquel acto no la dejaba demasiado bien, ni a su familia, de hecho. No sabía muy bien por qué pero no quería, bajo ningún concepto, que él supiera que se había escapado de casa. Tenía la sensación de que, si se enteraba, la haría subir al carruaje y la devolvería a Londres de inmediato. Y, aunque su encuentro con Sir Phillip no había sido lo romántico y precioso que ella se había imaginado, todavía no estaba preparada para abandonar.

Sobre todo, si eso significaba volver a casa con el rabo entre las piernas.

—Sí, es todo lo que he traído —dijo, con convicción.

—Bien. Yo, eh... —Phillip volvió a mirar a su alrededor, un poco desesperado, algo que a Eloise no le pareció nada halagador—. ¡Gunning! —gritó.

El mayordomo apareció tan deprisa que debía de estar escuchándolos detrás de alguna puerta.

—¿Me ha llamado, señor?

—Tendremos que... eh... preparar una habitación para la señorita Bridgerton.

—Ya lo he hecho, señor —respondió Gunning.

Sir Phillip se sonrojó un poco.

—Muy bien —gruñó—. La señorita se quedará con nosotros... —dijo, mirándola con recelo.

—Quince días —respondió ella, con la esperanza de que le pareciera bien.

—Quince días —repitió Sir Phillip, como si el mayordomo no la hubiera escuchado—. Haremos todo lo que esté en nuestras manos para que esté como en su casa, por supuesto.

—Por supuesto, señor —asintió el mayordomo.

—Bien —dijo Sir Phillip, que todavía estaba un poco incómodo con toda aquella situación. Bueno, en realidad, no estaba incómodo, estaba harto, que todavía era peor.

Eloise estaba muy decepcionada. Ella se había imaginado a un hombre encantador, un poco como su hermano Colin, que tenía aquella elegante sonrisa y siempre sabía qué decir en cada situación, por extraña que fuera.

Sir Phillip, en cambio, parecía que preferiría estar en cualquier otro lugar, algo que a Eloise no le hizo mucha gracia, teniendo en cuenta que ella estaba a su lado. Y lo que era peor: se suponía que debería hacer un esfuerzo por conocerla y decidir si sería una buena esposa para él.

Pues ya podía hacerlo, y grande, porque si era cierto aquello que decían de que las primeras impresiones son las buenas, Eloise dudaba de que pudiera aceptarlo como marido.

Le sonrió, aunque con los dientes apretados.

—¿Le apetece sentarse? —preguntó él, de repente.

—Sería un placer, gracias.

Phillip miró a su alrededor, perdido, y Eloise tuvo la sensación de que no conocía su propia casa.

—Por aquí —dijo, al final, dirigiéndose hacia la puerta que había al final del pasillo—. En el salón.

Gunning tosió.

Sir Phillip lo miró e hizo una mueca.

—¿Quiere que prepare unos refrescos, señor? —le preguntó el mayordomo, muy servicial.

—Eh, sí, por supuesto —respondió Sir Phillip, aclarándose la garganta—. Por supuesto. Eh, quizás...

—¿Una bandeja de té, quizás? —sugirió Gunning—. ¿Con pastas?

—Excelente —dijo Sir Phillip, entre dientes.

—O quizás, si la señorita Bridgerton tiene hambre —continuó el mayordomo—, la cocinera podría preparar un desayuno más consistente.

Sir Phillip miró a Eloise

—Un té con pastas será suficiente —dijo ella aunque, en realidad, sí que tenía hambre.

Dejó que Sir Phillip la tomara del brazo y la acompañara hasta el salón, donde se sentó en un sofá tapizado con seda de rayas azules. La sala estaba muy limpia, pero los muebles eran muy viejos. Toda la casa estaba un poco dejada, como si el dueño estuviera arruinado o no le importara.

Pensó que la segunda opción sería la adecuada en este caso. Supuso que era posible que Sir Phillip tuviera poco dinero, pero las tierras eran excelentes y, al llegar, había visto el invernadero, y estaba en excelentes condiciones. Teniendo en cuenta que Sir Phillip era botánico, era lógico que se preocupara más por cuidar su lugar de trabajo que no la casa.

Estaba claro que necesitaba una esposa.

Ella cruzó las manos en el regazo, y vio cómo él se sentaba delante de ella en una silla que, obviamente, estaba pensada para alguien más menudo que él.

Estaba muy incómodo y Eloise sabía, porque tenía los suficientes hermanos para saberlo, que lo que verdaderamente le apetecía en ese momento era maldecir en voz alta, pero ella pensó que era culpa de él por haberse sentado en esa silla, así que le sonrió, con la esperanza de que eso lo invitara a abrir la conversación.

Él se aclaró la garganta.

Ella se inclinó hacia delante.

Él se volvió a aclarar la garganta.

Ella tosió.

Él se aclaró la garganta por tercera vez.

—¿Quiere un poco de té? —preguntó ella, al final, incapaz de escuchar un «ejem» más.

Él la miró, agradecido, aunque Eloise no sabía si era por el ofrecimiento de bebida o por haber roto el silencio.

—Sí —dijo—. Me encantaría.

Eloise abrió la boca para responder, pero entonces recordó que estaba en su casa y que no tenía por qué ofrecerle té al dueño de la casa. Y él también debería haberlo recordado.

—Bien —dijo ella—. Bueno, estoy segura de que lo traerán enseguida.

—Claro —asintió él, moviéndose incómodo en aquella silla.

—Siento haber venido sin avisarle —murmuró ella, aunque sabía que ya lo había dicho; pero alguien tenía que decir algo. Quizás Sir Phillip estaba acostumbrado a los largos silencios, pero Eloise no, y sentía la necesidad de llenarlos todos.

—No se preocupe —dijo él.

—Sí que me preocupo —respondió ella—. He sido muy desconsiderada, y le pido disculpas.

Él se quedó un poco sorprendido por tanta sinceridad.

—Gracias —murmuró—. No pasa nada, se lo garantizo. Solo es que me ha...

—¿Sorprendido? —sugirió ella.

—Sí.

Eloise asintió.

—Sí, bueno, le habría pasado a cualquiera. Debería haberlo pensado y de verdad le prometo que lamento mucho las molestias.

Sir Phillip abrió la boca para responder, pero luego la cerró y miró por la ventana.

—Hace un día muy bonito —dijo.

—Sí, es verdad —asintió Eloise, aunque le pareció un comentario bastante obvio.

Él se encogió de hombros.

—Sin embargo, supongo que por la noche lloverá.

Eloise no supo cómo responder a eso, así que se limitó a asentir, estudiándolo de reojo mientras él seguía mirando por la ventana. Era más grande de lo que se había imaginado, con un aspecto más tosco, menos urbano. Las cartas eran encantadoras y ella se lo había imaginado más... dulce. Más delgado, quizás. Relleno no, pero quizás no tan musculoso. Parecía como si trabajara como un campesino, y más con aquellos pantalones viejos y la camisa, sin corbata. Y, aunque en las cartas le había dicho que tenía el pelo castaño, ella siempre se lo había imaginado de un rubio oscuro, como los poetas (no sabía por qué, pero así es como se imaginaba a los poetas, rubios). Pero era como se lo había descrito: castaño, castaño oscuro; de hecho, era casi negro, con una onda rebelde. Tenía los ojos oscuros, casi del mismo tono que el pelo, tan oscuros que resultaba difícil saber qué estaba pensando.

Eloise frunció el ceño. Odiaba a la gente a la que no podía ver con transparencia al instante.

—¿Ha viajado toda la noche? —preguntó él, con educación.

—Sí.

—Debe de estar agotada.

Ella asintió.

—Un poco.

Él se levantó, alargando una mano hacia la puerta.

—Quizás prefiera descansar. No me gustaría entretenerla aquí y quitarle horas de reposo.

Eloise estaba exhausta, pero también estaba hambrienta.

—Primero comeré un poco —dijo—, y luego aceptaré encantada su hospitalidad y subiré a descansar un poco.

Él asintió y volvió a sentarse, intentando hacer encajar su cuerpo en aquella diminuta silla pero, al final, dijo algo entre dientes, se giró hacia ella y con un «Disculpe» se sentó en otra silla.

—Le ruego que me disculpe —le dijo, cuando estuvo aposentado de nuevo en una silla más grande.

Eloise asintió, preguntándose cuándo se había visto en una situación más extraña que aquella.

Sir Phillip se aclaró la garganta.

—Eh, ¿ha tenido buen viaje?

—Sí —respondió ella, dándole algunos puntos por, como mínimo, intentar establecer una conversación. Un buen intento se merecía otro, así que hizo su contribución—: Tiene una casa preciosa.

Phillip arqueó una ceja, dándole a entender que no se creía ese falso halago ni por un segundo.

—Los jardines son preciosos —se apresuró a añadir ella. ¿Quién habría pensado que ese hombre sabría perfectamente que tenía la casa muy dejada? Los hombres nunca se daban cuenta de esas cosas.

—Gracias —dijo—. Como le dije, soy botánico y paso gran parte del día trabajando en el invernadero.

—¿Tenía planeado trabajar fuera, hoy?

Él asintió.

Eloise le sonrió.

—Siento haberle desbaratado los planes.

—No pasa nada, se lo aseguro.

—Pero...

—No tiene que volver a disculparse —la interrumpió él—. Por nada.

Y entonces, se produjo otro incómodo silencio, mientras ambos miraban la puerta, esperando que Gunning regresara con una tabla de salvación en forma de bandeja de té.

Eloise empezó a golpear el asiento del sofá con los dedos de un modo que hubiera horrorizado a su madre, porque era de muy mala educación. Miró a Sir Phillip y se alegró de ver que estaba haciendo lo mismo. Entonces él vio que lo estaba mirando y, lanzándole una mirada a la mano nerviosa, dibujó una sonrisa entre irritada y nerviosa.

Eloise se quedó quieta de inmediato.

Lo miró, rogándole, casi implorándole, en silencio que dijera algo. Lo que fuera.

Pero él no dijo nada.

Aquello la estaba matando. Tenía que decir algo. Aquella situación no era natural. Era horrible. Se supone que la gente tiene que hablar. Aquello era...

Abrió la boca, presa de una desesperación que no entendía demasiado.

—Yo...

Sin embargo, antes de que pudiera continuar con una frase que se hubiera inventado sobre la marcha, se escuchó un grito espeluznante.

Eloise se puso de pie de un salto.

—¿Qué ha sido...?

—Mis hijos —dijo Sir Phillip, suspirando, desesperado.

—¿Tiene hijos?

Vio que ella estaba de pie y se levantó.

—Por supuesto.

Ella lo miró boquiabierta.

—Nunca dijo que tuviera hijos.

Él entrecerró los ojos.

—¿Es que eso supone algún problema? —le preguntó, con contundencia.

—¡Claro que no! —exclamó ella, a la defensiva—. Me encantan los niños. Tengo más sobrinos que dedos en las manos y le aseguro que soy su tía favorita. Pero eso no es excusa; jamás lo mencionó.

—Eso es imposible —respondió él, agitando la cabeza—. Debió de pasarlo por alto.

Eloise levantó la barbilla tan bruscamente que fue una sorpresa que no se rompiera el cuello.

—Le aseguro —dijo, con altanería— que no es algo que habría pasado por alto.

Él se encogió de hombros, ignorando sus protestas.

—Jamás los mencionó —dijo—, y puedo demostrarlo.

Sir Phillip se cruzó de brazos, mirándola con incredulidad.

Ella se fue hacia la puerta.

—¿Dónde está mi maleta?

—Supongo que donde la dejó —dijo él, observándola con condescendencia—. O quizás esté en su habitación. Mis empleados no son tan descuidados.

Ella se giró hacia él con el ceño fruncido.

—Tengo todas y cada una de sus cartas y le puedo asegurar que en ninguna de ellas aparecen las palabras «mis hijos».

Phillip la miró, sorprendido.

—¿Guarda todas mis cartas?

—Claro. ¿Es que acaso usted no guarda las mías?

Él parpadeó.

—Eh...

Ella dio un grito ahogado.

—¿No las guarda?

Phillip jamás había entendido a las mujeres y, casi siempre, estaba decidido a olvidarse de cualquier explicación médica y declararlas otra especie distinta a los hombres. Era plenamente consciente de que casi nunca sabía qué decirles, pero hasta él se había dado cuenta de que esta vez estaba perdido.

—Estoy seguro de que tengo algunas —dijo.

Eloise apretó la mandíbula, enfadada.

—Casi todas, en realidad —añadió él.

Parecía que ella se había amotinado. Sir Phillip descubrió, sorprendido, que era una mujer con una voluntad formidable.

—No es que las haya tirado a la basura —añadió, en un intento por salir de aquel pozo en el que él mismo se había metido—. Lo que pasa es que no estoy seguro de dónde las dejé.

Observó, maravillado, cómo Eloise controlaba su rabia y expiraba. Sin embargo, sus ojos seguían siendo como una tormenta gris.

—Está bien —dijo ella—. Además, tampoco tiene tanta importancia.

Justo lo que él pensaba, aunque fue lo suficientemente inteligente como para no decirlo en voz alta.

Además, por el tono de voz, quedó claro que, para ella, sí que tenía importancia. Y mucha.

Se escuchó otro grito, aunque esta vez lo siguió un estrépito. Phillip hizo una mueca. Había sonado a un mueble cayendo al suelo.

Eloise miró hacia el techo, como si esperara que el yeso fuera a caerles en la cabeza en cualquier momento.

—¿No debería subir a ver qué pasa? —le preguntó a Sir Phillip.

Debería, pero no le apetecía lo más mínimo. Cuando los gemelos estaban fuera de control, nadie podía detenerlos aunque eso, pensó Phillip, era la definición de «fuera de control». A su parecer, normalmente era más fácil dejarlos correr como locos por la casa hasta que caían rendidos, algo que no tardaban mucho en hacer, e intentar hablar con ellos entonces. Posiblemente, no era lo correcto, y seguro que ningún padre lo hubiera recomendado, pero un hombre solo tenía un límite para tratar con dos gemelos de ocho años y se temía que él lo había alcanzado hacía seis meses.

—¿Sir Phillip? —insistió Eloise.

Él suspiró con fuerza.

—Sí, tiene razón. Por supuesto —no le convenía parecer un padre despreocupado por sus hijos a los ojos de la señorita Bridgerton, a quien estaba intentando cortejar, con cierta torpeza, y convencer de que se convirtiera en madrastra de aquellos dos demonios que ahora mismo estaban destrozando la casa—. Si me disculpa —dijo, asintiendo levemente antes de salir al pasillo.

—¡Oliver! —exclamó—. ¡Amanda!

No estaba seguro, pero le pareció oír a la señorita Bridgerton soltar una risita horrorizada.

Lo invadió una oleada de irritación y la miró, aunque sabía que no debía hacerlo. Supuso que ella creía que podría manejarlos mejor.

Fue hacia las escaleras y volvió a gritar el nombre de los gemelos. Por otro lado, a lo mejor no debería ser tan severo. Tenía la esperanza, no mejor dicho, rezaba fervientemente para que Eloise Bridgerton pudiera manejarlos mejor que él.

¡Dios Santo!, si era capaz de enseñarles a comportarse, juraba besar el suelo que pisara esa mujer tres veces al día.

Oliver y Amanda aparecieron en el descansillo de las escaleras y siguieron bajando hasta el vestíbulo, mirando a su padre sin un ápice de arrepentimiento.

—¿Qué ha sido todo eso? —les preguntó Phillip.

—¿Qué ha sido todo el qué? —respondió Oliver con descaro.

—Esos gritos —dijo Phillip.

—Ha sido Amanda —respondió Oliver.

—Sí, he sido yo —asintió ella.

Phillip esperó una explicación más elaborada pero, cuando vio que aquello era todo lo que tenían que decir, añadió:

—¿Y por qué gritabas?

—Había una rana —dijo ella.

—Una rana.

Ella asintió.

—Sí. En mi cama.

—Entiendo —dijo Phillip—. ¿Y alguien tiene alguna idea de cómo pudo llegar allí?

—La puse yo —respondió la niña.

Phillip estaba mirando a Oliver, a quien le había hecho la pregunta, y se giró hacia su hija.

—¿Pusiste una rana en tu propia cama?

Ella asintió.

¿Por qué? ¿Por qué? ¿Por qué?

Se aclaró la garganta.

—¿Por qué?

La niña encogió los hombros.

—Porque quise.

Phillip notó que había echado la cabeza hacia delante, incrédulo.

—¿Porque quisiste?

—Sí.

—¿Quisiste poner una rana en tu cama?

—Intentaba criar renacuajos —le explicó la niña.

—¿En tu cama?

—Me pareció un lugar bastante cálido y cómodo.

—Y yo le ayudé —añadió Oliver.

—De eso no me cabe ninguna duda —dijo Phillip, muy enfadado—. Pero, ¿por qué gritaste?

—Yo no grité —dijo Oliver, indignado—. Fue Amanda.

—¡Se lo estaba preguntando a Amanda! —exclamó Phillip, a punto de levantar los brazos, darse por vencido y refugiarse en su invernadero.

—Me estabas mirando a mí, padre —dijo Oliver. Y entonces, como si su padre fuera tonto y no lo hubiera entendido, añadió—: Cuando has hecho la pregunta.

Phillip respiró hondo e intentó poner cara de paciencia, o al menos eso esperaba, y se giró hacia Amanda.

—Dime, Amanda, ¿por qué gritaste?

Ella encogió los hombros.

—Olvidé que la había dejado allí.

—¡Creí que se iba a morir! —añadió Oliver, con gran dramatismo.

Phillip decidió que era mejor no seguir por ahí. Se cruzó de brazos y lanzó una severa mirada a sus hijos.

—Creía que habíamos dicho que nada de ranas en casa.

—No —dijo Oliver (asintiendo con vehemencia hacia su hermana)—. Dijiste que nada de sapos.

—¡No quiero ningún tipo de anfibios en casa! —exclamó Phillip.

—Pero, ¿y si se está muriendo? —preguntó Amanda, con esos preciosos ojos azules llenos de lágrimas.

—Tampoco.

—Pero...

—Lo cuidáis fuera.

—Pero, ¿y si hace frío y nieva y lo único que necesitan son mis cuidados y una cama caliente dentro de casa?

—Las ranas pueden soportar el frío y la nieve —respondió Phillip—. Por eso son anfibios.

—Pero, ¿y si...?

—¡No! —gritó él—. ¡Nada de ranas, sapos, grillos, saltamontes o cualquier otro animal dentro de casa!

Amanda, de repente, parecía muy alterada.

—Pero, pero, pero...

Phillip suspiró. Jamás sabía qué decirles a sus hijos y ahora parecía que su hija se iba a diluir en una piscina de lágrimas.

—¡Por el amor de...! —se detuvo a tiempo y se tranquilizó un poco—. ¿Qué te pasa, Amanda?

La niña respiraba entrecortadamente y, entonces, empezó a sollozar.

—¿Y Besie?

Phillip movió los brazos a su alrededor y no encontró ninguna pared en la que apoyarse.

—Naturalmente —dijo—, no estaba incluyendo a nuestro querido spaniel.

—Pues podrías haberlo dicho —dijo Amanda, entre sollozos, aunque ahora parecía sorprendente y sospechosamente recuperada—. Me has asustado mucho.

Phillip apretó los dientes.

—Siento mucho haberte asustado.

Ella bajó la cabeza como si fuera una reina.

Phillip refunfuñó en voz baja. ¿Desde cuándo eran ellos los que llevaban la voz cantante de una conversación? Seguro que un hombre de su tamaño y su inteligencia (al menos, le gustaba creerlo) debería ser capaz de manejar a dos críos de ocho años.

Pero no era así porque, una vez más, y a pesar de sus buenas intenciones, había perdido el control de la conversación y había acabado pidiéndoles perdón.

Nada le hacía sentirse más fracasado como padre.

—Está bien —dijo, con ganas de acabar con aquello—. Marchaos, tengo cosas que hacer.

Los niños se quedaron allí, de pie, mirándolo con los ojos muy abiertos.

—¿Todo el día? —preguntó Oliver, al final.

—¿Todo el día? —repitió Phillip. ¿De qué diablos estaba hablando?

—¿Vas a hacer cosas todo el día? —aclaró Oliver.

—Sí —respondió Phillip, muy seco.

—¿Y si fuéramos a dar un paseo por el bosque? —propuso Amanda.

—No puedo —respondió Phillip, aunque una parte de él sí que quería. Sin embargo, los niños lo sacaban de quicio y le hacían perder los nervios, y nada lo aterrorizaba más que eso.

—Podríamos ayudarte en el invernadero —dijo Oliver.

Sí, claro. Ayudarle a destrozarlo.

—No —dijo Phillip. Sinceramente, si le arruinaban el trabajo, dudaba de que pudiera contenerse.

—Pero...

—No puedo —dijo, con un tono de voz que incluso él odió.

—Pero...

—¿A quién tenemos aquí? —preguntó una voz detrás de Phillip.

Se giró. Era Eloise Bridgerton, metiendo las narices en un asunto que no la incumbía, y eso después de haberse presentado en su casa sin avisar.

—¿Perdón? —dijo él, sin preocuparse por ocultar su indignación.

Ella lo ignoró y miró a los gemelos.

—¿Y vosotros quiénes sois? —les preguntó.

—¿Quién es usted? —le preguntó Oliver.

Amanda entrecerró los ojos.

Phillip se permitió la primera sonrisa sincera de la mañana y cruzó los brazos. «Sí, veamos qué tal se las apaña la señorita Bridgerton.»

—Soy la señorita Bridgerton —dijo.

—No será la nueva institutriz, ¿verdad? —preguntó Oliver, en un tono casi envenenado.

—¡Cielos, no! —respondió ella—. ¿Qué le pasó a la última?

Phillip tosió. Muy fuerte.

Los gemelos captaron la indirecta.

—Eh, nada —dijo Oliver.

La señorita Bridgerton no se dejó engañar por ese aire de inocencia, aunque decidió no insistir más en el tema de la institutriz.

—Soy vuestra invitada —dijo.

Los gemelos se quedaron callados un momento, pensando, hasta que Amanda dijo:

—No queremos invitados.

Y Oliver añadió:

—No necesitamos invitados.

—¡Niños! —interrumpió Phillip, que, aunque no le apetecía demasiado ponerse del lado de la señorita Bridgerton, después de lo entrometida que había sido, sabía que no tenía otra opción. No podía permitir que sus hijos fueran tan maleducados.

Los niños se cruzaron de brazos al mismo tiempo y se quedaron mirando fijamente a la señorita Bridgerton.

—Ya está bien —dijo Phillip—. Disculpaos con la señorita Bridgerton.

Pero no dijeron nada.

—¡Ahora! —gritó Phillip.

—Lo sentimos —dijeron, entre dientes, aunque solo un tonto se lo hubiera creído.

—Muy bien. Volved a vuestras habitaciones —les mandó Phillip.

Los dos empezaron a subir las escaleras como dos orgullosos soldados, con la cabeza bien alta. Habría quedado muy impresionante si Amanda no se hubiera girado y hubiera sacado la lengua.

—¡Amanda! —exclamó Phillip, haciendo ademán de ir a buscarla.

Pero la niña desapareció, veloz como un zorro.

Phillip tuvo que respirar hondo varias veces, con los puños cerrados y temblorosos. Le gustaría que, por una vez, ¡solo una!, sus hijos se portaran bien, no respondieran a una pregunta con otra pregunta, fueran educados con los invitados, no sacaran la lengua, no...

Por una vez, le gustaría sentir que era un buen padre, que sabía lo que estaba haciendo.

Y le gustaría no levantar la voz. Odiaba levantar la voz, odiaba la mirada de terror que reconocía en los ojos de sus hijos.

Odiaba los recuerdos que le traía a la memoria.

—¿Sir Phillip?

La señorita Bridgerton. ¡Maldita sea!, casi había olvidado que estaba allí. Se giró.

—¿Sí? —preguntó, mortificado por la idea de que aquella señorita hubiera presenciado su humillación. Algo que, por supuesto, lo hacía estar enfadado con ella.

—Su mayordomo ha traído la bandeja de té —dijo ella, invitándolo a acompañarla al salón.

Él la miró y asintió. Necesitaba salir de allí. Alejarse de sus hijos y de la mujer que había presenciado lo mal padre que era. Había empezado a llover, pero no le importaba.

—Espero que le guste el desayuno —dijo—. La veré cuando haya descansado.

Y, después, salió a toda prisa de casa y se fue al invernadero, donde podría estar solo con las plantas, que no hablaban, ni se portaban mal, ni se entrometían en sus asuntos.

3

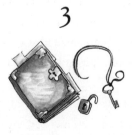

«... y verás por qué no podía aceptar su proposición. Era demasiado grosero y siempre estaba de un humor de perros. Me gustaría casarme con un hombre refinado y considerado que me tratara como a una reina. O, al menos, como a una princesa. Estarás de acuerdo conmigo en que lo que pido no es descabellado.»

Eloise Bridgerton a su mejor amiga, Penelope Featherington, en una carta enviada por mensajero después de que Eloise recibiera su primera proposición de matrimonio.

Por la tarde, Eloise estaba casi segura de que había cometido un error.

Y, en realidad, el único motivo por el que estaba «casi» segura era porque lo único que detestaba más que cometer errores era reconocerlo. De modo que se obligó a sí misma a morderse la lengua y hacer ver que quizás, al final, aquella desagradable situación saliera bien.

Cuando Sir Phillip se había marchado con un escueto «disfrute del desayuno», la había dejado de piedra, incluso boquiabierta. Había cruzado Inglaterra, animada por su invitación a visitarlo, y él la había dejado sola en el salón cuando apenas había pasado media hora de su llegada.

No esperaba que se enamorara de ella a primera vista y cayera rendido a sus pies, profesándole eterna devoción, aunque sí que esperaba algo más que un «¿Quién es usted?» y un «Disfrute del desayuno».

Aunque quizás sí que había esperado que se enamorara de ella a primera vista. Había construido un precioso sueño alrededor de la imagen de ese hombre, una imagen que ahora sabía que era falsa. Había dejado que su mente lo convirtiera en el hombre perfecto y era muy doloroso ver que no solo no era perfecto, sino que rozaba lo desastroso.

Y lo peor era que la única culpable era ella. En las cartas, Sir Phillip jamás había mentido, aunque ella creía que debería haberle dicho que tenía hijos, sobre todo antes de proponerle matrimonio.

Sus sueños se habían quedado en eso, sueños. Ilusiones inventadas. Si no era lo que esperaba, la única culpable era ella porque esperaba algo que no existía.

Y debería haberse dado cuenta.

Además, tampoco parecía muy buen padre y quizás eso era lo peor que Eloise podía pensar de alguien.

No, no era justo. En ese aspecto, no podía juzgarlo tan deprisa. Los niños no parecían maltratados o desnutridos pero, obviamente, Sir Phillip no tenía ni idea de cómo manejarlos. Por la mañana, lo había hecho todo mal y, a juzgar por el comportamiento de los niños, estaba claro que la relación con su padre era, como mucho, distante.

¡Por el amor de Dios!, prácticamente le habían rogado que pasara el día con ellos. Un niño que recibiera la atención necesaria por parte de su padre, jamás se comportaría así. Eloise y sus hermanos se habían pasado gran parte de su infancia intentando evitar a sus padres, porque así podían hacer travesuras.

Su padre era estupendo. A pesar de que Eloise solo tenía siete años cuando murió, lo recordaba muy bien; recordaba las historias que les explicaba antes de acostarse durante aquellas excursiones que hacían por las campiñas de Kent. A veces, iban todos los Bridgerton en fila y, otras, solo era uno el que tenía la suerte de pasar un buen rato con su padre.

Estaba segura de que si no le hubiera sugerido a Sir Phillip que averiguara por qué los niños estaban gritando y tirando muebles al suelo, habría dejado que se las arreglaran solos. O, mejor dicho, habría dejado que lo solucionara otra persona. Hacia el final de la conversación, había quedado más que claro que el único objetivo de Sir Phillip en esta vida era evitar a sus hijos.

Y Eloise no lo aprobaba en absoluto.

Aunque le dolían todos los huesos del cuerpo, se obligó a levantarse de la cama. Cada vez que se tendía, sentía una opresión muy extraña en los pulmones y notaba que estaba en la antesala no solo de las lágrimas, sino de aquellos sollozos que la sacudían de la cabeza a los pies. Si no se levantaba y hacía algo, no iba a poder contenerse.

Y, si empezaba a llorar, sería incapaz de recuperar la compostura.

Abrió la ventana, a pesar de que seguía estando nublado y llovía. No hacía viento, así que el agua no entraría en la habitación, y lo que realmente necesitaba en aquel momento era un poco de aire fresco. Seguro que el frío en la cara no la ayudaba a sentirse mejor, pero tampoco la haría sentirse peor.

Desde la ventana, podía ver el invernadero de Sir Phillip. Supuso que debía estar allí, ya que no lo había vuelto a escuchar pegar gritos por la casa. El calor de dentro había empañado el cristal y solo veía una espesa cortina verde; debían de ser sus queridas plantas. ¿Qué clase de hombre prefería las plantas a las personas? Lo que quedaba claro era que no era amante de las buenas conversaciones.

Sintió que, de repente, le pesaban los hombros. Ella se había pasado la mitad de su vida buscando buenas conversaciones.

Además, si era un ermitaño, ¿por qué había contestado a sus cartas? Se había esforzado tanto como ella en mantener la correspondencia. Sin mencionar la proposición de matrimonio, claro. Si no quería compañía, no debería haberla invitado.

Respiró aquel aire tan puro unas cuantas veces y se obligó a erguir la espalda. No sabía qué se suponía que tenía que hacer en todo el día. Ya había dormido la siesta y el misterio pronto había vencido al cansancio. Sin embargo, nadie había ido a informarla de la hora del almuerzo o de cualquier otra actividad que pudiera afectarla, como invitada.

Si se quedaba en aquella habitación sosa y con corrientes de aire, iba a volverse loca. O, como mínimo, se echaría a llorar hasta perder la conciencia, que era algo que no soportaba en los demás y le horrorizaba imaginarse que podría acabar así.

No había ningún motivo que le impidiera explorar la casa, ¿verdad? Y, con suerte, a lo mejor encontraba algo de comer por el camino. Por la mañana, se había comido las cuatro magdalenas que habían traído con el té, con toda la mantequilla y mermelada posibles, sin parecer una glotona pero, aun así, seguía estando hambrienta. A estas alturas, sabía que sería capaz de golpear a cualquiera a cambio de un sándwich de jamón.

Se cambió y se puso un vestido de muselina color melocotón que era muy bonito y femenino, y nada recargado. Y, lo más importante, era fácil de quitar y poner, algo a favor cuando una se había escapado de casa sin una doncella.

Se miró en el espejo y vio que estaba presentable, aunque no fuera la viva imagen de la belleza deslumbrante, y abrió la puerta de la habitación. Donde se encontró con los gemelos Crane, que parecía que llevaban horas en el suelo, esperándola.

—Buenos días —dijo Eloise, mientras los niños se levantaban—. Sois muy amables al venir a darme la bienvenida.

—No hemos venido a darle la bienvenida —respondió Amanda, quejándose cuando Oliver le clavó un codazo en las costillas.

—¿Ah, no? —preguntó Eloise, fingiendo estar sorprendida—. Entonces, habéis venido a acompañarme hasta el comedor, ¿verdad? La verdad es que tengo un poco de hambre.

—No —dijo Oliver, cruzándose de brazos.

—¿Ni siquiera eso? —preguntó Eloise—. Dejad que lo adivine. Habéis venido para que vaya a vuestra habitación y me enseñéis vuestros juguetes.

—No —respondieron los dos, al unísono.

—Entonces, será que queréis enseñarme la casa. Es bastante grande y quizás me pierda.

—No.

—¿No? No querréis que me pierda, ¿verdad?

—No —dijo Amanda—. Quiero decir, ¡sí!

Eloise hizo ver que no la entendía.

—¿Quieres que me pierda?

Amanda asintió. Oliver se limitó a tensar los brazos y mirarla en silencio.

—Hum... Todo esto es muy interesante, pero no explica vuestra presencia junto a mi puerta, ¿no creéis? Seguro que, si me acompañáis, no me perderé.

Los niños abrieron la boca, sorprendidos.

—Conocéis la casa, ¿verdad?

—Claro —dijo Oliver.

Y Amanda añadió:

—No somos bebés.

—No, ya lo veo —dio Eloise, asintiendo—. Los bebés no tendrían permiso para esperarme solos junto a la puerta de mi habitación. Estarían demasiado ocupados con los pañales, los biberones y todas esas cosas.

Ellos no dijeron nada.

—¿Vuestro padre sabe que estáis aquí?

—Está ocupado.

—Muy ocupado.

—Es un hombre muy ocupado.

—Demasiado ocupado para usted.

Eloise los miró y escuchó sus veloces intervenciones, desviviéndose por demostrar lo ocupado que estaba Sir Phillip.

—¿Estáis intentando decirme que vuestro padre está ocupado? —les preguntó.

Los niños la miraron, desconcertados por la tranquilidad que demostraba, y entonces asintieron.

—Pero eso no explica vuestra presencia aquí —dijo Eloise, divertida—. Porque no creo que vuestro padre os haya enviado en su lugar... —esperó a que agitaran la cabeza, y luego añadió—: a menos que... ¡ya sé! —exclamó, muy emocionada, sonriendo para sus adentros por su actitud. Tenía nueve sobrinos. Sabía perfectamente cómo hablar a los niños—. Habéis venido a decirme que tenéis poderes mágicos y podéis predecir el tiempo.

—No —dijeron los dos, aunque Eloise escuchó una risita.

—¿No? Pues es una lástima porque esta llovizna constante es terrible, ¿no os parece?

—No —respondió Amanda, con energía—. A nuestro padre le gusta la lluvia y a nosotros, también.

—¿Le gusta la lluvia? —preguntó Eloise, sorprendida—. ¡Qué extraño!

—Para nada —intervino Oliver, a la defensiva—. Nuestro padre no es extraño. Es perfecto. Y no hable mal de él.

—No lo he hecho —respondió Eloise, que no entendía muy bien qué estaba pasando.

Al principio, había pensado que los niños estaban delante de su puerta para asustarla. Seguramente, habrían escuchado que su padre quería casarse con ella y no querían ni oír hablar de tener una madrastra, sobre todo después de las historias de la colección de pobres institutrices que habían llegado y se habían marchado asustadas que le había explicado la sirvienta.

Sin embargo, si no querían una madrastra, ¿no intentarían hacerle creer que su padre no era perfecto? Si querían que se fuera, ¿por qué no intentaban convencerla de que Sir Phillip era un candidato horrible para el matrimonio?

—Os aseguro que no tengo nada en contra de ninguno de vosotros —les dijo—. De hecho, apenas conozco a vuestro padre.

—Si hace que nuestro padre se ponga triste, la... la...

Eloise observó cómo el pobre chico se sonrojaba de la frustración mientras buscaba las palabras adecuadas y el valor para decirlas. Lenta y cuidadosamente, Eloise se agachó a su lado hasta que sus caras estuvieron a la misma altura. Entonces, dijo:

—Oliver, te prometo que no he venido a entristecer a tu padre —el niño no dijo nada, así que Eloise miró a su hermana—. ¿Amanda?

—Tiene que marcharse —dijo la niña, con los brazos cruzados con tanta fuerza que tenía la cara colorada—. No queremos que esté aquí.

—Pues lo siento, pero no me voy a mover de aquí en, al menos, una semana —les dijo Eloise, con una voz firme. Los niños necesitaban comprensión, y mucho amor, pero también necesitaban un poco de disciplina y saber quién tenía la sartén por el mango.

Y entonces, como surgido de la nada, Oliver se abalanzó sobre ella y la empujó con todas sus fuerzas.

Y como ella estaba agachada, y tenía todo el peso apoyado en los dedos de los pies, perdió el equilibrio, aterrizó sobre el trasero de la forma menos elegante posible y rodó hacia atrás de tal manera que los gemelos tuvieron una vista privilegiada de su enagua.

—Veamos —dijo, mientras se levantaba y se cruzaba de brazos, mirando a los niños desde arriba. Los gemelos habían retrocedido un poco y la estaban mirando con una mezcla de regocijo y pavor, como si no se acabaran de creer que uno de ellos se hubiera atrevido a empujarla—. Eso no ha estado bien.

—¿Va a pegarnos? —preguntó Oliver. El tono de voz era desafiante, aunque también había un poco de miedo, como si alguien les hubiera pegado antes.

—Claro que no —respondió Eloise, de inmediato—. No soy partidaria de pegar a los niños. No soy partidaria de pegar a nadie —«Excepto a los que pegan a los niños», añadió para sus adentros.

Los niños se quedaron un poco más tranquilos al escuchar aquello.

—Sin embargo, debo recordarte que tú me has golpeado primero —dijo.

—La he empujado —la corrigió Oliver.

Eloise soltó un gemido. Debería haber previsto aquella respuesta.

—Si no quieres que la gente te golpee, deberías predicar con el ejemplo.

—La Regla de Oro —saltó Amanda.

—Exacto —dijo Eloise, con una amplia sonrisa. Dudaba de que aquella pequeña lección cambiara el rumbo de sus vidas, pero era agradable pensar que les había dicho algo que los había hecho reflexionar.

—Entonces —dijo Amanda, un poco pensativa—, ¿no significa eso que debería irse a su casa?

El momento de euforia de Eloise desapareció tan deprisa como había llegado mientras intentaba imaginar qué lógica aplicaría Amanda para explicar que Eloise debía volver a Londres.

—Nosotros estamos en nuestra casa —dijo Amanda, excesivamente altanera para ser una niña de ocho años. O quizás aquella altanería solo se demostraba a los ocho años—. Así que usted debería estar en la suya.

—Esto no funciona así —respondió Eloise, un poco seca.

—Sí —dijo Amanda asintiendo—. Trata a los demás como quieres que te traten a ti. Nosotros no hemos ido a su casa, así que usted no debería haber venido a la nuestra.

—Eres muy lista, ¿lo sabías? —dijo Eloise.

Amanda estaba a punto de asentir, pero el cumplido de Eloise era demasiado sospechoso para aceptarlo.

Eloise se agachó, para ponerse a su altura. Y entonces, con una voz seria y un tanto desafiante, les dijo:

—Pero yo también.

Los niños la miraron con los ojos como platos y la boca abierta porque, obviamente, la persona que tenían delante era totalmente distinta a los adultos que habían conocido hasta ahora.

—¿Entendido? —les preguntó, levantándose y alisando las arrugas de la falda con las manos. Los niños no dijeron nada, así que ella respondió por ellos—. Muy bien. Y ahora, ¿queréis indicarme dónde está el comedor? Estoy hambrienta.

—Tenemos deberes —dijo Oliver.

—¿De verdad? —preguntó Eloise, arqueando las cejas—. ¡Qué gracioso! Pues ya podéis daros prisa. Supongo que, después de tanto rato esperándome aquí fuera, debéis de ir un poco retrasados.

—¿Cómo sabe que...? —la pregunta de Amanda quedó en el aire porque su hermano le clavó un codazo en el costado.

—Tengo siete hermanos —dijo Eloise porque, aunque Oliver no le había dejado terminar la pregunta, creía que Amanda se merecía una respuesta—. Y ya me conozco casi todas estas batallitas.

Sin embargo, mientras los niños se alejaban por el pasillo, Eloise se quedó preocupada, mordiéndose el labio inferior. Tenía la sensación de que no debería haber terminado aquella conversación con un desafío. Prácticamente, los había retado a sorprenderla.

Y, aunque estaba segura de que no lo conseguirían porque, después de todo, era una Bridgerton y tenía más fuerza de la que esos dos renacuajos podían imaginarse, estaba segura de que lo intentarían con todas sus fuerzas.

Tembló. Anguilas en la cama, pelo teñido con tinta, mermelada en las sillas. Ya lo había sufrido todo, aunque no deseaba volver a pasar por aquello, y menos si los artífices eran un par de gemelos veinte años más jóvenes que ella.

Suspiró y se preguntó dónde se había metido. Sería mejor que fuera a buscar a Sir Phillip y decidieran si se adaptaban bien el uno al otro o no. Porque, si de verdad se iba a marchar en una o dos semanas y no iba a volver a ver a los Crane nunca más, no estaba segura de querer pasar por los ratones, las arañas y la sal en el bote del azúcar.

Su estómago se quejó. No supo si fue por la mención de la sal o del azúcar, pero necesitaba comer algo. Y cuanto antes mejor, para no darles tiempo a los gemelos a encontrar una manera de envenenarle la comida.

Phillip sabía que se había equivocado. Pero es que aquella mujer había aparecido sin avisar dos veces en una sola mañana. Si le hubiera avisado de que venía, se podría haber preparado y habría pensado unas cuantas cosas poéticas para decirle. ¿De verdad creía que había escrito todas esas cartas sin pararse a pensar cada palabra? Jamás le había enviado el primer borrador, a pesar de que siempre usaba su mejor papel, con la esperanza de hacerlo bien a la primera.

¡Demonios! Si lo hubiera avisado, habría podido preparar algo romántico. Como un ramo de flores, y Dios sabía que si había algo que se le daba bien eran las flores.

Sin embargo, se había presentado en la casa salida de la nada y él lo había echado todo a perder.

Además, el hecho de que la señorita Eloise Bridgerton no fuera como esperaba tampoco había ayudado demasiado.

¡Por el amor de Dios!, era una solterona de veintiocho años. Se suponía que no debía ser atractiva. Incluso tenía que ser fea y, en cambio...

Bueno, no estaba seguro de cómo describirla. No era exactamente guapa pero, aun así, era despampanante, con ese pelo castaño grueso y los ojos de ese color gris claro. Era de aquellas mujeres a quienes sus expresiones embellecían. Sus ojos desprendían inteligencia y la manera que tenía de ladear la cabeza demostraba curiosidad. Sus facciones eran únicas, casi exóticas, con esa cara en forma de corazón y la amplia sonrisa.

Aunque no es que hubiera podido contemplar demasiado aquella sonrisa. El famoso encanto de Sir Phillip ya se había encargado de eso.

Hundió las manos en un montón de tierra húmeda y metió un puñado en un tiesto de arcilla; no lo apretó demasiado para permitir que las raíces crecieran de forma óptima. ¿Qué demonios iba a hacer ahora? Había depositado todas sus esperanzas en la imagen que él se había hecho de Eloise Bridgerton a partir de las cartas que le había escrito durante un año. No tenía tiempo, ni ganas, de cortejar a una posible madre para sus hijos, así que la idea de hacerlo a través de las cartas le había parecido una idea perfecta, aparte de algo mucho más sencillo.

Estaba seguro de que una mujer soltera, que se acercaba a la treintena, estaría agradecida de recibir una proposición de matrimonio. Obviamente, no esperaba que aceptara sin conocerlo, y él tampoco estaba dispuesto a comprometerse sin conocerla. Pero sí que esperaba encontrarse con una mujer un poco más desesperada por casarse.

Y, en cambio, había llegado toda joven, bonita, inteligente y segura de sí misma; ¡por todos los santos!, ¿por qué iba a querer una mujer así casarse con alguien a quien no conocía? Es más, ¿por qué iba a ligarse a una vida rural en el rincón más perdido de Gloucestershire? Phillip no tenía ni idea de moda, pero incluso él se había dado cuenta de que sus vestidos eran de buena tela y, seguramente, el último grito en Londres. Seguro que esperaba viajes a Londres, una vida social activa, amigos...

Algo que no iba a encontrar en Romney Hall.

Por lo tanto, parecía inútil esforzarse en conocerla. No iba a quedarse; esperar lo contrario sería una estupidez.

Gruñó y maldijo en voz alta. Ahora tendría que cortejar a otra mujer. No, peor. Ahora tendría que buscar a otra mujer a quien cortejar, que iba a ser algo tan o más difícil que cortejarla. Las mujeres de aquella zona ni siquiera se fijaban en él. Todas las mujeres solteras tenían referencias de los gemelos y ninguna estaba dispuesta a hacerse cargo de esa responsabilidad.

Había depositado todas sus esperanzas en la señorita Bridgerton y, al parecer, iba a tener que ir descartando la idea.

Dejó el tiesto en una estantería con demasiada fuerza e hizo una mueca cuando el fuerte ruido resonó por todo el invernadero.

Suspiró fuerte y hundió las manos en un cubo con agua sucia y se las lavó. Por la mañana, había sido muy maleducado. Estaba bastante enfadado con ella por haberse presentado de aquella manera y le hubiera hecho perder el tiempo; bueno, aunque todavía no lo había hecho, sabía que se lo haría perder porque, al parecer, no tenía la menor intención de coger su maleta esa misma noche y volver por donde había venido.

Sin embargo, eso no justificaba su comportamiento. Ella no tenía la culpa de que él no supiera manejar a sus hijos y de que esa impotencia siempre lo pusiera de mal humor.

Se secó las manos con una toalla que siempre tenía junto a la puerta, salió fuera, bajo la lluvia, y se dirigió hacia la casa. Seguramente, era hora de tomar un tentempié y no le haría ningún daño sentarse con ella en la mesa y mantener una educada conversación.

Además, ella había venido. Después de todos sus esfuerzos con las cartas, parecía estúpido no sentarse a ver si se llevaban lo suficientemente bien para casarse. Solo un idiota la dejaría hacer las maletas, o marcharse, sin comprobar si era una candidata a considerar.

Era poco probable que se quedara, aunque no imposible, se recordó. Así que valía la pena intentarlo.

Caminó bajo la fina lluvia y se limpió los pies en el felpudo que el ama de llaves siempre le dejaba delante de la entrada lateral. Iba hecho un desastre, como siempre que volvía de trabajar en el invernadero, y los sirvientes ya se habían acostumbrado a verlo con esas fachas, pero supuso que tenía que adecentarse un poco antes de ver a la señorita Bridgerton e invitarla a comer con él. Era de Londres y seguro que rechazaría sentarse a la mesa con un hombre que no iba hecho un pincel.

Tomó el camino más corto, por la cocina. Saludó con la cabeza a una sirvienta que estaba lavando zanahorias en un cubo de agua. Las escaleras de servicio estaban al otro lado de la cocina y...

—¡Señorita Bridgerton! —exclamó, sorprendido. Estaba en la mesa de la cocina, comiéndose un sándwich de jamón cocido, sentada cómodamente en el taburete, como si estuviera en su casa—. ¿Qué hace aquí?

—Sir Phillip —dijo ella, saludándolo con la cabeza.

—No tiene que comer en la cocina —dijo él, mirándola con mala cara porque, sencillamente, estaba donde menos se lo esperaba.

Por eso y porque realmente tenía la intención de asearse y cambiarse ropa para comer, básicamente para ella, y lo había descubierto hecho un desastre.

—Ya lo sé —respondió ella, ladeando la cabeza y parpadeando esos increíbles ojos grises—. Pero quería comer algo y tener compañía, y este me ha parecido el mejor lugar para encontrar ambas cosas.

¿Era un insulto? No estaba seguro, pero como ella lo estaba mirando de aquella manera tan inocente, decidió ignorar el comentario y decir:

—Iba a cambiarme y a ponerme ropa limpia y luego tenía la intención de invitarla a que me acompañara a comer.

—No me importaría trasladarme al comedor y acabarme el sándwich allí, si gusta acompañarme —dijo Eloise—. Seguro que a la señora Smith no le importará prepararle otro. Está delicioso —miró a la cocinera—. ¿Verdad, señora Smith?

—No me importa en absoluto, señorita Bridgerton —dijo la cocinera, dejando a Sir Phillip boquiabierto. Era el tono de voz más amable que jamás le había escuchado a la cocinera.

Eloise se levantó del taburete y cogió su plato.

—¿Me acompaña? —le dijo a Phillip—. No es necesario que se cambie de ropa.

Incluso antes de darse cuenta de que no había accedido a hacer lo que ella había dicho, Phillip se vio sentado en la pequeña mesa redonda, la que solía usar en detrimento de la grande y alargada, que resultaba demasiado solitaria para él. Una sirvienta había traído el servicio de té de la señorita Bridgerton y, después de preguntarle a Sir Phillip si él también quería, la propia señorita Bridgerton, con manos expertas, le preparó una taza.

Aquello era bastante incómodo. Lo había manejado como había querido para salirse con la suya y, de alguna manera, el hecho de que él hubiera querido invitarla a comer parecía haber caído en saco roto. Sin embargo, le gustaba creer que, al menos nominalmente, seguía al frente de su propia casa.

—Antes he conocido a sus hijos —dijo la señorita Bridgerton, acercándose la taza de té a la boca.

—Sí, yo estaba delante —respondió él, aliviado de que fuera ella la que hubiera empezado la conversación. Ahora ya no tendría que hacerlo él.

—No —lo corrigió ella—. Después de eso.

Él la miró, intrigado.

—Me estaban esperando —le explicó—. Frente a la puerta de mi habitación.

Sir Phillip empezó a temerse lo peor. ¿Esperándola con qué? ¿Con un saco de ranas vivas? ¿Con un saco de ranas muertas? Los niños no habían sido muy amables con las institutrices y suponía que no debían de estar muy contentos con aquella invitada femenina que, obviamente, había venido en el papel de posible madrastra.

Se aclaró la garganta.

—Veo que ha sobrevivido al encuentro.

—Uy, sí —dijo ella—. Hemos llegado a una especie de trato.

—¿Una especie de trato? —preguntó él, mirándola con cautela.

Ella le quitó importancia a la pregunta mientras masticaba otro bocado de comida.

—No tiene que preocuparse por mí.

—¿Tengo que preocuparme por mis hijos?

Levantó la cabeza y lo miró con una sonrisa inescrutable.

—Por supuesto que no.

—Perfecto —bajó la mirada, vio el sándwich en el plato y le dio un buen bocado. Cuando lo hubo tragado, la miró a los ojos y le dijo—: Debo disculparme por mi comportamiento de esta mañana. No he sido nada cortés.

Ella asintió con majestuosidad.

—Y yo debo disculparme por llegar sin avisar. He sido muy desconsiderada.

Él asintió.

—Sí, pero usted ya se ha disculpado esta mañana, y yo no.

Ella sonrió, una sonrisa auténtica, y Phillip notó que el corazón le daba un vuelco. ¡Dios santo!, cuando sonreía se le transformaba la cara. En todo el año que se habían estado escribiendo cartas, jamás hubiera imaginado que lo dejaría sin respiración.

—Gracias —susurró ella, sonrojándose ligeramente—. Es muy cortés.

Phillip se aclaró la garganta y se movió, incómodo, en su asiento. ¿Qué le estaba pasando? ¿Por qué le incomodaban más las sonrisas de la señorita Bridgerton que sus muecas?

—De nada —dijo él, tosiendo de nuevo para disimular la aspereza de su voz—. Ahora que hemos dejado esto claro, quizás podríamos hablar del motivo que la ha traído aquí.

Eloise dejó el sándwich en el plato y lo miró, visiblemente sorprendida. Estaba claro que no esperaba que fuera tan directo.

—Dijo que estaba interesado en el matrimonio —dijo ella.

—¿Y usted? —respondió él.

—Estoy aquí —se limitó a decir ella.

Phillip la miró detenidamente, clavándole los ojos en los de ella hasta que Eloise se movió, incómoda.

—No es como esperaba, señorita Bridgerton.

—Dadas las circunstancias, no me parecería inapropiado que me llamara por mi nombre de pila —dijo ella—. Y usted tampoco es como esperaba.

Sir Phillip se apoyó en el respaldo de la silla y la miró con una pequeña sonrisa.

—¿Y qué esperaba?

—¿Qué esperaba usted? —respondió ella.

Él le lanzó una mirada que le hizo saber que se había dado cuenta de que no le había respondido y después, muy directo, le dijo:

—No esperaba que fuera tan bonita.

Eloise se sorprendió tanto que incluso notó que se había echado ligeramente hacia atrás. Esa mañana, no tenía su mejor aspecto y, aunque lo hubiera tenido..., bueno, las mujeres Bridgerton solían ser atractivas, llenas de vida y agradables. Sus hermanas y ella eran muy populares y todas habían recibido más de una proposición de matrimonio, pero a los hombres parecían gustarles porque se enamoraban, no porque cayeran rendidos a sus pies por su belleza.

—Yo... eh... —notó que se estaba sonrojando, algo que la mortificaba y que, encima, la hacía sonrojarse más—. Gracias.

Él asintió.

—No sé por qué se sorprende por mi aspecto —dijo ella, muy enfadada consigo misma por reaccionar de aquella manera ante aquel halago. ¡Dios santo!, cualquiera diría que era el primero que le dedicaban. Pero es que él estaba allí sentado, mirándola. Mirándola, observándola y...

Ella se estremeció.

Y allí no había corrientes de aire. ¿Podía alguien estremecerse si tenía demasiado... calor?

—Usted misma dijo que estaba soltera —dijo él—. Debe de haber algún motivo por el que no se haya casado.

—No es porque no haya recibido proposiciones —Eloise se sintió casi obligada a dejarlo claro.

—Obviamente —dijo él, ladeando la cabeza hacia ella, a modo de halago—. Pero no puedo evitar preguntarme por qué una mujer como usted tiene la necesidad de recurrir a..., bueno..., a mí.

Ella lo miró; lo miró de verdad por primera vez desde que había llegado. Era bastante atractivo, a pesar de la rudeza y el aspecto un poco descuidado. El pelo oscuro estaba pidiendo a gritos un buen corte y estaba ligeramente bronceado, casi un milagro teniendo en cuenta lo poco que veían el sol por estas tierras. Era muy alto y fuerte, y se sentaba de un modo despreocupado y atlético, con las piernas separadas de una manera que en Londres hubiera sido totalmente inaceptable.

Además, su mirada le dejó muy claro que no le importaba que sus modales no fueran refinados. Sin embargo, no era la misma actitud desafiante habitual entre los jóvenes de Londres. Había conocido a muchos de esos, los típicos que querían llamar la atención desafiando las convenciones y que luego lo iban publicitando para que todos vieran lo atrevidos y escandalosos que eran.

Sin embargo, Sir Phillip era distinto. Eloise se habría jugado su dinero a que a él nunca se le habría ocurrido pensar que aquella forma de sentarse no era la adecuada en situaciones formales, como tampoco se le habría ocurrido asegurarse de que los demás supieran que no le importaba.

Eloise se preguntó si aquello demostraba que era un hombre tremendamente seguro de sí mismo y, si lo era, ¿por qué tenía la necesidad de recurrir a ella? Porque, por lo que había visto esa mañana, dejando a un lado los malos modales, no consideraba que pudiera tener problemas para encontrar esposa.

—Estoy aquí —dijo ella, recordando que le había hecho una pregunta— porque, después de rechazar varias proposiciones de matrimonio —sabía que alguien que fuera mejor persona habría sido más modesta y no habría recalcado tanto la palabra «varias», pero no pudo evitarlo—, he descubierto que todavía quiero casarme. Y, a juzgar por sus cartas, usted parecía un buen candidato. Me pareció insensato no conocerle y descubrir si los presentimientos eran ciertos.

Él asintió.

—Una mujer muy práctica.

—¿Y qué me dice de usted? —respondió ella—. Usted fue el primero en sacar el tema del matrimonio. ¿Por qué no ha buscado esposa entre las mujeres de por aquí?

Por un segundo, Phillip se la quedó mirando, parpadeando, como si no pudiera creerse que no lo hubiera adivinado. Al final, dijo:

—Ya ha conocido a mis hijos.

Eloise estuvo a punto de atragantarse con el bocado de sándwich que acababa de meterse en la boca.

—¿Cómo dice?

—Mis hijos —repitió él—. Ya los ha conocido. Dos veces, creo. Usted misma me lo ha dicho.

—Sí pero, ¿qué...? —de repente, lo entendió todo y abrió los ojos como platos—. ¡Oh, no! No me diga que han espantado a todas las posibles candidatas.

Él la miró, muy serio.

—Casi todas las mujeres de esta zona ni siquiera se atreven a poner un pie en mis tierras.

Ella se rio.

—No son tan malos.

—Necesitan una madre —dijo Sir Phillip, directamente.

Eloise arqueó las cejas.

—Estoy segura de que debe de haber una forma más romántica de convencerme para ser su esposa.

Phillip suspiró con fuerza y se rascó la cabeza, despeinándose todavía más.

—Señorita Bridgerton —dijo, pero enseguida se corrigió—. Eloise. Voy a ser sincero con usted porque, en realidad, no tengo las energías ni la paciencia para buscar palabras románticas o historias audaces. Necesito una esposa. Mis hijos necesitan una madre. La invité a visitarme para ver si usted estaría interesada en asumir esa responsabilidad y comprobar si nos adaptábamos bien.

—¿Cuál de las dos? —preguntó ella, en un susurro.

Él apretó los puños, arrugando el mantel. ¿Qué les pasaba a las mujeres? ¿Es que hablaban en una especie de código que solo ellas conocían?

—¿Cuál de las dos... qué? —preguntó, en un tono impaciente.

—¿Cuál de las dos responsabilidades quiere que asuma? —aclaró ella, con voz suave—. ¿La de esposa o la de madre?

—Ambas —respondió él—. Creí que era obvio.

—Pero, ¿cuál de las dos es más importante para usted?

Phillip se la quedó mirando un buen rato, consciente de que era una pregunta importante, seguramente una mala respuesta podría poner a fin a aquel extraño cortejo. Al final, se encogió de hombros y dijo:

—Lo siento, pero no sé cómo separarlas.

Ella asintió, muy seria.

—Claro —dijo—. Supongo que tiene razón.

Phillip soltó el aire que, de forma inconsciente, había estado conteniendo. No sabía cómo, solo Dios debía de saberlo, había respondido bien. O, al menos, no había respondido mal.

Eloise se movió, inquieta, e hizo un gesto hacia el sándwich a medias que Phillip tenía en el plato.

—¿Quiere que continuemos con el refrigerio? —sugirió—. Se ha pasado la mañana en el invernadero. Seguro que debe de tener hambre.

Phillip asintió y se comió un bocado, con una repentina sensación de agradecimiento hacia la vida. Todavía no estaba seguro de que la señorita Bridgerton aceptara convertirse en Lady Crane, pero si lo hacía...

Bueno, él no pondría ningún impedimento.

De todos modos, cortejarla no iba a ser tan sencillo como se había imaginado. Estaba claro que él la necesitaba más que ella a él. Phillip suponía que se encontraría con una solterona desesperada y, obviamente, no había sido el caso, a pesar de la edad de la señorita Bridgerton. Sospechaba que era una mujer con varias opciones en la vida y que él solo era una más.

Sin embargo, debió de haber algo que la hiciera abandonar su vida en Londres y venir hasta Gloucestershire. Si su vida en la ciudad era tan perfecta, ¿por qué la había abandonado?

No obstante, mientras la observaba al otro lado de la mesa y veía cómo una simple sonrisa le transformaba la cara, pensó que no le importaba demasiado por qué lo había hecho.

Solo tenía que asegurarse de que se quedara.

4

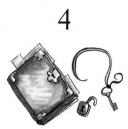

«... siento mucho que los cólicos de Caroline te estén volviendo loca. Y, por supuesto, es una lástima que a Amelia y a Belinda no les haga ninguna gracia la llegada de una nueva hermanita. Pero míralo por el lado bueno, querida Daphne, si hubieras tenido gemelos, todo habría sido mucho más complicado.»

Eloise Bridgerton a su hermana, la duquesa de Hastings,
un mes después del nacimiento de la tercera hija de Daphne.

Mientras cruzaba el recibidor, camino de las escaleras, Phillip iba silbando, extrañamente satisfecho con la vida. Se había pasado gran parte de la tarde con la señorita Bridgerton. «No —se recordó—. Con Eloise.» Y ahora estaba convencido de que sería una magnífica esposa. Era muy inteligente y, con todos esos hermanos y sobrinos de los que le había hablado, seguro que sabría cómo manejar a Oliver y a Amanda.

Y además, pensó, con una sonrisa, era bastante bonita y más de una vez, mientras estaban hablando, se la había quedado mirando, preguntándose cómo sería tenerla entre los brazos, cómo reaccionaría a sus besos.

Todo su cuerpo se tensó con solo pensarlo. Hacía mucho tiempo que no había compartido intimidad con una mujer. Tantos años que ya ni siquiera se molestaba en contarlos.

Para ser sincero, más años de los que cualquier hombre admitiría.

Nunca se había aprovechado de los servicios que las mozas del hostal del pueblo le ofrecían, porque prefería que las mujeres con las que intimaba estuvieran más limpias y que no fueran tan anónimas, la verdad.

O quizás prefería que fueran más anónimas. Ninguna de las mozas tenía la intención de marcharse del pueblo y Phillip se lo pasaba demasiado bien en el hostal para arruinar esos momentos cruzándose con mujeres con las que se había acostado una vez y de las que nunca más había querido saber nada.

Y antes de la muerte de Marina..., bueno, jamás se había planteado serle infiel, a pesar de que la última vez que habían compartido lecho fue cuando los gemelos eran muy pequeños.

Después de dar a luz, Marina se había quedado muy triste. Siempre había parecido muy frágil y reflexiva, pero fue después del nacimiento de Oliver y de Amanda cuando realmente se encerró en su propio mundo de pena y desesperación. Para Phillip había sido horrorosa ver cómo sus ojos iban perdiendo la vida, día tras día, hasta que solo reflejaban un vacío espeluznante, la sombra de la mujer que había sido.

Sabía que las mujeres no podían tener relaciones inmediatamente después de dar a luz pero, incluso después de recuperarse físicamente, ni siquiera se le había pasado por la cabeza forzarla a mantener relaciones. ¿Cómo se suponía que un hombre debía desear a una mujer que siempre parecía que estaba a punto de llorar?

Cuando los gemelos fueron un poco más mayores y Phillip creyó, y esperó, que Marina estaba recuperada, había visitado su dormitorio.

Solo una vez.

No lo había rechazado, pero tampoco había participado de manera activa. Se había quedado allí quieta, sin hacer nada, con la cara hacia el otro lado, con los ojos abiertos, sin apenas parpadear.

Casi había sido como si no hubiera estado allí.

Phillip se había sentido sucio, moralmente corrupto, como si la hubiera violado, aunque ella no había dicho que no.

Y, desde aquel día, no la había vuelto a tocar.

No estaba tan desesperado como para aliviarse con una mujer que yacía debajo de él como un cadáver.

Además, no quería volver a sentirse como aquella noche. Al llegar a su habitación, había vomitado, tembloroso y alterado, enfadado consigo mismo. Se había comportado como un animal, intentando desesperadamente provocar en ella alguna reacción, la que fuera. Cuando había comprobado que era imposible, se había enfadado con ella y había querido golpearla.

Y aquello lo había aterrado.

Había sido demasiado brusco. No le había hecho daño, pero tampoco había sido muy cuidadoso. Y no quería volver a ver esa otra cara de su personalidad.

Pero Marina estaba muerta.

Muerta.

Y Eloise era diferente. No iba a echarse a llorar porque se le cayera el sombrero o a encerrarse en su habitación, comiendo como un pajarillo y empapando la almohada con lágrimas.

Eloise era alegre. Tenía genio.

Era feliz.

Y si eso no bastaba como motivo para querer casarse con ella, entonces no sabía qué bastaría.

Se detuvo a los pies de la escalera para mirar la hora en su reloj de bolsillo. Le había dicho a Eloise que servirían la cena a las siete y que la esperaría frente a la puerta de su habitación para acompañarla al comedor. No quería llegar demasiado temprano y parecer impaciente.

Por otro lado, no quedaría demasiado bien si llegaba tarde. Si le daba a entender que no estaba interesado, el que salía perdiendo era él.

Cerró el reloj y puso los ojos en blanco. Se estaba comportando como un chiquillo. Todo aquello era ridículo. Era el señor de la casa y un reconocido científico. No debería estar contando los minutos para ganarse el favor de una mujer.

Sin embargo, mientras pensaba esto, volvió a abrir el reloj. Las siete menos tres minutos. Excelente. El tiempo suficiente para subir las escaleras y esperarla en su puerta justo un minuto antes de la hora.

Sonrió, disfrutando de la cálida sensación de deseo al imaginársela con un vestido de noche. Ojalá fuera azul. Estaría preciosa de azul.

Sonrió todavía más. De hecho, estaría preciosa sin nada.

Aunque, cuando la vio, frente a la puerta de su habitación, tenía todo el pelo blanco.

De hecho, igual que toda ella.

¡Maldita sea!

—¡Oliver! —gritó—. ¡Amanda!

—No grite, ya hace rato que se han ido —dijo Eloise. Levantó la cabeza y lo miró, echando chispas por los ojos. Unos ojos que, como Phillip no pudo evitar darse cuenta, era la única parte de su cuerpo que no estaba cubierta por una gruesa capa de harina.

Al menos, había sido rápida y los había cerrado a tiempo. Siempre había admirado los reflejos en una mujer.

—Señorita Bridgerton —dijo, alargando el brazo para ayudarla, aunque tuvo que retroceder porque no había manera de ayudarla—, no puedo expresarle mi...

—No se disculpe por ellos —lo interrumpió ella.

—Está bien —dijo él—. Por supuesto. Pero le prometo que... les voy a...

Se calló. Aquella mirada de Eloise hubiera hecho callar hasta al mismísimo Napoleón.

—Sir Phillip —dijo ella, lenta y seriamente, como si estuviera a punto de abalanzarse sobre él furiosa—, como verá, todavía no estoy lista para la cena.

Él, por precaución, retrocedió un poco.

—Veo que los niños le han hecho una visita —dijo.

—Pues sí —respondió ella, con sarcasmo—. Y han huido. Y ahora, los muy cobardes, se han escondido.

—Bueno, no pueden estar muy lejos —dijo él, divertido, permitiéndole el insulto hacia sus hijos, que se lo tenían bien merecido, mientras intentaba mantener una conversación normal con ella, como si no pareciera una imagen fantasmagórica.

Le pareció que era lo mejor. O, al menos, la mejor manera de evitar que intentara estrangularlo.

—Supongo que habrán querido ver los resultados de la broma —dijo Phillip, retrocediendo un poco más mientras Eloise tosía y provocaba una nube de harina a su alrededor—. Supongo que cuando le cayó la harina encima no oiría ninguna risa, ¿verdad? ¿Carcajadas, quizás?

Ella lo miró fijamente.

—Sí, claro —dijo él, con una mueca—. Lo siento. Ha sido una broma muy inoportuna.

—En realidad —respondió ella, tan tensa que Phillip creyó que se iba a romper la mandíbula—, solo escuché el golpe del cubo contra la cabeza.

—¡Maldita sea! —susurró, mientras le seguía la vista hasta que vio el cubo de metal en el suelo, con un poco de harina todavía dentro—. ¿Se ha hecho daño?

Ella agitó la cabeza.

Él se acercó y le cogió la cabeza con las manos, intentando ver si tenía algún golpe o moretón.

—¡Sir Phillip! —exclamó ella, intentando zafarse—. Tendré que pedirle que...

—No se mueva —le mandó él, pasándole los pulgares por las sienes para ver si tenía alguna secuela del golpe. Era un gesto bastante íntimo y le pareció extrañamente satisfactorio. Frente a él, Eloise parecía de la altura exacta y, si no hubiera estado llena de harina, Phillip no estaba seguro de haberse podido contener y no haberle dado un suave beso en la ceja.

—Estoy bien —dijo ella, casi enfadada, y se separó de él—. Pesaba más la harina que el cubo.

Phillip se agachó y lo cogió, comprobando por sí mismo lo que pesaba. Era bastante ligero y no podía haberle hecho mucho daño pero, de todos modos, nadie se golpearía con eso en la cabeza por gusto.

—Sobreviviré, se lo garantizo —dijo ella.

Él se aclaró la garganta.

—Supongo que querrá volver a bañarse.

A Phillip le pareció oír que decía: «Supongo que querré ver a esos dos condenados colgados de una cuerda», pero no estaba seguro, porque Eloise había hablado entre dientes. Además, el hecho de que fuera lo que él habría dicho no significaba que ella fuera igual de despiadada.

—Haré que se lo preparen —dijo él, rápidamente.

—No se preocupe. Me he bañado antes de vestirme y el agua todavía está caliente.

Phillip hizo una mueca. Sus hijos no podían haber sido más inoportunos.

—Tonterías —insistió él—. Diré que le suban unos cubos de agua caliente.

Cuando vio cómo lo miraba, volvió a hacer una mueca. No había elegido las mejores palabras.

—Voy a la cocina a que vayan calentando agua —dijo.

—Sí —respondió ella, muy tensa—. Vaya.

Bajó para darle las instrucciones a una doncella pero, cuando se giró, vio que había media docena de sirvientes mirándolos boquiabiertos y provocó que empezaran a apostar cuánto tardaría Sir Phillip en encontrar a los gemelos y darles un buen azote.

Después de ordenarles que fueran a calentar agua para el baño de la señorita Bridgerton, volvió con Eloise. Ya estaba sucio de harina, así que no dudó ni un segundo en tomarla de la mano.

—Lo siento mucho —dijo, intentando contener la risa.

La primera reacción había sido de rabia, pero ahora..., bueno, la verdad es que estaba bastante ridícula.

Ella lo miró y se dio cuenta del cambio en su estado de ánimo.

Phillip recuperó la compostura.

—¿Quiere volver a su habitación? —le preguntó.

—¿Y dónde me siento? —respondió ella.

En eso tenía razón. Seguramente, destrozaría todo lo que tocara o, como mínimo, lo llenaría de harina y tendrían que limpiarlo a fondo.

—En ese caso, le haré compañía —dijo él, en un tono jovial.

Ella lo miró, dándole a entender que todo aquello no le hacía ni pizca de gracia.

—Muy bien —dijo él, para llenar el silencio con algo que no fuera harina. Miró hacia la puerta, impresionado por el truco de los gemelos, a pesar de las terribles consecuencias—. Me pregunto cómo lo habrán hecho —dijo.

Ella lo miró, boquiabierta.

—¿Importa?

—Bueno —continuó él, a pesar de que por la mirada que ella le estaba lanzando vio que no era el mejor tema de conversación en ese momento—. No lo apruebo, pero debo admitir que han sido muy ingeniosos. No veo de dónde pudieron colgar el cubo y...

—Lo colocaron encima de la puerta.

—¿Cómo dice?

—Tengo siete hermanos —dijo ella, con desdén—. ¿Cree que es la primera vez que veo este truco? Abrieron un poco la puerta y, con mucho cuidado, colocaron encima el cubo.

—¿Y no los oyó?

Ella lo miró fijamente.

—Claro —dijo él—. Estaba en el baño.

—Supongo que no intenta insinuar que ha sido culpa mía por no haberlos oído, ¿verdad? —preguntó ella, un poco alterada.

—Por supuesto que no —respondió él inmediatamente. A juzgar por la mirada asesina de la señorita Bridgerton, Phillip estaba convencido de que su integridad física dependía de lo rápido que expresara que estaba totalmente de acuerdo con ella—. Creo que la dejaré para que se...

¿De verdad había alguna manera educada de describir el proceso por el que debería pasar para quitarse toda esa harina de encima?

—¿Bajará a cenar? —le preguntó, convencido de que lo mejor era cambiar de tema.

Ella asintió una vez. No fue un gesto muy cálido, pero Phillip estaba contento de que no hubiera decidido hacer las maletas y marcharse esa misma noche.

—Le diré a la cocinera que mantenga caliente la comida —dijo—. Y me encargaré de castigar a los niños.

—No —dijo ella, mientras él se alejaba—. Déjemelos a mí.

Phillip se giró, lentamente, algo inquieto por el tono de su voz.

—Exactamente, ¿qué tiene planeado hacer con ellos?

—¿Con ellos o a ellos?

Phillip nunca creyó que llegara el día que tuviera miedo de una mujer pero, ante Dios como testigo, juraba que Eloise Bridgerton lo estaba asustando de verdad.

Esa mirada era definitivamente diabólica.

—Señorita Bridgerton —dijo, cruzándose de brazos—, debo hacerle una pregunta: ¿Qué tiene pensado hacerles?

—Estoy sopesando las posibilidades.

Él se quedó pensativo.

—¿Debo preocuparme de que lleguen vivos a mañana?

—No, para nada —respondió ella—. Llegarán vivos y con todas las costillas intactas, se lo prometo.

Phillip se la quedó mirando unos segundos y luego, lentamente, dibujó una sonrisa de satisfacción. Tenía el presentimiento de que la venganza de Eloise Bridgerton, la que fuera, sería exactamente lo que sus hijos necesitaban. Sin duda, alguien con siete hermanos sabría perfectamente cómo causar estragos de la manera más ingeniosa y discreta posible.

—Muy bien, señorita Bridgerton —dijo, casi contento de que sus hijos le hubieran tirado toda esa harina por encima—. Son todo suyos.

Una hora después, cuando Eloise y él se acababan de sentar a la mesa para cenar, se volvieron a escuchar gritos.

Phillip, del susto, dejó caer la cuchara; los gritos de Amanda eran más histéricos de lo habitual.

Eloise ni se inmutó y siguió comiéndose la sopa de tortuga.

—No es nada —dijo, secándose la boca delicadamente con la servilleta.

Se escuchó cómo corría en dirección a las escaleras.

Phillip estaba a punto de levantarse.

—Quizás debería...

—Le he puesto un pez en la cama —dijo Eloise, satisfecha consigo misma, aunque evitó sonreír.

—¿Un pez? —repitió Phillip.

—Está bien. Un pez bastante grande.

El renacuajo que se había imaginado al principio se convirtió, de repente, en un tiburón y notó que le costaba respirar.

—Y... —tenía que preguntarlo—. ¿De dónde ha sacado un pez?

—La señora Smith —dijo ella, como si la cocinera preparara truchas enormes cada día.

Phillip no se movió de la silla. No iba a salvar a su hija. Quería hacerlo. Al fin y al cabo, poseía ese extraño instinto paterno y la niña estaba gritando como si estuviera ardiendo en el infierno.

Sin embargo, ella se lo había buscado y ahora tendría que soportar lo que la señorita Bridgerton le había hecho. Hundió la cuchara en la sopa pero, cuando estaba a punto de metérsela en la boca, se detuvo.

—¿Y qué ha metido en la cama de Oliver?

—Nada.

Él levantó una ceja, extrañado.

—Así no dormirá tranquilo —le explicó ella.

Phillip inclinó la cabeza a modo de aprobación. Era buena.

—Tomarán represalias, ya lo sabe —dijo, sintiéndose en la obligación de ponerla sobre aviso.

—Los estaré esperando —por su voz, no parecía muy preocupada. Entonces levantó la cabeza y lo miró directamente, sorprendiéndolo un poco—. Supongo que saben que me ha invitado con el objetivo de pedirme que me case con usted.

—Nunca les he dicho nada al respecto.

—No —susurró ella—. Claro que no.

Phillip la miró fijamente porque no estaba seguro de si lo había dicho como un insulto.

—No veo la necesidad de informar a mis hijos de mis asuntos personales.

Ella encogió los hombros, un pequeño gesto que hizo enrabiar a Phillip.

—Señorita Bridgerton —añadió—, no necesito que me dé consejos sobre cómo criar a mis hijos.

—No he dicho nada —respondió ella—. Aunque debo decirle que parece bastante desesperado por encontrarles una madre, y eso podría indicar que sí que necesita ayuda.

—Hasta que acepte convertirse en su madre, le pido que se guarde sus opiniones —dijo él.

Eloise le lanzó una mirada de hielo y volvió a concentrarse en la sopa. Sin embargo, después de dos bocados, lo miró desafiante y dijo:

—Necesitan disciplina.

—¿Cree que no lo sé?

—Y amor.

—Ya tienen amor —susurró él.

—Y atención.

—También tienen atención.

—Necesitan que se lo dé usted.

Phillip sabía que estaba muy lejos de ser el padre perfecto, pero no estaba dispuesto a que viniera una extraña y se lo dijera a la cara.

—Y supongo que, en las doce horas que hace que está en esta casa, ha tenido tiempo de sobras de ver lo desgraciados que son, ¿verdad?

Ella soltó una risita desdeñosa.

—No necesito doce horas. Lo vi perfectamente esta mañana cuando casi le rogaron que pasara unos minutos con ellos.

—No es verdad —respondió, aunque notó cómo se le encendían las orejas, una señal inequívoca de que estaba mintiendo. No pasaba suficiente tiempo con sus hijos y le sabía mal que esa mujer se hubiera dado cuenta tan deprisa.

—Prácticamente le rogaron que no trabajara «todo el día» —dijo ella—. Si pasara un poco más de tiempo con ellos...

—No sabe nada de mis hijos —la interrumpió él, alterado—. Y no sabe nada de mí.

Eloise se levantó.

—Está claro —dijo, caminando hacia la puerta.

—¡Espere! —gritó él, levantándose casi de un salto.

¡Maldita sea! ¿Qué había pasado? Hacía una hora, estaba convencido de que aceptaría ser su mujer y ahora prácticamente estaba haciendo las maletas para volver a Londres.

Resopló de frustración. Nada lo enfurecía tanto como sus hijos o las discusiones alrededor de ellos. Bueno, para ser más exactos, las discusiones sobre lo mal padre que era.

—Lo siento —dijo, de corazón. O, al menos, lo suficiente de corazón como para hacer que se quedara—. Por favor —alargó la mano—, no se vaya.

—No permitiré que me trate como a una imbécil.

—Si algo he aprendido en estas doce horas —dijo, haciendo hincapié en las doce horas—, es que no es ninguna imbécil.

Ella lo miró unos segundos y luego apoyó su mano en la de él.

—Al menos —dijo él, sin importarle que pareciera que le estaba rogando—, debe quedarse hasta que baje Amanda.

Ella levantó las cejas.

—Seguro que quiere saborear la victoria —le dijo, y añadió—: Yo lo haría.

Eloise dejó que la acompañara hasta la silla. Sin embargo, solo pudieron disfrutar de un minuto más de silencio porque ese fue el tiempo que Amanda tardó en llegar, hecha una fiera, con la niñera pisándole los talones.

—¡Padre! —exclamó Amanda, llorando, y se lanzó a los brazos de su padre.

Phillip la abrazó aunque, como no estaba acostumbrado, no supo muy bien cómo hacerlo.

—¿Cuál es el problema? —preguntó él, dándole un golpecito en la espalda.

Amanda levantó la cabeza y señaló a Eloise con un dedo tembloroso y furioso.

—Ella —dijo, como si se estuviera refiriendo al mismísimo demonio.

—¿La señorita Bridgerton? —preguntó Phillip.

—¡Me ha puesto un pez en la cama!

—Y tú le tiraste harina encima —dijo Phillip muy serio—. Así que estáis en paz.

Amanda miró a su padre boquiabierta.

—¡Pero eres mi padre!

—Sí.

—¡Se supone que tienes que ponerte de mi lado!

—Cuando tienes razón.

—¡Un pez! —exclamó la niña.

—Ya lo huelo. Supongo que querrás bañarte.

—¡No quiero bañarme! —gritó—. ¡Quiero que la castigues!

Phillip sonrió.

—Es un poco mayor para castigarla, ¿no crees?

Amanda lo miró, incrédula y, al final, con el labio inferior tembloroso, le dijo:

—Tienes que decirle que se vaya. ¡Ahora!

Phillip dejó a Amanda en el suelo, muy satisfecho por cómo se estaba desarrollando la situación. Quizás fuera la calmada presencia de la señorita Bridgerton, pero parecía que tenía más paciencia que de costumbre. No tenía ganas de darle un cachete a su hija ni de evitar el tema mandándola a su habitación.

—Disculpa, Amanda —dijo—, pero la señorita Bridgerton es mi invitada, no la tuya, y se quedará el tiempo que yo quiera.

Eloise se aclaró la garganta. Con fuerza.

—O el que ella quiera —se corrigió Phillip.

Amanda arrugó la cara, pensativa.

—Y eso no significa que te dediques a torturarla para obligarla a marcharse —añadió enseguida Phillip.

—Pero...

—Sin peros.

—Pero...

—¿Qué acabo de decir?

—¡Pero es que es mala!

—Creo que es muy lista —dijo Phillip—. Y ojalá yo te hubiera puesto un pez en la cama hace meses.

Amanda retrocedió, horrorizada.

—Vete a tu habitación, Amanda.

—Pero es que huele mal.

—Y la única culpable eres tú.

—Pero la cama...

—Tendrás que dormir en el suelo —respondió él.

Con la cara, bueno, todo el cuerpo, temblando la niña se dirigió hacia la puerta.

—Pero... Pero...

—¿Sí, Amanda? —preguntó él, en lo que le pareció una voz paciente muy impresionante.

—Pero a Oliver no le ha hecho nada —susurró la pequeña—. Y no es justo. Lo de la harina fue idea de él.

Phillip arqueó las cejas.

—Está bien, no fue solo idea mía —insistió Amanda—. Fue idea de los dos.

Phillip se rio.

—Yo de ti, no me preocuparía por Oliver. O no, mejor dicho —dijo, acariciándose la barbilla con los dedos—. Si fuera Oliver, me preocuparía. Me temo que la señorita Bridgerton también tiene planes para él.

Aquello pareció satisfacer a la niña, que, antes de marcharse con la niñera, dijo:

—Buenas noches, padre.

Phillip volvió a concentrarse en la sopa, muy satisfecho consigo mismo. No recordaba la última vez que, después de una discusión con uno de sus hijos, había terminado con la sensación de haber controlado la situación. Se llevó la cuchara a la boca y después, sin soltarla, miró a Eloise y dijo:

—El pobre Oliver debe de estar muerto de miedo.

Al parecer, Eloise estaba haciendo un gran esfuerzo por no reírse.

—Esta noche no dormirá.

Phillip agitó la cabeza.

—Me temo que no cerrará ni un ojo. Aunque usted debe ir con cuidado. Estoy casi seguro de que pondrá algún tipo de trampa en la puerta.

—Ah, bueno. No tengo intención de torturarlo esta noche —dijo ella, moviendo la mano en el aire—. Sería demasiado previsible. Prefiero contar con el factor sorpresa.

—Sí, ya lo veo —dijo Phillip, riendo.

Eloise le respondió con una expresión de petulancia.

—Me encantaría mantenerlo en una agonía perpetua, pero no sería justo con Amanda.

Phillip se estremeció.

—Detesto el pescado.

—Ya lo sé. Me lo dijo en una de sus cartas.

—¿Ah, sí?

Eloise asintió.

—Me extrañó que la señora Smith tuviera en la cocina, pero supongo que a los sirvientes les gusta.

Luego se quedaron en silencio, aunque fue una especie de quietud cómoda, nada violenta. Y, mientras cenaban y charlaban de nada en concreto, Phillip pensó que el matrimonio no tenía por qué ser complicado.

Con Marina, siempre había tenido la sensación de que debía ir con mucho cuidado, temeroso de que ella cayera en uno de sus pozos y decepcionado cuando la veía encerrarse en ella misma y no disfrutar de la vida.

Sin embargo, puede que el matrimonio fuera más sencillo que aquello. Quizás tuviera algo que ver con la compañía, con estar cómodo.

No recordaba la última vez que había hablado con alguien de sus hijos, del proceso de criarlos. Jamás había compartido lo que le preocupaba, ni siquiera cuando Marina estaba viva. Ella era una de esas responsabilidades y a Phillip todavía le costaba no sentirse culpable por el alivio que su muerte le había provocado.

Pero Eloise...

Levantó la cabeza y miró a la mujer que, de aquella forma tan inesperada, había llegado a su vida. La luz de las velas le teñía el pelo de color rojizo y, cuando sus ojos se cruzaron, vio en ellos un brillo de vitalidad y un poco de picardía.

Empezó a darse cuenta de que era, exactamente, lo que necesitaba. Inteligente, con ideas propias, mandona... No eran cualidades que los hombres solieran buscar en una esposa, pero Phillip necesitaba desesperadamente que alguien llevara el mando de Romney Hall. La casa era un desastre, los niños estaban descontrolados y las estancias estaban teñidas de ese peso melancólico de Marina que, desgraciadamente, no había desaparecido con su muerte.

Phillip estaría encantado de cederle parte de su poder en la casa a su mujer si con eso conseguía que todo volviera a ser como antes. Él estaría más que contento de poderse ir al invernadero y dejar que su mujer se encargara del resto.

¿Estaría dispuesta Eloise Bridgerton a asumir ese papel?

Por Dios, esperaba que sí.

5

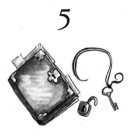

«... te lo imploro, mamá, DEBES castigar a Daphne. NO ES JUSTO que yo sea la única que se vaya a la cama sin postre. Y durante una semana. Una semana es demasiado tiempo. Sobre todo, teniendo en cuenta que todo, casi todo, fue idea de Daphne.»

Eloise a su madre, en una nota que a los diez años dejó
encima de la mesilla de noche de Violet Bridgerton.

A Eloise le sorprendió lo mucho que podían cambiar las cosas en un solo día.

Ahora, mientras sir Phillip la acompañaba por la casa y le enseñaba la galería de los retratos de familia, aunque eso solo era una excusa para prolongar su tiempo juntos, Eloise pensó...

«A lo mejor sí que sería un marido perfecto.»

No era la manera más poética de abordar un tema que debería estar lleno de amor y pasión, pero es que su cortejo tampoco estaba siendo convencional. Además, a falta de dos años para los treinta, Eloise no podía permitirse seguir soñando con el príncipe azul.

Sin embargo, había algo...

A la luz de las velas, sir Phillip era más guapo, incluso tenía un aspecto más peligroso. Ante la luz temblorosa, el rostro se le llenaba de unas sombras misteriosas que lo hacían parecer una escultura, parecida a las que había visto en el Museo Británico. Y mientras caminaba junto a él, y notaba cómo su enorme mano en el codo la guiaba, tuvo la sensación de que su presencia la envolvía.

Era extraño, y emocionante, y también un poco aterrador.

Pero muy gratificante. Había hecho una locura, se había escapado de Londres en mitad de la noche, con la esperanza de que un hombre que no conocía la hiciera feliz. Al menos, era un alivio pensar que, a lo mejor, todo aquello no había sido un error, que quizás había apostado por su futuro y había ganado.

Nada hubiera sido peor que tener que volver a Londres, admitir que había fracasado y tener que explicarle a toda la familia lo que había hecho.

No quería tener que admitir que se había equivocado, ni para sus adentros ni para los demás.

Pero, sobre todo, para sus adentros.

Sir Phillip había demostrado ser un buen acompañante de cena, aunque no era lo hablador que a ella le hubiera gustado.

Sin embargo, estaba claro que era justo, algo que para Eloise era básico en cualquier posible marido. Había aceptado, incluso admirado, la técnica del pez en la cama de Amanda. Muchos de los hombres que Eloise conocía en Londres se hubieran horrorizado que a una señorita de tan buena cuna como ella se le ocurrieran esas cosas.

Y a lo mejor, solo a lo mejor, aquello podría funcionar. Cuando lo pensaba de forma lógica, casarse con Sir Phillip parecía una idea descabellada, pero no era como si fuera un completo desconocido porque habían mantenido correspondencia durante más de un año.

—Mi abuelo —dijo Phillip, señalando un retrato bastante grande.

—Era muy apuesto —comentó Eloise, aunque apenas le veía la cara debido a la tenue iluminación. Se detuvo ante el retrato de la derecha—. ¿Es su padre?

Phillip asintió una vez, muy seco, y tensó los labios.

—¿Y usted dónde está? —preguntó al notar que no quería hablar de su padre.

—Aquí.

Eloise lo siguió hasta que llegaron frente a un cuadro en el que se veía a un joven Phillip, debía de tener unos doce años, al lado de otro chico que solo podía ser su hermano.

Su hermano mayor.

—¿Qué le pasó? —preguntó Eloise, porque estaba claro que había muerto. Si estuviera vivo, Phillip no habría heredado las tierras ni el título de barón.

—Waterloo —fue toda la respuesta de Phillip.

De manera impulsiva, Eloise le cogió la mano.

—Lo siento.

Por un momento, pensó que se iba a quedar callado, pero luego dijo:

—Nadie lo sintió más que yo.

—¿Cómo se llamaba?

—George.

—Usted debía de ser muy joven —dijo Eloise, retrocediendo hasta 1815 y haciendo los cálculos.

—Tenía veintiún años. Mi padre murió dos semanas después.

Eloise se quedó pensativa. A los veintiún años, se suponía que tenía que estar casada. Todas las chicas de su condición tenían que estar casadas a esa edad. Podía parecer una muestra de madurez pero, visto ahora, veintiún años parecían muy pocos y cualquier persona era demasiado joven e inexperta para heredar una responsabilidad que no debía de ser para él.

—Marina era su prometida —dijo.

Eloise contuvo la respiración y lo miró, soltándole la mano.

—No lo sabía —dijo.

Phillip se encogió de hombros.

—No importa. ¿Quiere ver su retrato?

—Sí —respondió Eloise, que de verdad quería verla.

Eran primas lejanas y ya hacía muchos años desde la última vez que se habían visto. Eloise recordaba el pelo oscuro y los ojos claros, azules quizás, pero nada más. Tenían más o menos la misma edad y, por eso, en las reuniones familiares las ponían juntas, pero Eloise no recordaba que jamás hubieran tenido mucho en común. Ya desde pequeñas, a la misma edad que debían de tener ahora Oliver y Amanda, las diferencias entre ellas eran más que evidentes. Eloise era una niña bulliciosa, que trepaba a los árboles y se deslizaba por las barandillas, siempre iba detrás de sus hermanos mayores pidiéndoles por favor que la dejaran participar en lo que fuera que estuvieran haciendo.

En cambio, Marina era una niña muy tranquila, casi contemplativa. Eloise recordaba cogerla de la mano e intentar convencerla para ir a jugar fuera. Pero Marina siempre prefería quedarse sentada leyendo.

Sin embargo, Eloise se fijaba en las páginas y nunca la vio pasar de la página treinta y dos.

Le pareció curioso recordar eso pero supuso que le había impactado tanto que se le quedó grabado. ¿Cómo era posible que alguien prefiriera quedarse en casa con un libro, con el sol que hacía, y que luego no leyera? Recordaba que se había pasado el día cuchicheando con su hermana Francesca, intentando averiguar qué debía hacer Marina con el libro.

—¿La recuerda? —le preguntó Phillip.

—Solo un poco —respondió Eloise, que, sin saber por qué, no quiso compartir esos recuerdos con él. Además, era la verdad. Aquello era todo lo que recordaba de Marina; una semana de abril hacía unos veinte años y cómo hablaba con Francesca mientras Marina miraba el libro.

Eloise permitió que Phillip la guiara hasta el retrato de Marina. La habían pintado sentada, con la falda roja colocada a su alrededor con delicadeza. En el regazo tenía a la pequeña Amanda y Oliver estaba a su lado, de pie, con una de esas posturas que obligaban a poner a los niños pequeños, serios y rígidos, como si fueran adultos en miniatura.

—Era preciosa —dijo Eloise.

Phillip se limitó a contemplar la imagen de su difunta esposa y entonces, casi como si necesitara mucha fuerza para hacerlo, se giró y se alejó.

¿La había querido? ¿Todavía la quería?

Marina debía de ser la mujer de su hermano; todo indicaba que se había casado con Phillip por error.

Pero eso no significaba que no la quisiera. Quizás había estado enamorado de ella en secreto mientras había estado prometida con su hermano. O a lo mejor se había enamorado después de la boda.

Eloise clavó la mirada en su perfil mientras Phillip miraba fijamente un cuadro. Había visto que se había emocionado al ver el cuadro de Marina. No estaba segura de lo que había sentido por ella pero, sin duda, todavía quedaba algo de ese sentimiento. En realidad, se recordó, solo había pasado un año. Puede que ese fuera el periodo oficial de luto, pero no era demasiado para superar la muerte de un ser querido.

Y entonces, él se giró. La miró a los ojos y Eloise se dio cuenta de que se había quedado embobada mirando sus facciones. Abrió la boca, sorprendida, y quiso apartar la vista; era como si debiera sonrojarse y tartamudear porque la había descubierto, pero no pudo. Se quedó allí de pie, paralizada y notando cómo la invadía un intenso calor de la cabeza a los pies.

Estaba a tres metros de ella, pero era como si se estuvieran tocando.

—¿Eloise? —susurró él, o al menos es lo que le pareció a ella. Aunque lo supo porque vio cómo vocalizaba su nombre, no porque lo escuchara.

Y entonces, la magia desapareció. Quizás fue el susurro o el sonido del viento, pero Eloise pudo moverse, pensar y, al final, se giró hacia el retrato de Marina y fijó su mirada en el sereno rostro de su difunta prima.

—Los niños deben de echarla de menos —dijo, porque necesitaba decir algo, cualquier cosa con tal de recuperar la conversación, y la compostura.

Phillip siguió callado unos segundos. Y entonces, al final, respondió:

—Sí, hace mucho que la echan de menos.

A Eloise le pareció una manera muy extraña de decirlo.

—Sé cómo se sienten —dijo—. Cuando mi padre murió, yo también era bastante joven.

Phillip la miró.

—No lo sabía.

Ella encogió los hombros.

—No es algo de lo que suela hablar. Fue hace mucho tiempo.

Phillip se acercó a ella, con paso lento y metódico.

—¿Y tardó mucho en superarlo?

—No sé si alguna vez se llega a superar —dijo—. Del todo, me refiero. Pero no, no pienso en él cada día, si es eso lo que quiere saber.

Se apartó del retrato de Marina; lo había estado mirando demasiado rato y empezaba a sentirse como una intrusa.

—Creo que fue más difícil para mis hermanos mayores —dijo—. Anthony, que es el mayor y ya era un hombre cuando sucedió, lo pasó especialmente mal. Se llevaban muy bien. Y mi madre también, por supuesto —lo miró—. Mis padres se querían mucho.

—¿Cómo reaccionó ella?

—Bueno, al principio lloró mucho —dijo Eloise—. Estoy segura de que no quería que nos diéramos cuenta. Siempre lloraba por la noche en su habitación, cuando creía que estábamos todos dormidos. Pero lo echaba mucho de menos y quedarse sola con siete hijos no debió de ser fácil.

—Creía que eran ocho hermanos.

—Hyacinth todavía no había nacido. Creo que, cuando mi padre murió, mi madre estaba embarazada de ocho meses.

—¡Madre mía! —susurró Phillip o, al menos, eso creyó escuchar Eloise.

«¡Madre mía!» era la expresión perfecta. No tenía ni idea de cómo se las pudo arreglar su madre.

—Fue muy repentino —le explicó Eloise—. Le picó una abeja. Una abeja. ¿Se lo imagina? Le picó una abeja y entonces... Bueno, no hay motivo para aburrirle con los detalles. Muy bien —dijo, de repente, un poco seca—, ya podemos marcharnos. Además, ya está demasiado oscuro para ver bien los cuadros.

Era mentira, claro. Bueno, era casi de noche, pero Eloise no lo había dicho por eso. Siempre le resultaba extraño hablar de la muerte de su padre y hacerlo en esa sala llena de retratos de muertos la incomodaba un poco.

—Me gustaría ver el invernadero —dijo.

—¿Ahora?

Visto así, sí que parecía una petición un tanto extraña.

—Entonces, mañana —dijo—. Con la luz del día.

Phillip dibujó una pequeña sonrisa.

—Podemos ir ahora.

—Pero no podremos ver nada.

—No podremos verlo todo —la corrigió Phillip—. Pero hay luna llena y cogeremos una lámpara.

Eloise miró por la ventana, indecisa.

—Hace frío.

—Puede ir a ponerse el abrigo —Phillip se acercó a ella con un brillo especial en los ojos—. No tendrá miedo, ¿verdad?

—¡Claro que no! —respondió ella, que, aunque sabía que le estaba tomando el pelo, le siguió el juego de todos modos.

Él arqueó la ceja en un gesto de lo más provocador.

—Tiene que saber que soy la mujer más valiente que jamás ha conocido y conocerá.

—Estoy seguro —dijo él.

—No sea condescendiente conmigo.

Phillip se limitó a sonreír.

—Muy bien —dijo ella, riendo—. Usted primero.

—¡Hace mucho calor! —exclamó Eloise cuando Phillip cerró la puerta del invernadero.

—Normalmente hace todavía más —le dijo él—. El sol calienta el aire a través del cristal pero, aunque esta mañana ha sido una excepción, los últimos días ha estado muy tapado.

A menudo, cuando no podía dormir, Phillip solía coger una lámpara y bajar al invernadero de noche. O cuando, antes de enviudar, quería mantenerse ocupado y olvidarse de la idea de ir a la habitación de Marina.

Sin embargo, nunca le había pedido a nadie que le acompañara en la oscuridad; incluso de día, casi siempre estaba allí solo. Ahora lo veía todo a través de los ojos de Eloise, la magia de las sombras que la luz grisácea de la luna formaba entre las hojas. Pasear por el invernadero de noche no era tan distinto a pasear por el bosque, con la única excepción del helecho y de las especies importadas.

Pero ahora, cuando la noche engañaba a los ojos, era como si estuvieran en una especie de jungla secreta y escondida llena de magia y de misterio.

—¿Qué es esto? —preguntó Eloise, observando de cerca ocho macetas pequeñas que había encima de la mesa de trabajo.

Phillip se acercó a ella, complacido como un niño porque ella se mostrara sinceramente curiosa. La mayoría hacían ver que les interesaba o ni siquiera eso, sencillamente no se molestaban en hacer ver nada y salían corriendo en cuanto podían.

—Es un experimento en el que estoy trabajando —le dijo—. Con guisantes.

—¿De los que comemos?

—Sí. Estoy intentando cultivar una especie que crezca más grande en la vaina.

Eloise se fijó en las macetas. Todavía no se veía nada; apenas hacía una semana que Phillip los había plantado.

—¡Qué curioso! —dijo ella—. No sabía que se podía hacer.

—No sé si se puede hacer —admitió Phillip—. Llevo un año intentándolo.

—¿Y no ha conseguido nada? Debe de ser muy frustrante.

—Bueno, algo he conseguido —admitió él—. Aunque no todo lo que me gustaría.

—Un año intenté criar rosas —dijo Eloise—. Pero se me murieron todas.

—Criar rosas es más complicado de lo que la gente cree —respondió él.

Ella dibujó una media sonrisa.

—He visto que usted tiene muchas.

—Tengo jardinero.

—¿Un botánico con jardinero?

No era la primera vez que le hacían esa pregunta.

—Es igual que la modista que tiene costurera.

Eloise se quedó pensativa y luego siguió avanzando por el invernadero, se detuvo al lado de unas plantas y le riñó por quedarse atrás y no iluminarle el camino.

—Esta noche está un poco mandona —dijo Phillip.

Eloise se giró, vio que estaba riendo, bueno, sonriendo, y le dedicó una amplia sonrisa.

—Prefiero decir que lo tengo todo bajo control.

—Una mujer controladora, ¿eh?

—Me extraña que no lo adivinara por las cartas.

—¿Por qué cree que la invité? —respondió él.

—¿Quiere a alguien que controle su vida? —le preguntó ella, hablando con la cabeza ladeada sobre el hombro mientras se alejaba de él flirteando.

Phillip quería a alguien que controlara a sus hijos, pero ahora no le pareció el mejor momento para decirlo. Y menos cuando lo estaba mirando de aquella manera...

Como si quisiera que la besara.

Cuando se dio cuenta, ya había dado un par de pasos hacia ella.

—¿Y esto qué es? —preguntó Eloise, señalando algo.

—Una planta.

—Ya sé que es una planta —rio ella—. Si no lo... —pero, cuando levantó la cabeza, vio cómo brillaban los ojos de Phillip y se calló.

—¿Puedo besarla? —preguntó él.

Supuso que si le hubiera dicho que no, se habría detenido, aunque tampoco le dio la oportunidad porque, antes de que Eloise pudiera responder, él se colocó casi pegado a ella.

—¿Puedo? —repitió, tan cerca de ella que le susurró las palabras a sus labios.

Ella asintió con un movimiento breve pero seguro y Phillip la besó con suavidad, como se supone que un hombre debe besar a una mujer con la que quizás vaya a casarse.

Sin embargo, Eloise lo rodeó con los brazos y le acarició el cuello y Phillip no pudo evitar querer más.

Mucho más.

La besó con más pasión, ignorando el gemido de sorpresa de Eloise cuando le abrió los labios con la lengua. Pero ni siquiera eso era lo que quería. Quería sentirla, sentir su calidez, su vitalidad, sentirla a lo largo de su cuerpo, a su alrededor, quería contaminarse de ella.

La rodeó con los brazos, colocando una mano en la parte alta de la espalda mientras la otra, más atrevida, bajaba hasta las nalgas. La apretó contra él con fuerza; no le importaba que notara la prueba evidente de su deseo. Hacía mucho tiempo, mucho, y era tan suave y dulce.

La deseaba.

La deseaba entera pero incluso su mente obnubilada por el deseo sabía que aquella noche sería imposible, así que se concentró en obtener lo mejor que pudiera: su contacto, la sensación de tenerla en los brazos, sentir su calor por todo el cuerpo.

Además, Eloise estaba participando activamente. Aunque con algunas dudas al principio, como si no estuviera segura de lo que estaba haciendo, después se dejó llevar y respondió con ardor, emitiendo unos sonidos de lo más seductores.

Aquello lo estaba volviendo loco. Esa mujer lo estaba volviendo loco.

—Eloise, Eloise —susurró, con la voz teñida por la necesidad que tenía de ella.

Entrelazó los dedos en su pelo e hizo que un mechón castaño se soltara y cayera sobre el escote formando un seductor tirabuzón. Phillip bajó los labios por el cuello de Eloise, saboreando su piel, y sin acabárselo de creer cuando ella se arqueó hacia atrás para dejarle más espacio. Y justo en ese momento, justo cuando había empezado a descender, doblando las rodillas para ir bajando por el escote, ella se separó.

—Lo siento —dijo Eloise, cubriéndose instintivamente el escote con las manos, aunque todo seguía en su sitio.

—Yo no —dijo Phillip.

Ante aquella muestra de sinceridad, Eloise abrió los ojos, sorprendida. A Phillip no le importó lo más mínimo. Nunca había sido muy delicado con las palabras y, posiblemente, era mejor que ella lo supiera ahora, antes de comprometerse a algo permanente.

Pero entonces, ella lo sorprendió a él.

—Era una manera de hablar —dijo.

—¿Perdón?

—He dicho que lo sentía pero, en realidad, no era verdad. Era una manera de hablar.

Su voz sonaba muy calmada y casi aleccionadora, algo sorprendente en una mujer a la que acababan de besar de aquella manera tan arrebatadora.

—Decimos cosas así constantemente —continuó—, para llenar los silencios.

Phillip se estaba empezando a dar cuenta de que Eloise no era una mujer de silencios.

—Es como cuando...

La volvió a besar.

—¡Sir Phillip!

—A veces —dijo él, con una sonrisa de satisfacción—, el silencio es bueno.

Eloise abrió la boca.

—¿Me está diciendo que hablo mucho?

Él encogió los hombros y no dijo nada, porque tomarle el pelo era muy divertido.

—Pues debe saber que aquí he estado mucho más callada que en mi casa.

—Cuesta creerlo.

—¡Sir Phillip!

—Shhh —dijo él, tomándola de la mano. Ella se soltó y él la volvió a coger, aunque esta vez con más fuerza—. Necesitamos un poco de ruido.

Al día siguiente, Eloise se despertó como si todavía estuviera soñando. Ese beso fue una sorpresa, no se lo esperaba.

Como tampoco se esperaba que le gustara tanto.

El estómago se le quejó de hambre y decidió que lo mejor sería bajar a desayunar. No tenía ni idea de si Sir Phillip estaría allí. ¿Era de los que se levantaba temprano o le gustaba quedarse en la cama hasta mediodía? Era irónico que no conociera esos hábitos del que podría llegar a ser su marido.

Y si la estaba esperando frente a un plato de huevos escalfados, ¿qué le diría? ¿Qué se le decía a un hombre que, tan solo hacía unas horas, le había relamido la oreja?

Poco importaba que fuera una lengua maravillosa. Seguía siendo un escándalo.

¿Qué pasaría si aparecía ante él y solo podía decirle «Buenos días»? Seguro que le parecía muy divertido, después de haberle dicho lo parlanchina que era la noche anterior.

Aquella situación casi la hizo reír. Ella, que era capaz de mantener una conversación sobre nada en particular, y encima era lo que solía hacer, no sabía qué iba a decir la próxima vez que viera a Sir Phillip.

Aunque claro, la había besado. Y eso lo cambiaba todo.

Cruzó la habitación pero, antes de abrir la puerta, se aseguró de que la puerta estuviera bien cerrada. Era muy poco probable que Oliver y Amanda volvieran a intentar el mismo truco, pero nunca se sabe. La verdad, no le apetecía nada otro baño de harina. O de algo peor. Después de lo del pescado, seguramente los niños tenían en mente algo líquido. Líquido y apestoso.

Canturreando en voz baja, salió de su habitación y giró a la derecha, hacia las escaleras. Prometía ser un gran día; por la mañana, cuando se había asomado por la ventana, había visto que los rayos de sol se filtraban entre las nubes y...

—¡Ah!

Gritó casi de manera involuntaria mientras caía. Había tropezado con algo colocado en medio del pasillo. Ni siquiera pudo intentar recuperar el equilibrio porque, como era habitual en ella, venía caminando muy deprisa y cuando cayó, lo hizo con fuerza.

No tuvo tiempo ni para amortiguar el golpe con las manos.

Se le llenaron de lágrimas los ojos. ¡Dios Santo!, se notaba la barbilla ardiendo. O, como mínimo, un lado de la barbilla. Antes de caer, había conseguido echar la cabeza a un lado.

Entre quejidos, gimió algo incoherente; el tipo de ruido que uno hace cuando el cuerpo le duele tanto que no puede guardárselo dentro. Y esperó a que el dolor fuera desapareciendo, como cuando te golpeas en un dedo del pie, que el dolor es muy intenso al principio pero que, poco a poco, va desapareciendo.

Sin embargo, la sensación de ardor persistía. La sentía en la barbilla, en un lado de la cabeza, en la rodilla y en la cadera.

Parecía que le habían dado una paliza.

Lentamente, y con mucho esfuerzo, se colocó a cuatro patas y luego se sentó. Consiguió apoyar la espalda en la pared y se acercó una mano a la mejilla mientras respiraba de manera breve y rápida por la nariz para controlar el dolor.

—¡Eloise!

Phillip. Ni siquiera se molestó en levantar la cabeza porque no quería moverse de aquella posición.

—¡Por Dios, Eloise! —dijo él, subiendo de tres en tres el último tramo de escaleras y corriendo a su lado—. ¿Qué ha pasado?

—Me he caído —no quería lloriquear, pero habló con la voz casi rota.

Con una ternura que parecía impropia en un hombre de su tamaño, se cogió la mano y se la separó de la mejilla.

Y, a continuación, dijo unas palabras que Eloise no estaba acostumbrada a escuchar.

—Tendrá que ponerse un trozo de carne en el ojo.

Ella levantó la cabeza y lo miró con los ojos humedecidos.

—¿Me ha salido un moretón?

Él asintió, muy serio.

—Puede que acabe con un ojo morado, aunque todavía es pronto para saberlo.

Eloise intentó sonreír, intentó poner una cara divertida, pero no pudo.

—¿Le duele mucho? —preguntó Phillip con dulzura.

Ella asintió, sin saber por qué el tono de su voz hacía que quisiera llorar todavía más. Se acordó de cuando, de pequeña, se cayó de un árbol. Se había torcido un tobillo pero había conseguido no llorar en todo el camino de vuelta a casa.

Bastó una mirada de su madre para que las lágrimas empezaran a resbalarle por las mejillas.

Phillip le tocó la mejilla con cuidado, arrugando el ceño cuando ella hizo una mueca de dolor.

—Me pondré bien —le aseguró. Y lo haría. En varios días.

—¿Qué ha pasado?

Sabía perfectamente qué había pasado. Alguien había puesto una especie de cuerda en medio del pasillo para que tropezara y cayera, y no había que ser muy inteligente para saber quién era ese alguien.

Pero Eloise no quería meter a los niños en problemas. Al menos, no en los que seguro que se meterían cuando Sir Phillip los encontrara. Seguro que no pensaban que se iba a hacer tanto daño.

Sin embargo, Phillip ya había visto el fino cordel, atado a las patas de dos mesas que, con el tropezón de Eloise, habían ido a parar al medio del pasillo.

Eloise lo vio agacharse junto al cordel y acariciarlo con los dedos. Luego Phillip la miró, aunque no para preguntarle nada, sino con la certeza de lo que había sucedido.

—No lo vi —dijo ella, a pesar de que resultaba algo obvio.

Phillip no apartó la vista de ella, pero con los dedos fue tensando el cordel hasta que lo rompió.

Eloise contuvo la respiración. Aquella acción encerraba algo aterrador. Phillip no parecía haberse dado cuenta de que lo había roto, como si no fuera consciente de su fuerza.

O de la fuerza de su rabia.

—Sir Phillip —susurró ella, pero él no la oyó.

—¡Oliver! —gritó—. ¡Amanda!

—Seguro que no querían hacerme daño —dijo Eloise, sin saber por qué los estaba defendiendo. Le había hecho daño, sí, pero tenía la sensación de que su castigo sería mucho menos doloroso que cualquiera que pudiera infligirles su padre.

—Me da igual lo que quisieran —dijo Phillip, muy enfadado—. Mire lo cerca que está de las escaleras. ¿Qué pasaría si hubiera caído?

Eloise miró hacia las escaleras. Estaban cerca, pero no lo suficiente para haber rodado por ellas.

—No creo que...

—Deben responder por esto —dijo Phillip, con la voz baja y temblorosa.

—Me pondré bien —dijo Eloise.

Parecía que el dolor intenso estaba empezando a desaparecer aunque todavía le dolía, lo suficiente para que, cuando Sir Phillip la cogió en brazos, gritara de dolor.

Y aquello lo puso todavía más furioso.

—La voy a meter en la cama —dijo, con voz tosca y decidida.

Eloise no se opuso.

Apareció una doncella que, al ver la cara de Eloise, se asustó mucho.

—Traiga algo para el ojo —le mandó Sir Phillip—. Un trozo de carne. Lo que sea.

La doncella asintió y salió corriendo mientras Phillip llevaba a Eloise a su habitación.

—¿Le duele algo más?

—La cadera —reconoció Eloise mientras Phillip la dejaba encima del colchón—. Y el codo.

Él asintió, muy serio.

—¿Cree que se ha roto algo?

—¡No! —respondió ella, en seguida—. No, no...

—En cualquier caso, tengo que asegurarme —dijo él, ignorando las protestas de Eloise mientras le examinaba el brazo.

—Sir Phillip, no creo que...

—Mis hijos han estado a punto de matarla —dijo él, muy severo—. Creo que puede ahorrarse el «Sir».

Eloise tragó saliva mientras lo observaba caminar hacia la puerta con zancadas grandes y poderosas.

—Vaya a buscar a los gemelos, inmediatamente —dijo, con probabilidad a algún sirviente que había esperando en el pasillo.

Eloise estaba convencida de que habían escuchado su grito, pero no podía echarles la culpa por intentar retrasar al máximo el día del juicio final a manos de su padre.

—Phillip —dijo, intentando convencerlo con la voz, para que volviera a la habitación—, déjemelos a mí. La lesionada soy yo y...

—Son mis hijos —dijo él—, y los castigaré yo. Dios sabe que ya hace mucho que debería haberlo hecho.

Eloise lo miró horrorizada. La ira casi lo hacía temblar y, aunque a ella le hubiera encantado darles personalmente una buena zurra en el culo, creía que Phillip no estaba en condiciones de ser justo con sus hijos en ese momento.

—Le han hecho daño —dijo Phillip, en voz baja—. Y eso es inaceptable.

—Me pondré bien —repitió ella—. Dentro de unos días, ni siquiera...

—No se trata de eso —respondió él, cada vez más alterado—. Si hubiera... —se detuvo y lo volvió a intentar—. Si no hubiera... —se detuvo, porque no podía encontrar las palabras adecuadas. Se apoyó en la pared y echó la cabeza hacia atrás, con la mirada perdida en el techo buscando... no lo sabía. Eloise supuso que buscando respuestas. Como si se pudieran encontrar así, levantando la vista.

Phillip se giró y la miró, muy serio, y Eloise vio algo que no se esperaba.

Y fue entonces cuando entendió que todo aquello, la rabia en la voz y el cuerpo tembloroso, no iba dirigido hacia sus hijos. Bueno, al menos, no todo.

Aquella mirada sombría era autoinculpadora.

No culpaba a sus hijos.

Se culpaba a él mismo.

6

«... no deberías haber permitido que te besara. ¿Quién sabe qué otras libertades intentará tomarse la próxima vez que te vea? Pero a lo hecho, pecho y solo puedo preguntarte una cosa: ¿Te gustó?»

Eloise Bridgerton a su hermana Francesca, en una nota que pasó por debajo de la puerta de su hermana la noche que esta conoció al conde de Kilmartin, con quien se casaría dos meses después.

Cuando los niños entraron en la habitación, casi arrastrados por la niñera, Phillip se obligó a mantenerse rígido contra la pared porque tenía miedo de que, si se acercaba a ellos, les pegaría una paliza brutal.

Y todavía le daba más miedo que, al terminar, no se arrepentiría.

Así que optó por cruzarse de brazos y mirarlos fijamente, dejando que vieran lo enfadado que estaba mientras intentaba pensar qué iba a hacer con ellos.

Al final, y con la voz temblorosa, Oliver dijo:

—¿Padre?

Phillip dijo lo único que se le ocurrió, lo único que tenía en la cabeza.

—¿Veis a la señorita Bridgerton?

Los gemelos asintieron, aunque no la miraron. Al menos, no a la cara, donde el morado estaba empezando a apoderarse del ojo.

—¿No la veis distinta?

Los niños no dijeron nada hasta que llegó una doncella y rompió el silencio.

—¿Señor?

Phillip asintió y se acercó a ella para coger el trozo de carne que había traído para el ojo de Eloise.

—¿Tenéis hambre? —les preguntó a sus hijos. Cuando no le respondieron, añadió—: Bien porque, por desgracia, esta carne no irá a parar a ningún plato, ¿verdad?

Se fue hasta la cama y se sentó con cuidado al lado de Eloise.

—Permítame —todavía demasiado enfadado para controlar la voz. Rechazando la colaboración de Eloise, él mismo le colocó la carne encima del ojo y se lo envolvió con un trozo de tela para que ella no se ensuciara las manos al sostenerlo.

Cuando terminó, se acercó a los niños y se plantó delante de ellos con los brazos cruzados. Y esperó.

—Miradme —les dijo, cuando ninguno de los dos apartó la mirada del suelo.

Cuando levantaron la cabeza, vio terror en sus ojos y le dio miedo, pero no sabía de qué otra manera debía reaccionar.

—No queríamos hacerle daño —susurró Amanda.

—¿Ah, no? —respondió él, inclinándose hacia ellos, furioso. La voz era plana pero la rabia se le reflejaba en la cara e, incluso, Eloise dio un salto en la cama—. ¿No pensasteis que se podría hacer daño cuando tropezara con la cuerda? —continuó Phillip que, con ese toque de sarcasmo, se controlaba mejor y eso lo hacía más aterrador—. O quizás pensasteis, acertadamente, que la cuerda no le haría ningún daño, pero no se os ocurrió que sí que se lo podía hacer cuando cayera.

Los niños no dijeron nada.

Phillip miró a Eloise, que había apartado el trozo de carne del ojo y se estaba tocando la mejilla. El morado iba empeorando por minutos.

Los gemelos tenían que aprender que no podían continuar así. Tenían que aprender a tratar a la gente con más respeto. Tenían que aprender a...

Phillip maldijo en voz baja. Tenían que aprender algo, lo que fuera.

Hizo un gesto con la cabeza hacia la puerta.

—Venid conmigo —salió al pasillo, se giró y dijo—: ¡Ahora!

Y, mientras los niños salían, rezaba para que pudiera controlarse.

Eloise intentó no escuchar, aunque no podía evitar aguzar el oído. No sabía dónde se los había llevado; podía ser a la habitación de al lado, a su habitación, a fuera. Aunque sabía una cosa: iban a recibir su castigo.

Y, a pesar de que sabía que merecían un castigo, porque lo que habían hecho era inexcusable y ya eran mayorcitos para darse cuenta, seguía estando preocupada por ellos. Cuando Phillip se los había llevado, estaban muy asustados y Eloise todavía recordaba la inquietante pregunta que Oliver le había hecho el día anterior. «¿Va a pegarnos?»

De hecho, al mismo tiempo que se lo preguntó, iba retrocediendo, como si esperara que les pegara.

Aunque seguro que Sir Phillip no... No, era imposible. Una cosa era darles un cachete después de algo como lo de hoy, pero seguro que no lo hacía habitualmente.

No podía haberse equivocado tanto con una persona. La noche anterior, había permitido que la besara, incluso le había devuelto el beso. Seguro que si Phillip fuera de los que pegaba a sus hijos por cualquier cosa, lo habría notado, habría sentido que había algo que no funcionaba.

Al final, después de lo que pareció una eternidad, Oliver y Amanda aparecieron en la puerta, serios y con los ojos rojos, y detrás de ellos, obligándoles a caminar más deprisa que una serpiente, apareció Sir Phillip, también muy serio.

Los niños se acercaron a la cama y Eloise se giró hacia ellos. Como tenía el ojo izquierdo tapado, solo veía con el derecho y, ¿cómo no?, los niños se habían colocado a su izquierda.

—Lo sentimos mucho, señorita Bridgerton —susurraron.

—Más alto —les dijo su padre.

—Lo sentimos.

Eloise asintió.

—No volverá a suceder —añadió Amanda.

—Bueno, eso me tranquiliza —dijo Eloise.

Phillip se aclaró la garganta.

—Nuestro padre dice que debemos compensarla —dijo Oliver.

—Mmm... —Eloise no estaba segura de cómo pretendían hacerlo.

—¿Le gustan los caramelos? —preguntó Amanda.

Eloise la miró, parpadeando con el único ojo que tenía abierto.

—¿Los caramelos?

Amanda asintió.

—Sí, supongo que sí. Como a todo el mundo.

—Tengo una caja de caramelos de limón. Llevo meses guardándolos. Puede quedárselos.

Eloise tragó saliva para suavizar el nudo que se le había hecho en la garganta al ver la torturada expresión de Amanda. A esos niños les pasaba algo. Con tantos sobrinos, Eloise sabía diferenciar perfectamente cuándo un niño no era feliz.

—Da igual, Amanda —dijo, con el corazón partido—. Quédate los caramelos.

—Pero tenemos que darle algo —dijo Amanda, mirando temerosa a su padre.

Eloise estuvo a punto de decirle que no era necesario pero, cuando la miró, se dio cuenta de que tenían que hacerlo. En parte, claro, porque Sir Phillip había insistido, y Eloise no iba a contradecir su autoridad. Pero, además, porque los gemelos tenían que aprender a reparar los daños que causaban.

—Está bien —dijo Eloise—. Me daréis una tarde.

—¿Una tarde?

—Sí. Cuando me encuentre mejor, tu hermano y tú me daréis una tarde. Todavía no conozco Romney Hall demasiado bien y supongo que vosotros conoceréis hasta el último rincón. Podríais acompañarme a dar un paseo. Con una condición —añadió, porque valoraba mucho su salud y su condición física—. Nada de travesuras.

—Ninguna —dijo Amanda, inmediatamente, asintiendo con fuerza—. Lo prometo.

—Oliver —dijo Phillip, cuando su hijo no respondió.

—Nada de travesuras esa tarde —susurró.

Phillip se acercó a él y lo cogió por el cuello de la camisa.

—¡Ni nunca! —dijo, con la voz estrangulada—. ¡Lo prometo! No volveremos a acercarnos a la señorita Bridgerton.

—Bueno, espero que hagáis alguna excepción —dijo Eloise, mirando a Phillip esperando que lo interpretara como un «Ya puede soltar al niño»—. Me debéis una tarde.

Amanda dibujó una tímida sonrisa, pero Oliver siguió igual de serio.

—Podéis marcharos —dijo Phillip, y a los niños les faltó tiempo para desaparecer.

Una vez solos, los dos adultos se quedaron en silencio, mirando la puerta con una expresión triste y agotada. Eloise se sentía agotada, como si la hubieran implicado en una situación que no acababa de entender.

Estuvo a punto de echarse a reír. ¿En qué estaba pensando? Claro que la habían implicado en una situación que no acababa de entender, y se engañaba al creer que sabía qué hacer.

Phillip se acercó a la cama pero, cuando estuvo a su lado, se mantuvo bastante rígido.

—¿Cómo se encuentra? —le preguntó.

—Si no me saca esta carne del ojo dentro de poco —dijo, con sinceridad—, creo que voy a vomitar.

Cogió la bandeja que había traído la doncella y se la acercó. Eloise se quitó el trozo de carne de la cara, con una mueca ante el ruido acuoso y pegajoso que hizo.

—Será mejor que me lave la cara —dijo—. El olor es muy fuerte.

Phillip asintió.

—Antes, deje que le eche un vistazo.

—¿Tiene mucha experiencia con estas cosas? —le preguntó ella, mirando hacia el techo cuando él se lo pidió.

—Un poco —Phillip le apretó un poco la mejilla con el pulgar—. Mire hacia la derecha.

Ella le obedeció.

—¿Un poco?

—En la Universidad, boxeaba.

—¿Era bueno?

Le hizo girar la cabeza.

—Mire a la izquierda. Lo suficiente.

—¿Qué quiere decir?

—Cierre el ojo.

—¿Qué quiere decir? —insistió ella.

—No ha cerrado el ojo.

Eloise los cerró los dos porque, si solo cerraba uno, lo hacía con demasiada fuerza.

—¿Qué quiere decir?

No lo veía pero percibió la pausa.

—¿Le han dicho alguna vez que es un poco testaruda?

—Constantemente. Es mi único defecto.

Escuchó cómo Phillip se reía.

—¿El único?

—El único que vale la pena comentar.

Abrió los ojos.

—No me ha contestado.

—No recuerdo cuál era la pregunta.

Abrió la boca para responderle, pero entendió que le estaba tomando el pelo e hizo una mueca.

—Vuelva a cerrar el ojo —dijo Phillip—. Todavía no he terminado —cuando Eloise obedeció, añadió—: «Lo suficiente» quiere decir que no tenía que pelear si no quería.

—Pero no era el campeón —conjeturó ella.

—Puede abrir el ojo.

Eloise lo abrió y parpadeó al darse cuenta de lo cerca que estaba Phillip. Él se echó hacia atrás.

—No, no lo era.

—¿Y por qué no?

Él encogió los hombros.

—Porque no me importaba lo suficiente.

—¿Qué le parece? —preguntó ella.

—¿El ojo?

Eloise asintió.

—No creo que podamos hacer nada para evitar que tenga el ojo morado durante unos días.

—Creí que no me había golpeado el ojo —dijo ella, suspirando frustrada—. Cuando caí, me refiero. Creí que me había hecho daño en la mejilla.

—No hace falta golpearse el ojo para que se ponga morado. Se ve claramente que se ha golpeado aquí —dijo, acariciándole el pómulo, aunque con delicadeza para que ella no notara ningún dolor—. Y esta zona está tan cerca del ojo que es muy posible que el hematoma llegue hasta esta zona.

Ella gruñó.

—Voy a estar horrorosa durante semanas.

—No creo que tarde tanto tiempo en desaparecer.

—Tengo hermanos —dijo, lanzándole una mirada que decía que sabía de lo que estaba hablando—. He visto algunos ojos morados. Una vez, a Benedict le salió uno que tardó meses en desaparecer.

—¿Qué le pasó? —preguntó Phillip.

—Mi hermano mayor —respondió ella.

—No me diga más —dijo Phillip—. Yo también tuve un hermano mayor.

—Son unas criaturas asquerosas —dijo Eloise, aunque con un tono cariñoso.

—Seguramente, el suyo desaparecerá antes —dijo, ayudándola a levantarse para que pudiera ir a lavarse la cara.

—O no.

Phillip asintió y, mientras Eloise se lavaba, dijo:

—Tendremos que buscarle una acompañante.

Eloise se quedó inmóvil.

—Lo había olvidado.

Phillip tardó unos segundos en contestar.

—Yo no.

Eloise cogió una toalla y se secó la cara.

—Lo siento. Es culpa mía. En una carta, me dijo que se encargaría de buscar una pero, con las prisas por marcharme de Londres, olvidé que necesitaría un tiempo prudencial para arreglarlo todo.

Phillip la miró fijamente, preguntándose si se habría dado cuenta de que había revelado más información de la que le hubiera gustado. Era difícil imaginar que una mujer como Eloise, abierta, brillante y extremadamente habladora, pudiera tener secretos, pero desde que había llegado no había comentado nada de los motivos que la habían traído hasta Gloucestershire.

Dijo que buscaba marido, pero Phillip sospechaba que esos motivos tenían que ver tanto con lo que había dejado en Londres como con lo que esperaba encontrar aquí en el campo.

Y ahora lo había dicho: «Con las prisas».

¿Por qué tenía prisa por marcharse? ¿Qué había pasado en Londres?

—Ya le he escrito a mi tía abuela —dijo, ayudándola a meterse en la cama, aunque estaba claro que quería hacerlo sola—. Le envié una carta la misma mañana que usted llegó. Pero dudo que aparezca antes del jueves. Vive en Dorset, que no está lejos de aquí, pero no es de las que salen de su casa con lo puesto. Necesitará tiempo para preparar el equipaje y hacer todas esas cosas... —agitó la mano en el aire, quitándole importancia— que hacen las mujeres.

Eloise asintió, seria.

—Solo son cuatro días. Y aquí hay muchos sirvientes. No es como si estuviéramos solos en un lejano refugio de cazadores.

—No diga tonterías. Si alguien se entera de su presencia en esta casa sin acompañante, pondría su reputación en un serio compromiso.

Ella suspiró y encogió los hombros en un gesto fatalista.

—Bueno, no está en mi mano decidirlo —se tocó el ojo—. Seguro que, si volviera hoy a casa, mi aspecto levantaría más suspicacias que el hecho de que me hubiera ido.

Phillip asintió lentamente, porque estaba de acuerdo con ella aunque no podía evitar pensar en otra cosa. ¿Había alguna razón en particular por la que le preocupara tan poco su reputación? No había pasado mucho tiempo entre la alta sociedad pero, por su experiencia, todas las damas solteras, tuvieran la edad que tuvieran, siempre estaban preocupadas por su reputación.

¿Era posible que la reputación de Eloise ya estuviera arruinada el día que apareció en su puerta?

Y, más concretamente, ¿le importaba?

Frunció el ceño, porque todavía no estaba en condiciones de responder a la segunda pregunta. Sabía lo que quería, mejor dicho, lo que necesitaba en una esposa y tenía muy poco que ver con la pureza, la castidad y todos esos ideales que las chicas jóvenes tanto se esmeraban en preservar.

Necesitaba a alguien que pudiera entrar en su vida y hacérsela menos complicada. Alguien que estuviera al frente de la casa y que fuera una madre para sus hijos. Sinceramente, se alegraba de que Eloise despertara también sus deseos más íntimos pero, aunque hubiera sido fea como un cardo..., bueno, no habría tenido ningún problema en casarse con un cardo siempre que fuera práctica, eficiente y buena con los niños.

Sin embargo, si todo eso era cierto, ¿por qué le molestaba tanto la posibilidad de que Eloise hubiera tenido un amante?

No, «molestar» no era la palabra. No sabía definir con exactitud sus sentimientos. Lo irritaba, eso. Del mismo modo que irritaba una piedra en el zapato o una quemadura del sol.

Era la sensación aquella de que hay algo que no está bien. Y no es que esté catastrófica y dramáticamente mal, pero no está... bien.

Vio cómo se recostaba en las almohadas.

—¿Quiere descansar un rato? ¿La dejo sola?

Eloise suspiró.

—Supongo que sí, aunque no estoy cansada. Dolorida, sí, pero no cansada. Solo son las ocho.

Phillip miró el reloj que había encima de una estantería.

—Las nueve.

—Las ocho, las nueve —dijo ella, dejando ver que no había diferencia—. En cualquier caso, es de día —miró hacia la ventana, melancólica—. Y no llueve.

—¿Preferiría salir y sentarse en el jardín? —preguntó Phillip.

—Preferiría pasear por el jardín —respondió ella, descarada—, pero me duele un poco la cadera. Supongo que debería descansar un día.

—Más de uno —dijo él, con brusquedad.

—Seguramente tenga razón, pero le aseguro que no seré capaz de quedarme en la cama más de un día.

Phillip sonrió. No era el tipo de mujer que se pasaba el día sentada en el salón bordando, cosiendo o lo que hicieran las mujeres en un salón con aguja e hilo en la mano.

La observó mientras, incluso sentada en la cama, no podía evitar mover una pierna. No era el tipo de mujer que se pasaba el día sentada, punto.

—¿Le gustaría llevarse un libro? —le preguntó.

Los ojos de Eloise reflejaron su decepción. Phillip sabía que esperaba que la acompañara y Dios sabe que una parte de él quería hacerlo, pero la otra parte le decía que tenía que alejarse, casi como medida de protección. Todavía se sentía un poco descolocado por haber tenido que pegar a sus hijos.

Parecía que cada quince días hacían algo merecedor de un castigo y, la verdad, ya no sabía qué más hacer. Aunque no disfrutaba pegándoles. Lo odiaba; cada vez que lo hacía, tenía arcadas pero, ¿qué se suponía que debía hacer cuando se portaban de aquella manera? Intentaba pasar por alto las pequeñas cosas, pero cuando pegaban el pelo de la institutriz a las sábanas mientras ella dormía, ¿cómo iba a pasarlo por alto? O como el día que rompieron todas las macetas de cerámica que había en una estantería del invernadero. Dijeron que había sido un accidente, pero Phillip no les creyó ni una palabra. Y, mientras defendían su inocencia, en sus ojos se veía que no pensaban que su padre les creyera.

Así que imponía disciplina de la única manera que sabía aunque, hasta ahora, solo había utilizado la mano. Y eso cuando la utilizaba. La mitad de las veces, bueno, más de la mitad, los recuerdos de la disciplina de su padre lo mortificaban de tal manera que se iba, temblando y sudado, horrorizado ante el temblor de la mano con la que quería pegarles en el culo.

Le preocupaba ser demasiado benévolo con ellos. Seguramente lo era, visto que sus hijos no se comportaban mejor. Se decía que tenía que ser más severo e, incluso, un día había ido a los establos y había cogido la fusta...

Recordarlo lo hacía estremecerse. Fue después del episodio del pegamento; a la señorita Lockhart tuvieron que cortarle el pelo y Phillip sintió una rabia muy dolorosa y desquiciante. La visión se le tiñó de rojo y lo único que quería era castigarlos, hacer que se portaran bien, enseñarles a ser buenas personas y acabó por ir a buscar la fusta.

Sin embargo, le quemó en las manos y la soltó, horrorizado y temeroso de en qué se habría convertido de haberla usado.

Los niños se quedaron sin un castigo durante un día entero. Phillip se encerró en el invernadero, temblando y odiándose por lo que casi había hecho.

Y por lo que era incapaz de hacer.

Convertir a sus hijos en mejores personas.

No sabía cómo ser un buen padre. Eso estaba claro. No sabía cómo hacerlo y, además, era posible que no estuviera hecho para eso. A lo mejor, había hombres que nacían sabiendo qué decir y qué hacer y otros, por mucho que lo intentaran, no servían.

A lo mejor, uno necesitaba tener un buen padre a quien poder imitar.

Y en eso, la suerte de Phillip estuvo echada desde el día que nació.

Y ahora estaba allí, intentando cubrir sus deficiencias con Eloise Bridgerton. Quizás podría dejar de sentirse tan mal padre si les conseguía una buena madre.

Sin embargo, las cosas nunca eran tan fáciles como parecían y Eloise, en el día que llevaba en Romney Hall, había puesto su vida patas arriba. No esperaba desearla, al menos con la intensidad que lo hacía cada vez que la miraba. Y cuando la había visto en el suelo, ¿cómo es que lo primero que había sentido había sido terror?

Terror por su estado físico y, para ser sincero, terror de que los gemelos la hubieran convencido para que se marchara.

Cuando se había enterado de lo del pelo de la señorita Lockhart, su primera reacción había sido ir a buscar a los niños, lleno de cólera. Con Eloise, en cambio, apenas había pensado en ellos hasta que se había asegurado personalmente de que no estaba grave.

No quería preocuparse por ella, solo quería una buena madre para sus hijos. Y ahora no sabía qué hacer.

Y, por lo tanto, pasar la mañana en el jardín con la señorita Bridgerton parecía una idea celestial, pero sabía que no podía permitírselo.

Necesitaba estar un rato solo. Necesitaba pensar. O mejor, no pensar, porque si pensaba solo conseguía enfadarse y confundirse más. Necesitaba hundir las manos en alguna maceta llena de tierra y ensuciarse hasta olvidarse de todos sus problemas.

Necesitaba escapar.

Y si por ello era un cobarde, pues que así fuera.

7

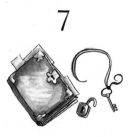

«... no me he aburrido tanto en mi vida. Colin, tienes que volver a casa. Estoy terriblemente aburrida sin ti y no creo que pueda soportarlo mucho más. Por favor, vuelve, porque ya empiezo a repetirme y no hay nada más aburrido que eso.»

Eloise Bridgerton a su hermano Colin, durante la quinta temporada de Eloise como debutante aunque Colin, que estaba viajando por Dinamarca, nunca recibió la carta.

Eloise se pasó el día entero en el jardín, estirada en una increíblemente cómoda tumbona que debía de haber importado de Italia porque, por experiencia, sabía que ni a los ingleses ni a los franceses les preocupaba la comodidad de los muebles.

Y no es que se pasara muchas horas del día comprobando la construcción de las sillas y los sofás pero, como la habían dejado sola en el jardín de Romney Hall, no tenía otra cosa que hacer.

Nada. Solo podía pensar en la tumbona tan cómoda que tenía debajo, bueno, y quizás también en que Sir Phillip era un grosero y un maleducado por haberla dejado sola todo el día después de que sus dos monstruos, cuya existencia, recordó, nunca mencionó en las cartas que le escribió durante un año, le habían puesto un ojo morado.

Era un día perfecto, con el cielo despejado y una ligera brisa, y Eloise no tenía nada en que pensar.

Jamás en su vida se había aburrido tanto.

No era de las que se sentaban a contemplar el cielo. Preferiría estar haciendo algo, pasear, inspeccionar un seto, cualquier cosa que no fuera estarse allí sentada observando el horizonte.

O, si tenía que quedarse allí todo el día, preferiría hacerlo acompañada. Seguro que las nubes serían más interesantes si no estuviera sola, si tuviera a alguien a quien poderle decir: «Mira esa, parece un conejo, ¿no crees?».

Pero no, la habían dejado completamente sola. Sir Phillip estaba en el invernadero, incluso lo veía desde donde estaba y, a pesar de que le apetecía mucho levantarse e irlo a buscar, aunque solo fuera porque las plantas serían más entretenidas que las nubes, no iba a darle la satisfacción de perseguirlo.

No después de haberla rechazado de aquella manera tan brusca por la mañana. Madre mía, le había faltado tiempo para desaparecer de su lado. Había sido de lo más extraño. Creía que se llevaban bastante bien y, de repente, se había inventado no sé qué excusa de que tenía mucho que hacer y se había marchado de la habitación como si estuviera infectada.

¡Qué hombre tan odioso!

Abrió el libro que había cogido de la biblioteca y se lo colocó delante de la cara. Esta vez iba a leerlo aunque se muriera de aburrimiento.

Aunque, claro, eso mismo se había dicho las últimas cuatro veces que lo había abierto. Y en ninguna de las cuatro ocasiones había conseguido leer más de una frase, o un párrafo si era muy disciplinada, antes de evadirse y que el texto se volviera borroso y, obviamente, había dejado de leer.

Se le estaba bien porque, como estaba tan irritada con Sir Phillip, cuando había ido a la biblioteca había escogido el primer libro que había encontrado.

¿*La botánica de los helechos*? ¿En qué demonios estaba pensando?

Y lo que era peor, si él la veía con ese libro, seguro que pensaría que lo había escogido para saber más de sus intereses.

Eloise parpadeó, sorprendida, al ver que había llegado al final de la página. No recordaba ni una palabra de lo que acababa de leer y se preguntó si, sencillamente, la vista había pasado por encima de las palabras sin leerlas.

Aquello era ridículo. Dejó el libro, se levantó y dio unos pasos para comprobar el estado de la cadera. Cuando vio que el dolor no era tan intenso, de hecho solo notó una ligera molestia, dibujó una sonrisa de satisfacción y empezó a caminar hacia los rosales que había al norte de la casa, deteniéndose de vez en cuando para oler las flores. Todavía estaban muy cerradas, porque la temporada de las rosas aún no había llegado, pero quería comprobar si olían y si...

—¿Qué demonios está haciendo?

Del susto, Eloise estuvo a punto de caerse encima de un rosal.

—Sir Phillip —dijo, aunque era bastante obvio.

Estaba muy enfadado.

—Se supone que debería estar sentada.

—Estaba sentada.

—Sí, pues todavía debería estarlo.

Eloise decidió ir con la verdad por delante.

—Me aburría.

Sir Phillip lanzó una mirada a la tumbona.

—¿No ha cogido un libro de la biblioteca?

Ella encogió los hombros.

—Ya lo he terminado.

Phillip arqueó la ceja, incrédulo.

Ella lo miró y también arqueó la ceja.

—Mire, necesita descansar —dijo él, muy serio.

—Estoy perfectamente —dijo ella, colocándose la mano encima de la cadera—. Apenas me duele.

Phillip la miró unos segundos, bastante irritado, como si quisiera decir algo pero no supiera el qué. Debió de salir del invernadero corriendo, porque le costaba respirar y llevaba los brazos, las uñas y la camisa llenos de tierra. Iba hecho un andrajoso, al menos en comparación con los caballeros de Londres a los que ella estaba acostumbrada, pero había algo atractivo en él, algo primitivo y elemental.

—Si tengo que preocuparme por usted, no puedo trabajar —gruñó.

—Entonces no trabaje —respondió ella, para quien la solución era sencilla.

—Estoy en medio de un experimento —dijo él, muy seco; tanto, que a Eloise le pareció estar hablando con un niño huraño.

—En ese caso, le acompañaré —dijo ella, pasando por su lado y dirigiéndose hacia el invernadero. ¿Cómo pretendía que decidieran si se adaptaban bien si apenas pasaban tiempo juntos?

Phillip alargó el brazo para detenerla, pero luego recordó que iba sucio y lo apartó.

—Señorita Bridgerton —dijo—, no puede...

—¿No podría ayudarle en algo? —lo interrumpió ella.

—No —dijo él, con tanta brusquedad que Eloise decidió no insistir.

—Sir Phillip —preguntó ella, que estaba a punto de perder la paciencia—, ¿puedo hacerle una pregunta?

Sorprendido por el repentino cambio de tema, asintió con un movimiento rápido y seco, como les gustaba hacer a los hombres cuando estaban enfadados y querían hacer ver que controlaban la situación.

—¿Es el mismo hombre con el que paseé ayer por la noche?

Phillip la miró como si estuviera loca.

—¿Perdón?

—El hombre con quien pasé una bonita velada ayer por la noche —dijo ella, conteniendo la necesidad de cruzar los brazos mientras hablaba—. El mismo con quien cené y luego di un paseo por la casa y el invernadero; el hombre que habló conmigo y que, por sorprendente que parezca, disfrutó de mi compañía.

Phillip se limitó a mirarla durante varios segundos, y luego dijo:

—Disfruto de su compañía.

—Entonces —preguntó ella—, ¿por qué me ha dejado sola en el jardín tres horas?

—No han sido tres horas.

—No se trata de eso, sino de...

—Han sido cuarenta y cinco minutos —dijo él.

—Lo que sea.

—No, lo que es.

—Está bien —dijo ella porque, seguramente, Phillip tenía razón, y eso la dejaba en una situación un tanto extraña y «Está bien» le pareció lo único que podía decir sin hacer más el ridículo.

—Señorita Bridgerton —dijo él, con la voz cortada al acordarse de que la noche anterior la había llamado simplemente Eloise.

Y la había besado.

—Como podrá imaginarse —continuó—, lo sucedido esta mañana con mis hijos me ha dejado de bastante mal humor y pensé que no sería muy buena compañía para usted.

—Entiendo —respondió Eloise, sorprendida por el tono desdeñoso que le había salido.

—Bien.

Sin embargo, Eloise estaba segura de entender. Que estaba enfadado, claro. Bueno, estaba enfadado por lo de los niños, de acuerdo, pero allí había otra cosa.

—Entonces, lo dejaré trabajar —dijo, haciendo un gesto con la mano hacia el invernadero como si se estuviera despidiendo de él.

Phillip le lanzó una mirada muy sospechosa.

—¿Y qué va a hacer usted?

—Bueno, creo que escribiré unas cartas y luego daré un paseo.

—No dará ningún paseo —gruñó él.

Y a Eloise le pareció que lo dijo como si se preocupara por ella.

—Sir Phillip —respondió ella—, le aseguro que me encuentro perfectamente. Estoy segura de que estoy mejor de lo que aparento.

—Será mejor que esté mejor de lo que aparenta —dijo él, entre dientes.

Eloise frunció el ceño. Solo era un ojo morado y, por lo tanto, solo tendría ese aspecto durante un tiempo, pero no había necesidad de recordarle que estaba horrible.

—No se preocupe, me mantendré lejos de sus asuntos, que, en definitiva, es lo que importa, ¿verdad? —le dijo Eloise.

A Phillip le empezó a temblar la vena que le cruzaba la frente. Eloise se alegró mucho.

—Venga, váyase —le dijo. Sin embargo, cuando vio que él no se movía, se giró y siguió caminando hacia otro lado del jardín.

—Deténgase ahora mismo —le ordenó Sir Phillip, colocándose a su lado con una sola zancada—. No dará ningún paseo.

Eloise estuvo a punto de preguntarle si iba a atarla a la tumbona pero, al final, se mordió la lengua por miedo de que a Phillip le gustara la idea y la llevara a cabo.

—Sir Phillip —dijo—, no veo cómo va a... ¡Oh!

Refunfuñando sobre las estúpidas mujeres (aunque con otro adjetivo que a Eloise le pareció menos delicado), Sir Phillip la cogió en brazos, la llevó hasta la tumbona y la dejó caer encima del cojín sin demasiados miramientos.

—Y no se mueva de ahí —le mandó.

Eloise intentó responderle después de aquella inconcebible demostración de arrogancia.

—No puede...

—¡Por el amor de Dios! Agotaría hasta la paciencia de un santo.

Ella lo miró.

—¿Qué necesitaría para no moverse de aquí en todo el día? —le preguntó él, un poco impaciente.

—No se me ocurre nada —respondió ella con sinceridad.

—Está bien —dijo él, con la barbilla hacia fuera, en un gesto de tozudez furiosa—. Recorra todo el condado. Nade hasta Francia, si quiere.

—¿Desde Gloucestershire? —preguntó ella, levantando la comisura de los labios.

—Si hay alguien en este mundo capaz de imaginar cómo hacerlo —dijo él—, esa es usted. Buenos días, señorita Bridgerton.

Y se marchó, dejando a Eloise en el mismo sitio de donde se había levantado hacía diez minutos. Allí sentada y todavía sorprendida por la repentina desaparición de Phillip, olvidó que su intención era levantarse e ir a dar un paseo.

Si Phillip todavía no estaba seguro de haber metido la pata por la mañana, la breve nota de Eloise informándole de que aquella noche cenaría en su habitación acabó de dejárselo claro.

Teniendo en cuenta que durante toda la tarde se había quejado de la falta de compañía, la decisión de cenar sola en su habitación era un ataque claro y directo.

Phillip cenó solo, en silencio, como había hecho durante meses. En realidad, durante años porque, mientras Marina vivía, tampoco solía bajar a cenar con él. Se diría que ya se habría acostumbrado a la situación, pero estaba nervioso e incómodo porque era consciente de que los sirvientes sabían que Eloise había rechazado su compañía.

Gruñó algo mientras masticaba la carne. Sabía que se suponía que uno debía ignorar a los sirvientes y hacer su vida normal como si no existieran o, si existían, como si fueran otra especie completamente distinta. Y mientras a él no le interesaba para nada la vida que llevaban fuera de Romney Hall, a ellos parecía que sí les interesaba la suya y Phillip odiaba ser la comidilla de la casa.

Y seguro que esa noche lo era; seguro que mientras cenaban todos en la cocina, solo hablarían de él.

Se metió un pedazo de pan en la boca. Ojalá tuvieran que comerse el pez que Eloise metió en la cama de Amanda.

Se comió la ensalada, el pollo y el pudding, aunque con la sopa y la carne había tenido más que suficiente. Pero siempre había la posibilidad de que Eloise cambiara de idea y bajara a cenar con él. No parecía muy probable, vista su tozudez, pero si lo hacía, quería estar presente.

Cuando quedó claro que era más un deseo que una realidad, pensó en subir a su habitación pero, incluso en el campo, no era apropiado y, además, dudaba de que quisiera verlo.

Bueno, eso no era del todo cierto. En el fondo, creía que sí que quería verlo, pero lo quería ver arrepentido. Y aunque no pronunciara «lo siento», seguro que en su aspecto se reflejaba que se presentaba ante ella con el rabo entre las piernas.

Aunque eso no sería lo peor del mundo, porque ya había decidido arrodillarse ante ella y rogarle que se casara con él siempre que ella aceptara hacer de madre a los gemelos. Y eso a pesar de haberlo estropeado todo por la tarde y, para ser sinceros, también por la mañana.

Sin embargo, querer cortejar a una mujer y saber hacerlo eran dos cosas bien distintas.

Su hermano era el que tenía encanto y don de gentes; siempre sabía qué decir y qué hacer en cada situación. George jamás se hubiera dado cuenta de que los sirvientes lo miraban de reojo como si, a los diez minutos, fueran a despellejarlo vivo y, en realidad, jamás había tenido necesidad de hacerlo porque todo lo que habían dicho de él había sido: «El señor George es un granuja». Y siempre acompañados por una sonrisa, claro.

En cambio, Phillip era mucho más callado, más reflexivo y mucho menos dotado para el papel de padre y señor de las tierras. Siempre había planeado marcharse de Romney Hall y no mirar atrás, al menos mientras su padre estuviera vivo. George era quien tenía que casarse con Marina y juntos tendrían media docena de hijos perfectos. Phillip sería el tío brusco y excéntrico que vivía en Cambridge y se pasaba el día metido en el invernadero haciendo experimentos que nadie más entendía, o por los que nadie se preocupaba, en verdad.

Las cosas tenían que ir así, pero todo cambió en aquel campo de batalla de Bélgica.

Inglaterra ganó la guerra, pero para Phillip fue poco consuelo cuando su padre lo hizo volver a Gloucestershire para convertirlo en el perfecto heredero.

Para convertirlo en George, que siempre había sido su hijo predilecto.

Y un día su padre murió. Allí, delante de Phillip. En medio de una acalorada disputa, seguramente exagerada por el hecho de que su hijo ya era demasiado grande para ponerlo de rodillas y golpearlo con una vara, su corazón dijo basta.

Y Phillip se convirtió en Sir Phillip, con todos los derechos y las obligaciones de un barón.

Quería a sus hijos, los quería más que a su vida, así que suponía que se alegraba de cómo habían salido las cosas, pero seguía sintiendo que había fracasado. Romney Hall iba sobre ruedas; había introducido varias técnicas agrícolas nuevas que había aprendido en la Universidad y era la primera vez que las tierras daban beneficios desde..., bueno, no sabía desde cuándo. Mientras su padre estuvo vivo, las tierras no habían dado ningún beneficio.

Pero las tierras eran solo tierras. Y sus hijos eran seres humanos, de carne y hueso, y cada día estaba más seguro de que los estaba decepcionando. Cada nuevo amanecer parecía traer problemas nuevos (cosa que lo aterraba porque no imaginaba qué podía ser peor que el pelo con pegamento de la señorita Lockhart y el ojo morado de Eloise), y no sabía qué hacer. Cuando intentaba hablar con ellos, siempre parecía que decía las palabras inapropiadas. O hacía el gesto inapropiado. O no hacía nada porque le daba miedo perder los estribos.

Excepto una vez. La cena de la noche anterior con Eloise y Amanda. Por primera vez desde que recordaba, había sabido tratar a su hija como un padre. La presencia de Eloise lo había calmado, le había proporcionado una claridad de pensamiento que normalmente no tenía cuando se enfrentaba a sus hijos. Fue capaz de ver el lado divertido de la situación en vez de su propia frustración.

Por eso, con más motivo todavía, necesitaba que Eloise se quedara y se casara con él. Y por eso mismo decidió que no subiría a verla para intentar arreglar las cosas.

No le importaba presentarse ante ella con el rabo entre las piernas. Si fuera necesario, se presentaría con la cabeza entre las piernas.

Lo que no quería era empeorar todavía más las cosas.

Al día siguiente, Eloise se levantó muy temprano, aunque era normal porque, la noche anterior, se había acostado a las ocho y media. Se arrepintió de su exilio voluntario en el mismo momento en que envió la nota a Sir Phillip diciéndole que cenaría en su habitación.

Se había enfadado mucho con él y, por la noche, dejó que la ira se apoderara de su mente. La verdad era que detestaba comer sola, detestaba estar sentada mirando el plato y pensando cuántos bocados le faltaban para acabarse las patatas. Incluso Sir Phillip en su día más obstinado y poco comunicativo hubiera sido mejor que nada.

Además, todavía no estaba segura de que se adaptaran bien, y comer en habitaciones separadas no contribuía a poder conocer un poco más su personalidad y su carácter.

Podía ser un oso, y de lo más gruñón, pero cuando sonreía... De repente, Eloise entendió a lo que se referían todas esas chicas cuando quedaban extasiadas por la sonrisa de su hermano Colin, que a ella le parecía de lo más normal porque, bueno, era Colin.

Sin embargo, cuando Sir Phillip sonreía, se transformaba. Los ojos oscuros adquirían un brillo diabólico, llenos de humor y picardía, como si supiera algo que ella no sabía. Pero aquello no era lo que hacía que el corazón le diera un vuelco. Eloise era una Bridgerton y ya había visto muchos brillos diabólicos y se enorgullecía de ser bastante inmune a sus efectos.

Cuando Sir Phillip la miraba y le sonreía, lo hacía con un aire de timidez, como si no estuviera acostumbrado a sonreír a una mujer. Y ella se quedaba con la sensación de que aquel era un hombre que, si las piezas del puzle encajaban, podría llegar a apreciarla algún día. Aunque no la quisiera, la valoraría y no se la tomaría a la ligera.

Y por ese motivo Eloise todavía no estaba lista para hacer las maletas y marcharse, a pesar del lamentable comportamiento de Sir Phillip el día anterior.

Escuchó que el estómago reclamaba comida y bajó al comedor, donde la informaron de que Sir Phillip ya había desayunado. Eloise intentó no desanimarse. No significaba que estuviera intentando evitarla; era muy posible que hubiera dado por sentado que no le gustaba madrugar y hubiera decidido no esperarla.

Sin embargo, cuando echó un vistazo al invernadero y lo vio vacío, se dio por vencida y fue en busca de otra compañía.

Oliver y Amanda le debían una tarde, ¿no? Eloise subió las escaleras muy decidida. Aunque podían cambiarlo por una mañana.

—¿Os apetece ir a nadar?

Oliver la miró como si se hubiera vuelto loca.

—A mí, sí —dijo Eloise, asintiendo—. ¿A vosotros, no?

—No —respondió el niño.

—A mí, sí —dijo Amanda, sacándole la lengua a su hermano cuando este le lanzó una mirada furiosa—. Me encanta nadar, y a Oliver también. Pero está demasiado enfadado con usted para admitirlo.

—No creo que deban ir —dijo la niñera, una mujer de aspecto severo y de edad indeterminada.

—Bobadas —dijo Eloise, que, en ese mismo momento, decidió que aquella mujer no le caía nada bien—. Hace muy buen día y un poco de ejercicio no les vendrá mal.

—De todos modos... —dijo la niñera, con una voz irritada que demostraba lo poco que le gustaba que ignoraran su autoridad.

—Yo misma les daré clase —continuó Eloise, utilizando el mismo tono de voz que utilizaba su madre cuando quería dejar claro que no quería discutir—. Ahora mismo no tienen institutriz, ¿verdad?

—No, no tienen —dijo la niñera—. Estos pequeños monstruos le pusieron cola en...

—Me da igual por qué se marchó —la interrumpió Eloise, que no quería saber qué le habían hecho a la última institutriz—. Estoy segura de que a usted se le ha hecho muy pesado asumir los dos papeles durante estas semanas.

—Meses —gruñó la niñera.

—Todavía peor —dijo Eloise—. Creo se merece una mañana libre, ¿no le parece?

—Bueno, no me importaría ir al pueblo...

—Entonces, está decidido —Eloise bajó la cabeza, miró a los niños y se permitió un momento de autocomplacencia. La estaban mirando maravillados—. Venga, váyase —le dijo a la niñera, casi empujándola para que saliera . Diviértase.

Cuando la niñera, todavía un poco enfadada, hubo salido, Eloise cerró la puerta y se giró hacia los niños.

—Es muy lista —dijo Amanda, boquiabierta.

Oliver no pudo decir nada, solo asintió el comentario de su hermana.

—Odio a la niñera Edwards —dijo Amanda.

—No digas eso —le recriminó Eloise, aunque a ella tampoco le había caído demasiado bien.

—La odiamos —dijo Oliver—. Es horrible.

Amanda asintió.

—Ojalá volviera la niñera Millsby, pero tuvo que marcharse a cuidar de su madre. Está enferma —explicó la niña.

—Su madre —añadió Oliver—. No la niñera Millsby.

—¿Cuánto tiempo lleva aquí la señorita Edwards? —preguntó Eloise.

—Cinco meses —respondió Amanda, muy triste—. Cinco largos meses.

—Bueno, estoy segura de que no debe de ser tan mala —dijo Eloise, que quiso continuar pero no pudo porque Oliver la interrumpió.

—¡Sí que lo es!

Eloise no estaba dispuesta a despreciar a otro adulto, y mucho menos a uno que tenía autoridad sobre los niños, así que decidió cerrar el tema.

—Bueno, eso ahora no importa porque esta mañana estáis conmigo.

Amanda se le acercó y, tímidamente, le cogió la mano.

—Usted me cae bien —dijo.

—Y tú a mí también —respondió Eloise, que, sorprendida, notó cómo se le humedecían los ojos.

Oliver no dijo nada y Eloise no se lo tomó mal. A algunas personas les costaba más que a otras coger cariño hacia los demás. Además, estos niños tenían todo el derecho del mundo a ser precavidos. Su madre los había dejado. Porque había muerto, claro, pero aun así se habían quedado sin madre demasiado temprano; solo sabían que la querían y que ya no estaba con ellos.

Eloise recordó los meses posteriores a la muerte de su padre. Se abrazaba a su madre a cada momento diciéndose que si se mantenía cerca de ella, o mejor, agarrada a ella, no se marcharía.

¿A quién le extrañaba que a los niños les costara adaptarse a la nueva niñera? Seguramente, la niñera Millsby los había cuidado desde pequeños y perderla al poco tiempo de la muerte de Marina debió de ser el doble de difícil.

—Siento mucho lo del ojo —dijo Amanda.

Eloise le apretó un poco la mano.

—No es tanto como parece.

—Pues parece horrible —admitió Oliver, demostrando por primera vez un atisbo de remordimiento en la cara.

—Es verdad —dijo Eloise—, pero me está empezando a gustar. Creo que parezco un soldado que vuelve de la guerra... ¡y ha ganado!

—No parece que haya ganado —dijo Oliver, puro reflejo del escepticismo.

—No digas bobadas. Claro que sí. Cualquiera que vuelve a casa después de una guerra ya ha ganado.

—¿Eso significa que el tío George perdió? —preguntó Amanda.

—¿El hermano de vuestro padre?

Amanda asintió.

—Murió antes de que naciéramos.

Eloise se preguntó si sabrían que, en un principio, su madre tenía que casarse con su tío. Seguramente, no.

—Vuestro tío fue un héroe —dijo, muy respetuosa.

—Pero nuestro padre, no —dijo Oliver.

—Tu padre no pudo ir a la guerra porque tenía demasiadas responsabilidades aquí —le explicó Eloise—. Pero hace una mañana demasiado bonita para una conversación tan seria, ¿no creéis? Deberíamos estar ahí fuera pasándonoslo en grande.

Los niños enseguida se contagiaron de su entusiasmo y, en un abrir y cerrar de ojos, se habían puesto los trajes de baño e iban corriendo por el jardín hacia el lago.

—¡Tenemos que repasar aritmética! —les gritó Eloise mientras los niños se alejaban.

Y, para su mayor sorpresa, lo hicieron. ¿Quién hubiera dicho que los números podían ser tan divertidos?

8

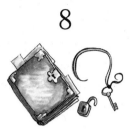

«... ¡qué suerte tienes de ir a la escuela! Nosotras tenemos una nueva institutriz y es la tortura personificada. Nos da la tabarra con las sumas todo el día. La pobre Hyacinth se echa a llorar cada vez que escucha la palabra "siete" (aunque no sé por qué "uno más seis" no provoca el mismo efecto). No sé qué vamos a hacer. Supongo que le ensuciaremos el pelo con tinta (a la señorita Haversham, claro, no a Hyacinth aunque no lo descarto).»

Eloise Bridgerton a su hermano Gregory
en el primer trimestre de este en el colegio Eton.

Cuando Phillip volvió de la rosaleda, se quedó muy extrañado de encontrar la casa tan tranquila y silenciosa. No pasaba un día sin que no se escuchara el ruido de una mesa contra el suelo o algún grito de rabia.

Los niños, pensó, saboreando aquel momento de silencio. Seguro que les habían dado la mañana libre y la niñera Edwards se los había llevado a dar un paseo.

Y supuso que Eloise todavía seguiría acostada aunque eran casi las diez y, en realidad, no parecía el tipo de mujer a la que se le solían pegar las sábanas.

Phillip miró el ramo de rosas que llevaba en la mano. Se había pasado una hora escogiendo las más bonitas; en Romney Hall había tres rosaledas y había tenido que ir hasta la más lejana para encontrar las que habían empezado a abrirse. Luego las fue cortando, muy minucioso, con cuidado de cortar por el punto exacto para que siguiera creciendo, y a continuación limpió los tallos.

Las flores se le daban bien. Las plantas se le daban todavía mejor, pero dudaba de que a Eloise le pudiera parecer romántico que le regalara una rama de hiedra.

Fue hasta el comedor, donde esperaba encontrar la mesa puesta con el desayuno de Eloise, pero ya estaba todo recogido y limpio. Phillip frunció el ceño y se quedó un segundo allí de pie, intentando decidir qué hacer. Era obvio que Eloise ya se había levantado y había desayunado, pero no tenía ni idea de dónde estaba.

Justo en ese momento entró una sirvienta con un plumero y un trapo. Cuando lo vio, inclinó la cabeza.

—Necesitaré un florero —dijo, levantando las flores. Le hubiera gustado dárselas directamente a Eloise, pero no le apetecía llevarlas encima toda la mañana mientras la buscaba.

La sirvienta asintió y dio media vuelta, pero Phillip la detuvo.

—Por cierto, ¿sabe dónde está la señorita Bridgerton? He visto que ya han recogido su desayuno.

—Ha salido, Sir Phillip —dijo la chica—. Con los niños.

Phillip parpadeó, sorprendido.

—¿Ha salido con Oliver y Amanda? ¿De manera voluntaria?

La sirvienta asintió.

—¡Qué interesante! —suspiró e intentó no imaginarse la escena—. Espero que no la maten.

La sirvienta lo miró alarmada.

—¿Sir Phillip?

—Era una broma... eh... ¿Mary? —no pretendía acabar la frase con una interrogación pero, para ser sincero, no estaba seguro de cómo se llamaba esa chica.

Ella asintió de un modo que tampoco dejó claro si había acertado o si solo estaba siendo educada.

—¿Y sabe dónde han ido? —le preguntó.

—Creo que han ido al lago. A nadar.

A Phillip se le heló la sangre en las venas.

—¿A nadar? —preguntó, con una voz que le sonó lejana y alterada.

—Sí. Los niños llevaban los trajes de baño.

A nadar. ¡Santo Dios!

Ya hacía un año que evitaba pasar por el lado. Tomaba el camino largo para no verlo. Y a los niños les había prohibido que fueran.

¿O no?

Le había dicho a la niñera Millsby que no los dejara acercarse al agua pero, ¿se lo había dicho a la niñera Edwards?

Salió corriendo, tirando todas las rosas al suelo.

—¡El último es un ermitaño! —gritó Oliver, lanzándose al agua a toda velocidad aunque, cuando lo cubría hasta la cintura, se detuvo y se rio.

—¡Tú sí que eres un ermitaño! —le gritó Amanda mientras chapoteaba a su alrededor.

—¡Pues tú, un ermitaño podrido!

—¡Bueno, pues tú un ermitaño muerto!

Eloise no dejaba de reír mientras caminaba por el agua a escasos metros de Amanda. No había traído traje de baño, ¿cómo iba a saber que lo necesitaría?, así que se ató el vestido y la enagua justo por encima de las rodillas. Era mucha piel a la vista, aunque con la única compañía de dos niños de ocho no importaba.

Además, estaban demasiado entretenidos salpicándose el uno a otro como para fijarse en sus piernas.

Los niños se ganaron sus simpatías de camino al lago, mientras reían y hablaban, y Eloise se preguntó si realmente lo único que necesitaban era un poco de atención. Habían perdido a su madre, la relación con su padre era, cuando menos, distante y su adorada niñera se había marchado. Menos mal que aún se tenían el uno al otro.

Y a lo mejor, ¿quién sabe?, a ella.

Se mordió el labio, porque no sabía si debía dejar que sus pensamientos viajaran en esa dirección. Todavía no había decidido si quería casarse con Sir Phillip y, por mucho que parecían necesitarla esos niños, y sabía que la necesitaban, no podía tomar la decisión basándose en ellos.

No iba a casarse con ellos.

—¡No te vayas más lejos! —gritó, preocupada porque Oliver se había alejado un poco.

El chico puso aquella cara que ponen los niños cuando creen que los están sobreprotegiendo pero, de todos modos, dio dos pasos hacia la orilla.

—Debería acercarse más, señorita Bridgerton —dijo Amanda, sentándose en el suelo del lago, pero se levantó y gritó—. ¡Ah! ¡Está fría!

—Entonces, ¿por qué te has sentado? —le preguntó Oliver—. Ya sabías que estaba fría.

—Sí, pero los pies ya se me habían acostumbrado al frío —respondió ella, abrazándose—. Ya no parecía tan fría.

—No te preocupes —le dijo él, con una sonrisa altanera—. El culo también se te acostumbrará.

—¡Oliver! —dijo Eloise muy seria, aunque echó a perder el efecto de la regañina cuando se rio.

—¡Tiene razón! —exclamó Amanda, girándose hacia Eloise, muy sorprendida—. Ya no me siento el culo.

—No estoy segura de que sea una buena noticia —dijo Eloise.

—Debería venir a nadar —insistió Oliver—. O, al menos, venga hasta donde está Amanda. Si apenas se ha mojado los pies.

—No tengo traje de baño —dijo Eloise, aunque se lo había dicho unas seis veces.

—Creo que no sabe nadar —dijo él.

—Te aseguro que sé nadar perfectamente —respondió ella—. Y no conseguirás que te lo demuestre mientras llevo mi tercer mejor vestido de día.

Amanda la miró y parpadeó un par de veces.

—Me gustaría ver el primero y el segundo, porque el que lleva es muy bonito.

—Gracias, Amanda —dijo Eloise, que se preguntó quién le debía de escoger la ropa a la niña. Seguro que la cascarrabias de la niñera Edwards. Lo que llevaba no estaba mal, pero Eloise estaba segura de que nadie nunca le había propuesto pasárselo en grande mientras elegía la tela de sus propios vestidos. Le sonrió y dijo—: Si alguna vez quieres ir a comprar, me gustaría acompañarte.

—¡Oh, me encantaría! —dijo Amanda, casi sin respiración—. Más que cualquier otra cosa. ¡Gracias!

—Chicas —dijo Oliver, con desdén.

—Algún día nos lo agradecerás —dijo Eloise.

—¿Eh?

Ella solo agitó la cabeza mientras sonreía. Todavía tardaría un poco en darse cuenta de que las chicas sabían hacer otras cosas aparte de trenzas en el pelo.

Oliver encogió los hombros y volvió a su tarea de golpear la superficie del agua con la palma de la mano de manera que salpicara la mayor cantidad de agua posible hacia su hermana.

—¡Para! —gritó Amanda.

Oliver se rio y la volvió a salpicar.

—¡Oliver! —Amanda se levantó y se acercó a él. Entonces, cuando vio que caminando iba muy despacio, se zambulló en el agua y empezó a nadar.

Él gritó y se alejó un poco más, saliendo a la superficie solo para tomar aire y burlarse de su hermana.

—¡Te cogeré! —exclamó Amanda, que se detuvo un momento para descansar.

—¡No os alejéis demasiado! —gritó Eloise, aunque no importaba. Estaba claro que los dos eran unos excelentes nadadores. Si eran como Eloise y sus hermanos, seguramente habrían aprendido a los cuatro años. Los Bridgerton se habían pasado muchísimas horas chapoteando en el estanque que había cerca de la casa de verano de Kent aunque, en realidad, las horas de natación se redujeron considerablemente a partir de la muerte de su padre. Cuando Edmund Bridgerton estaba vivo, la familia pasaba gran parte del tiempo en el campo pero, tras su muerte, se acabaron instalando en la ciudad. Eloise nunca supo si era porque a su madre le gustaba más la ciudad o porque la casa del campo le traía demasiados recuerdos.

A Eloise le encantaba Londres y había disfrutado mucho sus años allí, pero ahora que estaba en Gloucestershire, chapoteando en un lago con dos niños de ocho años, se dio cuenta de lo mucho que había añorado la vida del campo.

Y no es que estuviera preparada para dejar Londres, con todos los amigos y las diversiones que allí tenía, pero empezaba a plantearse que tampoco necesitaba pasar tanto tiempo en la capital.

Al final, Amanda llegó hasta su hermano, se lanzó encima de él y los dos desaparecieron debajo del agua. Eloise los vigilaba y, de vez en cuando, veía una mano o un pie que asomaba por la superficie hasta que salieron los dos a coger aire, riéndose y retándose en lo que parecía una guerra abierta en toda regla.

—¡Tened cuidado! —gritó Eloise, básicamente porque es lo que le hubieran dicho a ella; era gracioso que ahora era ella la figura adulta con autoridad.

Con sus sobrinos, siempre era la tía divertida y permisiva—. ¡Oliver! ¡No tires del pelo a tu hermana!

Y el niño se detuvo, pero enseguida se agarró al cuello del traje de baño de su hermana, algo que debía de ser increíblemente molesto para Amanda, que empezó a toser.

—¡Oliver! —gritó Eloise—. ¡Suelta a tu hermana ahora mismo!

Y, para sorpresa y satisfacción de Eloise, lo hizo, pero Amanda aprovechó ese instante de pausa para lanzarse encima del hermano, hundirlo y sentarse encima de él.

—¡Amanda! —gritó Eloise.

Amanda hizo ver que no la oía.

¡Maldición! Ahora tendría que ir hasta allí y poner paz entre ellos y, en el proceso, seguro que acababa empapada.

—¡Amanda, deja a tu hermano! —exclamó Eloise, en un último intento de salvar el vestido y la dignidad.

Amanda se levantó y Oliver salió disparado hacia la superficie, buscando aire.

—Amanda Crane, te voy a...

—No vas a hacer nada —dijo Eloise, muy seria—. Ninguno de los dos va a matar, mutilar, atacar ni abrazar al otro durante media hora.

Los niños se quedaron horrorizados ante la mención de un posible abrazo.

—¿Qué me decís? —preguntó Eloise.

Los dos se quedaron callados hasta que Amanda dijo:

—Y entonces, ¿qué vamos a hacer?

Buena pregunta. Casi todos los recuerdos de Eloise en el estanque incluían ese tipo de luchas con sus hermanos.

—Podemos secarnos y descansar un rato —dijo.

A los niños no les hizo mucha gracia.

—Deberíamos repasar vuestro temario —añadió Eloise—. Quizás un poco más de aritmética. Le prometí a la niñera Edwards que haríamos algo constructivo con nuestro tiempo.

Aquella sugerencia les hizo tanta gracia como la anterior.

—Está bien —dijo Eloise—. Entonces, ¿qué proponéis?

—No sé —dijo Oliver, y Amanda encogió los hombros.

—Bueno, no tiene sentido que estemos aquí de pie sin hacer nada —dijo Eloise, colocando los brazos en jarra—. Aparte de que es muy aburrido, es probable que nos helem...

—¡Salid del lago!

Eloise se giró, tan sorprendida por el grito furioso que resbaló y cayó. Al diablo todas sus intenciones de no mojarse.

—Sir Phillip —dijo, con la respiración entrecortada. Por suerte, había podido apoyar las manos y no había caído de nalgas en el agua. De todos modos, la parte delantera del vestido estaba empapada.

—Salid del agua —gruñó Phillip, metiéndose en el agua con una fuerza y una velocidad sorprendentes.

—Sir Phillip —dijo Eloise, muy sorprendida, mientras intentaba ponerse derecha—, ¿qué...?

Sin embargo, ya había cogido a los niños por el pecho, uno con cada brazo, y los estaba llevando hacia la orilla. Eloise observó, horrorizada, cómo los dejaba en la hierba sin ninguna delicadeza.

—Os dije que nunca, jamás, vinierais al lago —les dijo, sacudiéndolos por los hombros—. Sabéis que no podéis venir aquí. Os lo...

Se detuvo porque estaba muy alterado por algo y porque necesitaba respirar.

—Pero eso fue el año pasado —gimoteó Oliver.

—¿Y me has oído levantar la prohibición?

—No, pero pensé que...

—Pues te equivocaste —le espetó Phillip—. Volved a casa. Los dos.

Los niños reconocieron aquella mirada de su padre y salieron corriendo hacia la colina. Phillip no hizo nada, solo los observó alejarse y entonces, cuando ya no podía oírlos, se giró hacia Eloise con una expresión que la hizo retroceder un paso y dijo:

—¿Qué diablos creía que estaba haciendo?

Por un momento, se quedó callada. La pregunta era demasiado absurda para responderle.

—Divertirnos un poco —dijo, al final, con un poco más de insolencia de lo que debería.

—No quiero que mis hijos se acerquen al lago —dijo, con brusquedad—. Se lo he dejado muy claro a...

—A mí no.

—Da igual, no debería...

—¿Cómo iba a saber que no quería que se acercaran al agua? —le preguntó ella, antes de que la acusara de irresponsable o lo que fuera que iba a decirle—. Le dije a la niñera dónde iríamos y lo que íbamos a hacer y ella no me dijo que lo tuvieran prohibido.

Vio en la cara que Phillip no tenía argumentos válidos contra eso, y aquello lo enfurecía todavía más. Hombres. El día que aprendieran a aceptar un error, se convertirían en mujeres.

—Hace un día muy bueno —continuó, con aquella voz tan insistente que usaba cuando estaba decidida a no ceder en una discusión.

Algo que, para ella, era siempre.

—Pretendía acercarme a los niños —añadió—, porque no me apetece que me dejen morado el otro ojo.

Lo dijo para hacerlo sentir culpable y, seguramente, había funcionado porque se sonrojó y maldijo entre dientes.

Eloise hizo una pausa por si Phillip quería decir algo o, mejor, por si quería decir algo inteligible pero, cuando no dijo nada y se la quedó mirando, ella continuó:

—Creí que les iría bien divertirse un poco —y, en voz baja, añadió—: Dios sabe que lo necesitan.

—¿Qué ha dicho? —preguntó él, enfadado.

—Nada —dijo ella, inmediatamente—. No pensé que hubiera nada malo en bajar a nadar.

—Los ha puesto en peligro.

—¿En peligro? —preguntó ella, incrédula—. ¿Por qué?

Phillip no dijo nada, solo la miró fijamente.

—¡Por el amor de Dios! —dijo ella, displicente—. Solo hubiera sido peligroso si yo no supiera nadar.

—Me da igual si sabe nadar —le espetó él—. Lo que me preocupa es que mis hijos no saben.

Eloise parpadeó, varias veces.

—Sí que saben —dijo—. De hecho, ambos son excelentes nadadores. Creí que les había enseñado usted.

—¿Qué está diciendo?

Eloise ladeó la cabeza, quizás por preocupación, quizás por curiosidad.

—¿Pensaba que no sabían nadar?

Por un momento, Phillip sintió que el aire no le llegaba a los pulmones. Sintió una presión extraña en el pecho, la piel de todo el cuerpo le empezó a escocer y el cuerpo se le quedó helado, como si fuera una estatua.

Aquello era horrible.

Él era horrible.

Ese momento cristalizaba todos sus fracasos. No era que sus hijos supieran nadar, era que él no lo sabía. ¿Cómo podía ser que un padre no supiera esas cosas de sus hijos?

Un padre debía saber si sus hijos sabían montar a caballo. Debía saber si sabían leer y contar hasta cien.

Y debía saber si sabían nadar, ¡por todos los santos!

—Yo... —dijo, pero la voz se le apagó después de aquella palabra—. Yo...

Eloise dio un paso adelante y susurró:

—¿Se encuentra bien?

Él asintió o, al menos, a Eloise le pareció que asentía. Tenía la voz de ella clavada en la cabeza («Sí que saben, Sí que saben, Sí que saben») y no la había escuchado. Había sido el tono, de sorpresa mezclado con un poco de desdén, quizás.

Pero no lo sabía.

Sus hijos estaban creciendo y cambiando y no los conocía. Los veía y los reconocía, pero no sabían quiénes eran.

Respiró hondo. No sabía cuáles eran sus colores favoritos.

¿Rosa? ¿Azul? ¿Verde?

¿Importaba, o solo importaba que no lo supiera?

Era, a su manera, tan mal padre como el suyo propio. Puede que Thomas Crane pegara a sus hijos hasta casi matarlos, pero al menos sabía qué hacían. Phillip ignoraba, evitaba, disimulaba..., cualquier cosa para mantener las distancias y no perder los nervios. Lo que fuera para no convertirse en su padre.

Aunque quizás la distancia no siempre era algo bueno.

—Phillip —susurró Eloise, apoyando una mano en el brazo de él—, ¿ocurre algo?

Él la miró, aunque todavía estaba cegado y no podía concentrarse en nada en concreto.

—Creo que debería irse a casa —dijo ella, muy despacio—. No tiene buen aspecto.

—Estoy... —quería decir «Estoy bien», pero no le salían las palabras. Porque no estaba bien y, esos días, ni siquiera sabía cómo estaba.

Eloise se mordió el labio inferior, se abrazó y miró hacia el cielo justo cuando una nube tapaba el sol.

Phillip siguió su mirada, vio la nube y notó que, de repente, la temperatura bajaba de manera drástica. Miró a Eloise y, cuando la vio tiritar, se le detuvo el corazón.

Sintió más frío que jamás en su vida.

—Tiene que volver a casa —dijo, cogiéndola por el brazo y arrastrándola hacia la colina.

—¡Phillip! —exclamó ella, corriendo detrás de él—. Estoy bien. Solo tengo un poco de frío.

Le tocó la piel.

—No tiene un poco de frío, está helada —se quitó el abrigo—. Póngaselo.

Eloise no le llevó la contraria, pero dijo:

—De verdad, estoy bien. No hay ninguna necesidad de correr.

La última palabra la dijo casi ahogada porque él la seguía haciendo ir demasiado deprisa y casi se cae.

—Phillip, deténgase —gritó—. Por favor, déjeme caminar.

Él se detuvo tan en seco que ella tropezó, dio media vuelta y resopló.

—Si se enfría y tiene fiebre, no me haré responsable.

—Pero si estamos en mayo.

—Me importa un rábano; como si estamos en julio. No puede quedarse con la ropa mojada.

—Claro que no —respondió Eloise, intentando ser razonable, porque estaba claro que, en cualquier momento, podría volver a cogerla por el brazo y arrastrarla hasta la casa—. Pero no hay ningún motivo por el que no pueda andar. Sólo hay diez minutos hasta la casa. No me moriré.

Eloise no sabía que alguien pudiera palidecer hasta ese punto, como si la sangre no le llegara a la cara, pero no sabía de qué otra forma describir la palidez de Phillip.

—¿Phillip? —le preguntó, asustada—. ¿Qué le pasa?

Pensó que no iba a responder pero entonces, casi como si no fuera consciente de que estaba moviendo la boca, susurró:

—No lo sé.

Eloise le acarició un brazo y lo miró. Estaba confundido, casi aturdido, como si lo hubieran dejado en medio del escenario y se hubiera quedado en blanco. Tenía los ojos abiertos, y la estaba mirando, pero no debía de ver nada, solo el recuerdo de algo que debió de ser horrible.

Se le rompió el corazón. Ella también tenía algunos malos recuerdos, sabía cómo podían encogerte el corazón y atormentarte en sueños hasta que tenías miedo de apagar la vela.

A los siete años, Eloise había visto morir a su padre, había visto cómo gritaba y lloraba mientras intentaba respirar y caía al suelo; se había colocado junto a él y le había golpeado el pecho cuando ya no podía hablar, rogándole que se despertara y dijera algo.

Ahora entendía que, en aquel momento, ya estaba muerto y saberlo empeoraba el recuerdo.

Sin embargo, Eloise había conseguido superarlo. No sabía cómo, seguramente gracias a su madre, que cada noche iba a verla, la tomaba de la mano y le decía que estaba bien hablar de su padre. Y que estaba bien echarle de menos.

Eloise lo seguía recordando, pero ya no la atormentaba y ya hacía diez años que no tenía pesadillas.

En cambio, Phillip... Aquello era distinto. Todavía no se había podido desligar de lo que fuera que hubiera sucedido en el pasado.

Y, a diferencia de Eloise, le estaba haciendo frente a todo solo.

—Phillip —dijo, acariciándole la mejilla. Él no se movió y si Eloise no hubiera notado su aliento contra su piel, habría jurado que era una estatua. Repitió su nombre, acercándose más.

Quería borrar esa mirada de su cara; quería curarlo.

Quería que fuera la persona que sabía que era en el fondo del corazón.

Susurró su nombre una última vez, ofreciéndole compasión, comprensión y la promesa de ayudarlo, todo en una sola palabra. Ojalá la hubiera oído, ojalá la hubiera escuchado.

Y entonces, lentamente, la mano de Phillip cubrió la de Eloise. Su piel era cálida y rugosa, y apretó la mano de Eloise contra su mejilla como si intentara grabar ese contacto en la memoria. Entonces, se la llevó a la boca y le besó la palma, con intensidad, casi con reverencia, antes de llevársela al pecho.

Encima del corazón, para que notara los latidos.

—¿Phillip? —susurró ella, en tono de pregunta, aunque ya sabía lo que pretendía hacer.

Con la otra mano, le rodeó la cintura y la atrajo hacia él, lentamente pero con seguridad, con una firmeza a la que ella no pudo resistirse. Y entonces le tocó la barbilla y le echó la cabeza hacia atrás; se detuvo un segundo para pronunciar su nombre y la besó con una intensidad increíble. Estaba hambriento, la necesitaba y la besó como si se fuera a morir sin ella, como si fuera su alimento, su aire, su cuerpo y su alma.

Era uno de esos besos que una mujer no olvidaba fácilmente, uno de esos besos con los que Eloise jamás había soñado.

La atrajo todavía más hasta que todo su cuerpo estuvo pegado al de ella. Una de las manos descendió hasta las nalgas y apretó con fuerza hasta que aquella intimidad hizo jadear a Eloise.

—Te necesito —gruñó Phillip, como si las palabras le salieran de lo más profundo de la garganta. Sus labios abandonaron la boca de Eloise y viajaron por las mejillas y por el cuello, dejando un rastro a su paso.

Eloise se estaba derritiendo. Él la estaba derritiendo hasta que ya no supo ni quién era ni qué estaba haciendo.

Solo lo quería a él. Quería más. Lo quería todo.

Pero...

Pero no así. No cuando la estaba usando como tabla de salvación para curar sus heridas.

—Phillip —dijo, sacando fuerzas para separarse de él—. No podemos. Así no.

Por un momento, pensó que no la soltaría pero luego, de repente, lo hizo.

—Lo siento —dijo, con la respiración alterada. Estaba aturdido y Eloise no sabía si era por el beso o por todo lo que había pasado esa mañana.

—No se disculpe —dijo ella, arreglándose el vestido, que estaba todo mojado. Pero, de todos modos, intentó alisarlo porque, en ese momento, estaba muy incómoda. Si no se movía, si no se obligaba a hacer algún movimiento, por pequeño que fuera, tenía miedo de volver a lanzarse a sus brazos.

—Debería volver a casa —le dijo él, en voz baja.

Ella abrió los ojos, sorprendida.

—¿Usted no viene?

Él agitó la cabeza y, con una voz muy fría, dijo:

—No se helará. Usted misma lo ha dicho, es mayo.

—Sí, bueno, pero... —se detuvo ahí porque no sabía qué decir. Supuso que esperaba que la interrumpiera.

Se giró hacia la colina y entonces, cuando escuchó su voz, se detuvo:

—Necesito pensar —dijo Phillip.

—¿En qué? —no debería haberlo preguntado, no se debería haber entrometido, pero nunca había sido capaz de controlarse.

—No lo sé —dijo él, encogiéndose de hombros—. En todo, supongo.

Eloise asintió y siguió su camino hacia la casa.

Pero aquella mirada perdida que había visto en sus ojos la persiguió todo el día.

9

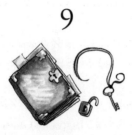

«... todos echamos de menos a papá, sobre todo en esta época del año. Pero piensa en lo afortunado que fuiste de poder compartir dieciocho años con él. No me acuerdo mucho de él y a veces pienso que ojalá me hubiera podido conocer mejor, ojalá hubiera visto en lo que me he convertido.»

Eloise Bridgerton a su hermano, el vizconde Bridgerton,
con ocasión del décimo aniversario de la muerte de su padre.

Eloise bajó tarde a cenar a propósito. No se retrasó mucho, porque no le gustaba llegar tarde y, sobre todo, porque era algo que no soportaba en los demás. Sin embargo, después de lo sucedido por la tarde, no tenía ni idea de si Sir Phillip bajaría a cenar y no hubiera podido aguantar esperarlo en la sala, intentando no comerse las uñas ante la idea de cenar sola.

A las siete y diez en punto calculó que, si no la estaba esperando, es que no iba a bajar a cenar con ella y, por lo tanto, podría pasar directamente al comedor y hacer ver que ya estaba previsto que cenaría sola.

Sin embargo, para su mayor sorpresa y, sinceramente, también fue un alivio, cuando entró en la sala, Phillip estaba junto a la ventana, muy elegante con un traje que, aunque no era la última moda, estaba perfectamente hecho y cortado a medida. Eloise vio que iba de blanco y negro y se preguntó si sería porque todavía guardaba un luto parcial por Marina o si, sencillamente, llevaba esos colores porque le gustaban. Sus hermanos solían renunciar a los colores brillantes y vistosos tan populares entre ciertos hombres de la alta sociedad de Londres y Sir Phillip, seguramente, compartía el mismo criterio.

Eloise se quedó en la puerta un momento, observando el perfil de Phillip y preguntándose si la habría visto. Y justo entonces, él se giró, murmuró su nombre y se acercó a ella.

—Le ruego acepte mis disculpas por lo sucedido esta tarde —dijo y, aunque habló con voz ahogada, vio la súplica en sus ojos y sintió que necesitaba que lo perdonara.

—No tiene que disculparse —dijo ella y suponía que era la verdad. ¿Cómo iba a saber si debía disculparse si ni siquiera entendía lo que había sucedido?

—No, debo hacerlo —insistió él—. Reaccioné de manera desmesurada. Yo...

Eloise no dijo nada, solo lo observó mientras él se aclaraba la garganta.

Phillip abrió la boca para hablar, pero pasaron varios segundos antes de que dijera:

—Marina estuvo a punto de ahogarse en ese lago.

Eloise se quedó helada y no se dio cuenta de que había acercado la mano a la boca hasta que sintió los dedos en los labios.

—Apenas sabía nadar —explicó él.

—Lo siento mucho —susurró ella—. ¿Estaba usted...? —¿Cómo preguntarlo sin parecer morbosa? No había forma de evitarlo y tenía que saberlo—. ¿Estaba usted allí?

Phillip asintió, muy serio.

—La saqué del agua.

—Tuvo suerte —susurró Eloise—. Seguro que debía de estar aterrada.

Phillip no dijo nada. Ni siquiera asintió.

Eloise se acordó de su padre, de lo impotente que se había sentido cuando cayó al suelo delante de ella. Ya de niña era de las que necesitaba hacer cosas. Jamás se había dedicado a observar la vida, siempre había querido hacer algo, arreglar cosas, incluso personas. Y la única vez que realmente importaba actuar, no había podido hacer nada.

—Me alegro de que pudiera salvarla —dijo, en voz baja—. Para usted, habría sido horrible no poder hacerlo.

Phillip la miró con curiosidad y ella se dio cuenta de que aquellas palabras habían debido de sonar muy extrañas y añadió:

—Es... muy difícil... cuando alguien muere y solo puedes mirar, cuando no puedes hacer nada para evitarlo —y entonces, porque el momento lo pedía y porque se sentía extrañamente conectada a ese hombre que estaba de pie delante de ella, con una voz suave y quizás un poco triste, añadió—: Lo sé.

Phillip levantó la cabeza y la miró, cuestionándola con la mirada.

—Mi padre —dijo ella.

No era algo de lo que solía hablar con la gente; de hecho, su mejor amiga Penelope era la única persona ajena a la familia más cercana que sabía que Eloise había sido la única testigo de la muerte de su padre.

—Lo siento —susurró él.

—Sí —dijo ella, melancólica—. Yo también.

Y entonces, Phillip dijo algo muy raro:

—No sabía que mis hijos supieran nadar.

El comentario fue tan inesperado, un cambio de tema tan repentino, que Eloise solo pudo parpadear y decir:

—¿Perdón?

Él le ofreció el brazo para acompañarla hasta el comedor.

—No sabía que supieran nadar —repitió, con voz profunda—. Ni siquiera sé quién les ha enseñado.

—¿Importa? —preguntó Eloise con suavidad.

—Claro —respondió él, muy brusco—, porque debería haberlo hecho yo.

Era duro mirarlo a la cara. Eloise no recordaba haber visto jamás a un hombre tan atormentado por el dolor y, sin embargo, aquella actitud le gustaba. Cualquier hombre que se preocupara tanto por sus hijos, aunque no supiera qué hacer cuando estaba con ellos, debía de ser un buen hombre. Eloise sabía que, para ella, las cosas solían ser blancas o negras, que a veces tomaba decisiones sin pararse a analizar la paleta de grises intermedios, pero también sabía que ahora estaba en lo cierto.

Sir Phillip Crane era un buen hombre. Puede que no fuera perfecto pero era un buen hombre, y tenía un gran corazón.

—Bueno —dijo ella, con brío porque, por un lado, era su manera de ser y, por el otro, porque era como le gustaba hacer frente a los problemas: lidiando con ellos en vez de arrepentirse de las cosas—. Ahora ya no puede hacer nada. No puede desaprender lo que han aprendido.

Phillip se detuvo y la miró.

—Tiene razón, por supuesto —y luego, en un tono más suave, añadió—: Pero fuera quien fuera quien les enseñase, yo debería haberlo sabido.

Eloise estaba de acuerdo en eso pero, al verlo tan preocupado, prefirió no decirlo en voz alta.

—Todavía tiene tiempo —le dijo.

—¿Para qué? —preguntó él, en un tono burlón que iba dirigido a él mismo—. ¿Para enseñarles a nadar de espaldas y así ampliar su repertorio?

—¿Por qué no? —respondió Eloise, un poco brusca, porque nunca había tenido mucha paciencia con la autocompasión—. Pero también para aprender más cosas sobre ellos. Son unos niños encantadores.

Él la miró, incrédulo.

Ella se aclaró la garganta.

—Bueno, sí, a veces se portan mal...

Phillip arqueó una ceja.

—De acuerdo, se portan mal muy a menudo, pero solo necesitan que les preste un poco más de atención.

—¿Se lo han dicho ellos?

—Claro que no —dijo ella, riéndose de aquel comentario tan inocente—. Solo tienen ocho años. No van a decirlo con estas palabras. Pero para mí está más que claro.

Llegaron al comedor y Eloise tomó asiento. Phillip se sentó frente a ella y acercó una mano a la copa de vino, pero enseguida la apartó. Movió los labios, de manera casi imperceptible, como si quisiera decir algo pero no supiera cómo. Al final, después de que Eloise tomara un trago de vino, le preguntó:

—¿Se divirtieron? Nadando, quiero decir.

Ella sonrió.

—Mucho. Debería ir con ellos algún día.

Phillip cerró los ojos y los mantuvo así un instante, no demasiado largo, aunque más prolongado que un parpadeo.

—No creo que sea capaz —dijo.

Ella asintió. Sabía que los recuerdos eran muy poderosos.

—Quizás en algún otro sitio —sugirió—. Seguro que por aquí debe de haber otro lago. O algún estanque.

Phillip esperó a que Eloise cogiera la cuchara y solo entonces empezó a tomarse la sopa.

—Es una gran idea. Creo que... —se detuvo para aclararse la garganta—. Creo que podría hacerlo. Ya pensaré dónde podemos ir.

Aquella expresión fue deliciosa, la incertidumbre, la vulnerabilidad. El saber que, a pesar de que no estaba seguro de estar haciendo lo correcto, iba a intentarlo. A Eloise le dio un vuelco el corazón, pero un vuelco de alegría, y le vinieron ganas de levantarse y cogerle la mano, pero no podía. Aunque la mesa no fuera más larga que su brazo, no podía. Así que se limitó a sonreír y a esperar que aquel gesto lo animara.

Phillip se comió otra cucharada de sopa, se secó la boca con la servilleta y dijo:

—Espero que nos acompañe.

—Por supuesto —respondió Eloise, encantada—. Me sentiría desolada si no me invitaran.

—Estoy seguro de que exagera —dijo él, sonriendo—. Pero, de todos modos, sería un honor y, sinceramente, para mí sería una tranquilidad añadida tenerla conmigo —ante la curiosa mirada de Eloise, Phillip se explicó—: Seguro que, con su presencia, la excursión será un éxito.

—Estoy segura de que usted...

Phillip la interrumpió.

—Todos nos lo pasaremos mucho mejor si usted nos acompaña —dijo, con énfasis, y Eloise decidió no discutir y aceptar el halago.

Además, era posible que tuviera razón. Él y los niños estaban tan poco acostumbrados a pasar tiempo juntos que su presencia serviría para relajar los ánimos.

Y a ella no le molestó para nada la idea.

—Tal vez mañana —dijo—, si sigue haciendo buen tiempo.

—Creo que se mantendrá —respondió Phillip—. El aire sigue soplando del mismo lado.

Mientras sorbía la sopa, un caldo de pollo con verduras al que le faltaba un poco de sal, Eloise lo miró.

—¿Predice el tiempo? —preguntó, con un evidente escepticismo. Tenía un primo que estaba convencido de que podía predecir el tiempo y, siempre que le hacía caso, acababa empapada o con los pies helados.

—En absoluto —respondió él—, pero se puede... —se detuvo y ladeó un poco la cabeza—. ¿Qué ha sido eso?

—¿El qué? —dijo Eloise pero, mientras lo decía, también lo escuchó. Una discusión y unas voces que cada vez eran más fuertes. Pasos decididos.

Se escucharon una serie de improperios y, a continuación, un grito de terror que solo podía provenir del mayordomo...

Y entonces Eloise lo supo.

—¡Dios mío! —dijo, ladeando la cuchara hasta que la sopa volvió a caer en el plato.

—¿Qué diablos sucede? —preguntó Phillip, que se levantó y se preparó para defender su casa ante los invasores.

Aunque no sabía a qué clase de invasores tendría que hacer frente. Qué clase de invasores pesados, entrometidos y diabólicos tendría que hacer frente en unos diez segundos.

Pero Eloise sí que lo sabía. Y sabía que, hablando de la inminente seguridad de Phillip, «pesados, entrometidos y diabólicos» no era nada comparado con «furiosos, poco razonables y muy corpulentos».

—¿Eloise? —preguntó Phillip, arqueando las cejas cuando los dos escucharon que alguien gritaba su nombre.

Ella sintió que la sangre se le helaba en las venas. Lo sintió, sabía que había sucedido, aunque no tuviera frío. Era imposible que sobreviviera a eso, que lo superara sin matar a alguien, preferiblemente a alguien que llevara su misma sangre.

Se puso de pie, con los puños cerrados en la mesa. Los pasos que, para ser sinceros, parecían una horda furiosa, estaban cada vez más cerca.

—¿Los conoces? —le preguntó Phillip, bastante tranquilo para alguien que estaba a punto de morir.

Ella asintió y, sin saber cómo, consiguió responder:

—Mis hermanos.

Phillip pensó, mientras estaba pegado contra la pared con dos pares de manos rodeándole el cuello, que Eloise podría haberlo advertido de aquello.

No hubiera sido necesario decírselo con varios días de antelación, pero habría sido un detalle, aunque insuficiente, eso sí, vista la fuerza de cuatro hombres muy corpulentos, muy enfadados y, a juzgar por sus caras, muy parecidos.

Hermanos. Debería habérselo imaginado. Seguramente, no era buena idea cortejar a una mujer que tenía hermanos.

Y cuatro, para ser exactos.

Cuatro. Era increíble que todavía siguiera vivo.

—¡Anthony! —gritó Eloise—. ¡Suéltalo!

Anthony o, al menos Phillip supuso que sería Anthony porque aquí nadie se había tomado la molestia de presentarse formalmente, apretó las manos alrededor del cuello de Phillip.

—¡Benedict! —exclamó Eloise, dirigiéndose al más corpulento de los cuatro—. ¡Sé razonable!

El otro, bueno, el otro que lo tenía cogido por el cuello, porque había dos más que estaban un poco más lejos observándolo todo, lo soltó y se giró hacia Eloise.

Y eso fue un gran error porque, con las prisas por echársele al cuello, nadie se había fijado en el ojo morado de Eloise.

Y, por supuesto, creerían que sería culpa de él.

Benedict soltó un gruñido feroz y agarró a Phillip por el cuello con tanta fuerza que lo levantó del suelo.

«Magnífico —pensó Phillip—. Ahora sí que voy a morir.» El primer apretón había sido incómodo, pero este...

—¡Parad! —gritó Eloise, lanzándose sobre Benedict y estirándole del pelo. Benedict gritó cuando Eloise le echó la cabeza hacia atrás pero, por desgracia para Phillip, Anthony se mantuvo firme, incluso cuando Benedict se vio obligado a soltar las manos para deshacerse de Eloise.

Que, por lo que Phillip pudo ver, porque la falta de oxígeno estaba empezando a afectarle, estaba peleando como una fiera. Con la mano derecha, le estaba estirando el pelo a su hermano Benedict y tenía el brazo izquierdo alrededor de su cuello, con el antebrazo fijo debajo de la barbilla.

—¡Por el amor de Dios! —dijo Benedict, girando sobre sí mismo mientras intentaba zafarse de su hermana—. ¡Que alguien me la quite de encima!

Como era de esperar, ninguno de los otros Bridgerton acudió en su ayuda. De hecho, el que estaba apoyado en la pared parecía de lo más entretenido con aquella situación.

A Phillip se le empezó a nublar la vista pero, aun así, no pudo evitar admirar la fortaleza de Eloise. Era una de las pocas mujeres que sabía pelear y ganar.

De repente, la cara de Anthony estaba a escasos centímetros de la de él.

—¿Le has pegado? —gruñó.

«Como si pudiera contestar», pensó Phillip.

—¡No! —exclamó Eloise, apartando su atención de la cabeza de Benedict por un momento—. ¡Claro que no!

Anthony la miró fijamente mientras volvía a emprenderla a golpes con su hermano.

—Ni claro que no ni nada.

—Fue un accidente —insistió ella—. Él no tuvo nada que ver —y entonces, cuando ninguno de sus hermanos dio señal de creerla, añadió—: ¡Por el amor de Dios! ¿De verdad creéis que defendería a alguien que me hubiera pegado?

Aquello pareció funcionar porque, de repente, Anthony soltó a Phillip, que cayó al suelo, respirando con dificultad.

Cuatro. ¿Le había dicho que tenía cuatro hermanos? Seguro que no. Jamás se hubiera planteado casarse con una mujer que tuviera cuatro hermanos. Solo un estúpido se encadenaría a una familia así.

—¿Qué le habéis hecho? —preguntó Eloise, bajando de la espalda de Benedict y corriendo al lado de Phillip.

—¿Qué te ha hecho él a ti? —preguntó uno de los otros hermanos. Phillip vio que era el que, antes de que sus otros hermanos lo agarraran por el cuello, le había dado un puñetazo en la barbilla.

Eloise le lanzó una mirada feroz.

—¿Qué haces tú aquí?

—Proteger el honor de mi hermana —respondió él.

—Como si necesitara tu protección. ¡Si ni siquiera tienes veinte años!

«¡Ajá!, este debe de ser el chico cuyo nombre empieza por G. ¿George? No, no es ese nombre. ¿Gavin? No...»

—Tengo veintitrés años —respondió el chico, con toda la irritabilidad de un hermano pequeño.

—Y yo veintiocho —dijo ella—. No necesitaba tu ayuda cuando ibas en pañales y no la necesito ahora.

«Gregory, eso es.» Eloise le había hablado de él en una de sus cartas. ¡Maldición!, si sabía aquello, también debía de saber lo de la tropa de hermanos. No podía echarle las culpas a nadie.

—Quería venir —dijo el que estaba en la esquina, el que todavía no había hecho ningún intento de matar a Phillip.

Phillip pensó que era el que mejor le caía y más después de ver cómo agarraba a Gregory por el brazo para evitar que se abalanzara sobre su hermana, que, por otra parte, era lo que se merecía, pensó Phillip, con mucha ironía, desde el suelo del comedor. Conque pañales, ¿eh?

—Pues deberías haberlo detenido —dijo Eloise, ajena a lo que le estaba pasando por la cabeza a Phillip—. ¿Sabéis lo humillante que es esto?

Sus hermanos la miraron como si se hubiera vuelto loca, y con toda la razón, pensó Phillip.

—Cuando te fuiste sin decir nada —dijo Anthony—, perdiste todo el derecho a sentirte humillada, mortificada, incómoda o cualquier otra emoción que no sea la estupidez más absoluta.

Eloise parecía un poco más tranquila pero, aun así, murmuró:

—Como si fuera a escuchar algo de lo que me va a decir.

—No como con nosotros —dijo el que debía de ser Colin—, con quien eres dócil y obediente, ¿verdad?

—¡Por el amor de Dios! —exclamó Eloise, en un tono que las doloridas orejas de Phillip percibieron como muy atractivo.

¿Doloridas? ¿Le habían dado un golpe en las orejas? No lo recordaba. En una lucha de cuatro contra uno era difícil recordarlo todo.

—Tú —dijo el que Phillip estaba casi seguro que debía de ser Anthony, señalándolo con el índice—, no te muevas de aquí.

Como si fuera a intentarlo.

—Y tú —le dijo a Eloise, con una voz todavía más inexpresiva, si es que era posible—, ¿en qué demonios estabas pensando?

Eloise intentó capear el temporal con otra pregunta.

—¿Qué estáis haciendo aquí?

Y lo consiguió, porque su hermano cayó en la trampa y le contestó:

—Salvarte de la ruina —le dijo, muy enfadado—. ¡Por Dios, Eloise!, ¿sabes lo preocupados que nos tenías?

—Y yo que pensaba que no os habríais dado cuenta —respondió ella, intentando bromear.

—Eloise —dijo Anthony—, mamá está fuera de sí.

Aquello consiguió preocuparla al instante.

—¡Oh, no! —susurró—. No pensé en eso.

—No, no lo pensaste —respondió Anthony, con el tono severo que se esperaba del hombre que llevaba veinte años como cabeza de familia—. Debería darte una buena paliza.

Phillip intentó ponerse en pie porque no podía tolerar una paliza, pero entonces Anthony dijo:

—O, por lo menos, ponerte un bozal —y en ese momento Phillip supo que Anthony conocía a su hermana perfectamente.

—¿Dónde crees que vas? —preguntó Benedict, y Phillip se dio cuenta de que debía de estar intentando ponerse en pie y se dejó caer otra vez al suelo.

Phillip miró a Eloise.

—¿No sería apropiado presentarnos?

—¡Oh! —dijo Eloise—. Sí, claro. Estos son mis hermanos.

—Ya me lo he imaginado —dijo Phillip, con la voz ronca.

Lo miró, casi con la palabra «perdón» grabada en los ojos, que, en opinión de Phillip, era lo menos que podía hacer después de que sus hermanos habían estado a punto de matarlo, y luego se giró hacia el grupo de hombres y dijo:

—Anthony, Benedict, Colin y Gregory. Estos tres —dijo, refiriéndose a la A, la B y la C— son mis hermanos mayores. Este —dijo, señalando a Gregory— no es más que un mocoso.

Gregory estuvo a punto de saltarle encima, y Phillip no se hubiera opuesto, porque así el objetivo de sus puños hubiera dejado de ser él.

Y luego, Eloise se giró hacia Phillip y les dijo a sus hermanos:

—Sir Phillip Crane, pero supongo que ya lo sabéis.

—Te dejaste una carta en el escritorio —dijo Colin.

Eloise cerró los ojos. A Phillip le pareció que movía los labios diciendo: «Estúpida, estúpida, estúpida».

Colin sonrió.

—Procura ser más cuidadosa en el futuro, si decides volver a fugarte.

—Lo tendré en cuenta —respondió Eloise, aunque empezaba a apagarse lentamente.

—¿Es un buen momento para levantarme? —preguntó Phillip, dirigiéndose a nadie en particular.

—¡No! —era difícil saber cuál de los cuatro había respondido más alto.

Phillip se quedó en el suelo. No se consideraba un cobarde y, en realidad, era bastante bueno en la lucha cuerpo a cuerpo, pero es que eran cuatro.

Puede que fuera boxeador, pero no era un tonto suicida.

—¿Cómo te hiciste eso en el ojo? —preguntó Colin.

Eloise hizo una pausa antes de responder.

—Fue un accidente.

Colin se quedó callado unos instantes y luego añadió:

—¿Te importaría ser un poco más explícita?

Eloise tragó saliva y miró a Phillip, algo que él deseó que no hubiera hecho porque así solo conseguía que «ellos», como empezaba a referirse al cuarteto, se convencieran todavía más de que él era el responsable.

Un malentendido que solo podía provocar la muerte y posterior desmembramiento de Phillip. No parecían dispuestos a dejar que nadie les pusiera una mano encima a sus hermanas, y mucho menos les pusiera un ojo morado.

—Dígales la verdad, Eloise —dijo Phillip, cansado.

—Fueron sus hijos —dijo, con una mueca.

Sin embargo, Phillip no se preocupó. Aunque habían estado a punto de estrangularlo, no parecían capaces de golpear a dos niños inocentes. Y Eloise no hubiera dicho nada si hubiera creído que los estaba poniendo en peligro.

—¿Tiene hijos? —preguntó Anthony, lanzándole a Phillip una mirada menos despectiva.

Phillip pensó que Anthony también debía de ser padre.

—Dos —respondió Eloise—. En realidad, son gemelos. Un niño y una niña de ocho años.

—Enhorabuena —dijo Anthony.

—Gracias —respondió Phillip, sintiéndose muy cansado y mayor en ese momento—. Creo que las condolencias serían más adecuadas.

Anthony lo miró con curiosidad y casi sonriendo.

—No se mostraron excesivamente entusiasmados con mi llegada —dijo Eloise.

—Chicos listos —dijo Anthony.

Ella lo miró muy seria.

—Ataron una cuerda en mitad del pasillo —dijo—. Como la trampa que me tendió Colin —se giró hacia su hermano con una mirada diabólica— en 1804.

Colin puso cara de incredulidad.

—¿Te acuerdas de la fecha exacta?

—Se acuerda de todo —dijo Benedict.

Eloise se giró hacia su otro hermano.

A pesar del dolor en la garganta, Phillip estaba empezando a disfrutar de la conversación.

Eloise se giró hacia Anthony, regia como una reina.

—Me caí —dijo.

—¿Sobre el ojo?

—No, sobre la cadera, pero no tuve tiempo de apoyar las manos y me golpeé la mejilla. Supongo que el morado se extendió a la zona del ojo.

Anthony miró a Phillip con una expresión feroz.

—¿Es la verdad?

Phillip asintió.

—Lo juraría sobre la tumba de mi hermano. Los niños le dirán lo mismo si quiere subir a interrogarlos.

—Claro que no quiero —gruñó Anthony—. Nunca haría... —se aclaró la garganta y dijo—: Levántese —aunque compensó la brusquedad del tono al ofrecerle la mano.

Phillip la aceptó, porque ya había decidido que era mejor tenerlo como aliado que como enemigo. Observó a los cuatro Bridgerton, casi con precaución. Si decidían atacarlo los cuatro a la vez, no tenía ninguna opción, y no estaba tan seguro de que el peligro ya hubiera pasado.

Al final del día, estaría casado o muerto y no estaba preparado para que la decisión la tomaran esos cuatro a mano alzada.

Entonces, después de hacer callar a sus cuatro hermanos pequeños con una mirada, Anthony se giró hacia Phillip y dijo:

—Quizás quiera explicarme, desde el principio, qué ha sucedido.

De reojo, Phillip vio que Eloise abría la boca para intervenir, pero luego la cerró y se sentó en una silla con una expresión que, si no era sumisa, era lo más parecido a la sumisión que le había visto.

Phillip decidió que necesitaba aprender a mirar como Anthony Bridgerton. Haría callar a sus hijos en un santiamén.

—No creo que Eloise nos interrumpa —dijo Anthony, con suavidad—. Por favor, empiece.

Phillip miró a Eloise, que parecía a punto de estallar. Sin embargo, se mordió la lengua, que, para alguien como ella, era casi un milagro.

Phillip relató los sucesos que habían traído a Eloise a Romney Hall. Le explicó a Anthony lo de las cartas; cómo empezó todo con la nota de pésame que su hermana le había enviado cuando su mujer había muerto y cómo, a partir de aquello, empezaron una amigable correspondencia, aunque se vio obligado a hacer una pausa cuando Colin dijo:

—Siempre me pregunté qué escribía tanto rato en su habitación.

Cuando Phillip lo miró, extrañado, Colin levantó las manos y añadió:

—Siempre llevaba los dedos manchados de tinta, y nunca supe por qué.

Phillip acabó de explicar la historia con un:

—Así que, como verán, buscaba una esposa. Y, a juzgar por el tono de las cartas, Eloise parecía inteligente y razonable. Mis hijos, como comprobarán si se quedan el tiempo suficiente como para conocerlos, pueden ser bastante... —buscó el adjetivo más positivo— difíciles de controlar —dijo, satisfecho con la descripción—. Y esperaba que Eloise fuera una influencia tranquila para ellos.

—¿Eloise? —se burló Benedict, y Phillip vio en sus caras que los otros tres hermanos pensaban lo mismo.

Y aunque a Phillip quizás le hubiera hecho gracia el comentario de Benedict, recordando todo lo sucedido, y quizás incluso hubiera estado de acuerdo con Anthony en lo del bozal, quedó claro que los hermanos Bridgerton no tenían a su hermana en la estima que se merecía.

—Su hermana —dijo, con una voz muy seca— ha sido una influencia maravillosa para mis hijos. Y les ruego que no la menosprecien delante de mí.

Seguramente, acababa de firmar su sentencia de muerte. Eran cuatro e insultarlos así no jugaba en su favor. Y a pesar de que habían cruzado medio país para venir a proteger la virtud de Eloise, no iba a permitir que se presentaran en su casa y se rieran y se burlaran de ella.

De Eloise, no. No delante de él.

Sin embargo, para su mayor sorpresa, ninguno dijo nada y Anthony, que todavía seguía llevando la voz cantante, lo estaba mirando fijamente mientras asentía, como si estuviera quitando todas las capas hasta ver lo que realmente había en su interior.

—Usted y yo tenemos mucho de qué hablar —dijo Anthony, muy tranquilo.

Phillip asintió.

—Supongo que también querrá hablar con su hermana.

Eloise le lanzó una mirada de agradecimiento. Y no le sorprendió. Se imaginaba que no le hacía ninguna gracia que la dejaran de lado cuando se trataba de su vida. En realidad, no le hacía ninguna gracia que la dejaran de lado, se tratara de lo que se tratara.

—Sí —dijo Anthony—. De hecho, creo que primero hablaré con ella, si a usted no le importa.

Como si Phillip fuera tan estúpido como para contradecir a un Bridgerton mientras los otros tres estaban allí preparados para lo que fuera.

—Puede utilizar mi despacho —dijo—. Eloise sabe dónde está.

Enseguida se dio cuenta de que era lo peor que podía haber dicho. Ninguno de los hermanos necesitaba que les recordara que Eloise llevaba en esa casa el tiempo suficiente como para conocer la distribución de las habitaciones.

Y, sin más, Anthony y Eloise salieron del comedor, dejando a Phillip solo con los otros tres hermanos Bridgerton.

—¿Les importa que me siente? —preguntó Phillip, que se temía que lo tendrían allí un buen rato.

—No, siéntese tranquilo —dijo Colin, amigablemente. Benedict y Gregory seguían sin quitarle la vista de encima. A Phillip no le pareció que Colin hubiera venido a hacer amigos. Puede que fuera más amable que sus hermanos, pero reconoció una astucia en sus ojos que era mejor no obviar.

—Coman, por favor —dijo Phillip, señalando la comida que había intacta encima de la mesa.

Benedict y Gregory lo miraron como si les estuviera ofreciendo veneno, pero Colin se sentó frente a él y cogió un crujiente panecillo.

—Son excelentes —le dijo Phillip, aunque aquella noche todavía no había tenido ocasión de probarlos.

—¡Qué bien! —dijo Colin, mordiendo un trozo—. Estoy muerto de hambre.

—¿Cómo puedes pensar en comida? —le preguntó Gregory, furioso.

—Siempre pienso en comida —respondió Colin, buscando con los ojos la mantequilla hasta que la localizó—. ¿En qué otra cosa puedo pensar?

—En tu mujer —gruñó Benedict.

—Ah, sí, mi mujer —dijo Colin, asintiendo. Se giró hacia Phillip, lo miró fijamente y dijo—: Para su información, preferiría haber pasado la noche con mi mujer.

A Phillip no se le ocurrió ninguna respuesta que no fuera ofensiva para la ausente señora Bridgerton, así que asintió y se untó un panecillo con mantequilla.

Colin le dio un buen mordisco al suyo y luego habló con la boca llena. Ese gesto de mala educación fue un insulto directo hacia su anfitrión.

—Nos casamos hace pocas semanas.

Phillip arqueó una ceja, porque no había entendido nada.

—Somos recién casados.

Phillip asintió porque supuso que tendría que darle alguna respuesta.

Colin se inclinó hacia delante.

—De verdad, no quería dejar a mi mujer sola en casa.

—Claro —susurró Phillip porque, a ver, ¿qué otra cosa podría haber dicho?

—¿Ha entendido lo que ha dicho? —le preguntó Gregory.

Colin se giró y le lanzó una espeluznante mirada a su hermano, que, obviamente, era demasiado joven para dominar el arte de los matices y el discurso circunspecto. Phillip no dijo nada hasta que Colin volvió a girarse hacia la mesa y, entonces, le ofreció un plato de espárragos, que Colin aceptó encantado, y dijo:

—Deduzco que echa de menos a su mujer.

Los cuatro se quedaron en silencio y entonces, después de mirar a su hermano con desdén, Colin dijo:

—Mucho.

Phillip miró a Benedict, porque era el único que no había tomado partido en esa discusión.

Craso error. Benedict se estaba frotando las manos, y todavía parecía que se arrepentía de no haberlo estrangulado cuando había tenido la oportunidad.

Luego Phillip miró a Gregory, que tenía los brazos cruzados encima del pecho y estaba furioso. Tenía el resto del cuerpo muy tenso, conteniendo una rabia que quizás iba dirigida hacia Phillip o quizás hacia sus hermanos, que llevaban toda la noche tratándolo como a un mocoso. No le hizo ninguna gracia que Phillip lo mirara, así que levantó la barbilla, apretó los dientes y...

Y Phillip tuvo bastante de aquello. Volvió a mirar a Colin.

Seguía comiendo y, sin que Phillip se diera cuenta, había embaucado a alguien del servicio para que le sirviera un plato de sopa. Ya había dejado la cuchara en el plato y ahora se estaba mirando la otra mano. Con el índice extendido, señaló a Phillip mientras, recalcando cada palabra, dijo:

—Echo. De. Menos. A. Mi. Mujer.

—¡Maldita sea! —explotó Phillip, al final—. Si me vais a romper las piernas, ¿por qué no lo hacéis de una buena vez?

10

«... jamás sabrás, querida Penelope, la mala suerte que has tenido de tener solo hermanas. Los chicos son mucho más divertidos.»

Eloise Bridgerton a Penelope Featherington
después de un paseo a caballo por Hyde Park
a medianoche con sus tres hermanos mayores.

—Solo tienes dos opciones —dijo Anthony, sentándose en la silla de Phillip como si el despacho fuera suyo—. O te casas con él en una semana, o te casas con él en dos semanas.

Eloise abrió la boca, horrorizada.

—¡Anthony!

—¿Esperabas que te sugiriera otra alternativa? —preguntó su hermano, suavemente—. Supongo que podríamos alargarlo hasta dentro de tres semanas, si la razón fuera suficientemente convincente.

Odiaba cuando su hermano hablaba así, como si fuera razonable y sabio y ella no fuera más que una niña caprichosa. Le gustaba mucho más cuando despotricaba. Entonces, al menos, Eloise podía hacer ver que estaba loco y que ella solo era una pobre víctima inocente.

—No veo por qué ibas a oponerte —continuó él—. ¿No viniste aquí con la intención de casarte con él?

—¡No! Vine con la intención de descubrir si quería casarme con él.

—¿Y quieres?

—No lo sé —dijo ella—. Solo han pasado dos días.

—Y, sin embargo —dijo Anthony, mirándose las uñas desinteresadamente—, es tiempo más que suficiente para arruinar tu reputación.

—¿Sabe alguien que me he marchado? —preguntó ella, enseguida—. Aparte de la familia, claro.

—Todavía no —admitió él—. Pero alguien se enterará. Siempre se acaba enterando alguien.

—Tenía que haber una acompañante —dijo Eloise, huraña.

—¿Tenía? —preguntó Anthony, sin alterarse, como quien pregunta si tenía que haber cordero para cenar o si tenía que ir a la expedición de caza que habían organizado en su honor.

—Vendrá pronto.

—Hum... ¡Qué mala suerte que haya llegado yo antes!

—Muy mala suerte —dijo Eloise entre dientes.

—¿Qué has dicho? —preguntó él, aunque lo hizo con aquella horrible voz que significaba que lo había escuchado perfectamente.

—Anthony —dijo Eloise, casi como un ruego, aunque ni ella misma tenía idea de qué le estaba rogando.

Anthony la miró, con aquella mirada negra tan profunda y violenta que solo entonces Eloise supo que debería de haber dado las gracias cuando hacía ver que se miraba las uñas.

Dio un paso hacia atrás. Cualquiera que estuviera cerca de Anthony Bridgerton cuando estaba enfadado habría hecho lo mismo.

Sin embargo, cuando habló, lo hizo con una voz tranquila y relajada:

—Tú solita te has metido en este lío —dijo, muy despacio—. Así que tendrás que aceptar las consecuencias.

—¿Me obligarías a casarme con un hombre al que apenas conozco? —susurró ella.

—¿De verdad no le conoces? —respondió Anthony—. Porque en el comedor parecía que le conocías muy bien. Saltaste en su defensa a la primera oportunidad que tuviste.

Mientras hablaba, Anthony la iba dejando sin argumentos y aquello la sacaba de quicio.

—Eso no basta para aceptar una propuesta de matrimonio —insistió ella—. Al menos, todavía no.

Sin embargo, Anthony no se solía rendir con facilidad.

—Entonces, ¿cuándo? ¿Dentro de una semana? ¿Dos?

—¡Basta! —exclamó ella, con unas ganas horribles de taparse los oídos—. No puedo pensar.

—No, tú no piensas —la corrigió él—. Si te hubieras parado a pensar, a utilizar esa parte del cerebro reservada para el sentido común, nunca te habrías marchado de casa.

Eloise se cruzó de brazos y apartó la mirada. Aquel argumento era irrefutable y le daba mucha rabia.

—¿Qué vas a hacer, Eloise? —preguntó Anthony.

—No lo sé —susurró ella, odiando lo estúpida que parecía.

—Bueno —dijo Anthony, todavía con aquella horrorosa y tranquila voz—, pues parece que estás en un buen aprieto, ¿no?

—¿Decirlo no es suficiente? —saltó Eloise, con los puños cerrados a la altura de las costillas—. ¿Tienes que acabar cada frase con una pregunta?

Anthony sonrió, aunque no parecía divertido.

—Y yo que pensaba que agradecerías que te preguntara tu opinión.

—Estás siendo condescendiente y lo sabes.

Anthony se inclinó hacia delante con la mirada encendida.

—¿Tienes alguna idea del esfuerzo que estoy haciendo por no alterarme?

A Eloise le pareció mejor no ponerlo a prueba.

—Te escapaste en mitad de la noche —dijo, al tiempo que se levantaba—. Y no dijiste nada, ni siquiera dejaste una nota...

—¡Dejé una nota! —gritó ella.

Anthony la miró incrédulo y cargado de paciencia.

—¡La dejé! —insistió ella—. La dejé en la mesa de la entrada. Al lado del jarrón chino.

—¿Y esa misteriosa nota decía que...?

—Decía que no os preocuparais, que estaba bien y que me pondría en contacto con vosotros en un mes.

—¡Ah, qué bien! —se burló Anthony—. Eso me hubiera dejado mucho más tranquilo.

—No sé cómo no la visteis —dijo Eloise, en voz baja—. Seguramente, se traspapeló entre las invitaciones.

—Por lo que sabíamos —continuó Anthony, acercándose a su hermana—, te habían secuestrado.

Eloise palideció. Jamás se le había ocurrido que su familia pudiera llegar a pensar algo así. Jamás se había imaginado que su nota se extraviaría.

—¿Sabes qué hizo mamá, después de casi morirse de preocupación? —le preguntó Anthony, muy serio.

Eloise negó con la cabeza, aunque le daba miedo saber la respuesta.

—Fue al banco —continuó Anthony—. ¿Sabes a qué?

—¿No podrías decírmelo tú? —preguntó, asustada. Odiaba las preguntas.

Anthony, caminando hacia ella casi llevado por la ira, dijo:

—¡Fue para asegurarse de que los fondos estaban en orden por si necesitaba sacarlos para pagar un rescate por ti!

Eloise se echó hacia atrás, asustada por la ira en la voz de su hermano. Quería decir: «Dejé una nota», pero sabía que sería un error. Se había equivocado, había sido una estúpida, y no quería agravar su estupidez intentando excusarla.

—Al final, Penelope fue la que se imaginó lo que habías hecho —dijo Anthony—. Le pedimos que registrara tu habitación porque, posiblemente, ha pasado allí más horas que cualquiera de nosotros.

Eloise asintió. Penelope había sido su mejor amiga, y todavía lo era, a pesar de haberse casado con Colin. Habían pasado interminables horas en su habitación charlando de todo y de nada en concreto. Las cartas de Phillip era lo único que le había escondido en toda su vida.

—¿Dónde la encontró? —preguntó Eloise. No es que importara mucho, pero no pudo evitar sentir curiosidad.

—Se te había caído detrás de la mesa —Anthony se cruzó de brazos—. Junto con una flor.

Parecía lo más adecuado.

—Es botánico —susurró.

—¿Qué?

—Botánico —repitió Eloise, aunque esta vez más alto—. Sir Phillip. Estudió en Cambridge. Si su hermano no hubiera muerto en Waterloo, habría sido profesor universitario.

Anthony asintió, digiriendo aquella información, y el hecho de que ella lo supiera.

—Si me dices que es un hombre cruel, que te pegará, que te insultará y no te respetará, no te obligaré a casarte con él. Pero antes de que me respondas, quiero que me escuches bien. Eres una Bridgerton. No me importa con quién te cases o el nombre que adoptes cuando estés delante de un sacerdote y digas tus votos en voz alta. Siempre serás una Bridgerton y los Bridgerton nos comportamos de manera honrosa y honesta, no porque sea lo que se espera de nosotros, sino porque es lo que somos.

Eloise asintió y tragó saliva, en un intento de contener las lágrimas que le llenaban los ojos.

—Así que te lo preguntaré una sola vez —dijo Anthony—. ¿Existe alguna razón por la que no puedas casarte con Sir Phillip Crane?

—No —susurró ella. Ni siquiera lo dudó. No estaba preparada para eso, no estaba preparada para el matrimonio, pero no iba a mancillar la verdad dudando sobre la respuesta.

—Ya me lo imaginaba.

Eloise se quedó allí de pie, casi deprimida, sin saber qué hacer ni qué decir. Se giró porque, aunque quería que Anthony supiera que estaba llorando, no quería que viera las lágrimas.

—Me casaré con él —dijo, entre sollozos—. Pero es que... hubiera querido...

Anthony guardó silencio un segundo, respetando la angustia de su hermana, pero cuando ella no añadió nada, dijo:

—¿Qué hubieras querido, Eloise?

—Esperaba estar enamorada —dijo, tan bajo que apenas se escuchó.

—Ya —dijo, soberbio como siempre—. Pues deberías haberlo pensado antes de fugarte, ¿no crees?

En ese momento, Eloise lo odió con todas sus fuerzas.

—Tú estás enamorado. Deberías entenderlo.

—Yo —dijo, en un tono que dejaba claro que no le hacía ninguna gracia haberse convertido en el tema de conversación— me casé con mi mujer porque la mayor cotilla del país nos descubrió en una situación comprometida.

Eloise suspiró; se sentía una estúpida. Hacía tantos años que Anthony se había casado, que se le habían olvidado las penosas circunstancias.

—Cuando me casé, no quería a mi mujer —dijo y después, con una voz más suave y nostálgica, añadió—: O, si la quería, todavía no lo sabía.

Eloise asintió.

—Tuviste suerte —dijo, deseando saber si ella tendría la misma suerte con Phillip.

Y entonces, Anthony la sorprendió, porque no la regañó ni la reprendió. Solo dijo:

—Ya lo sé.

—Estaba perdida —susurró ella—. Cuando Penelope y Colin se casaron...
—se dejó caer en una silla, con la cabeza entre las manos—. Soy una mala
persona. Debo de ser muy mala y superficial porque, cuando se casaron, solo
podía pensar en mí.

Anthony suspiró y se arrodilló a su lado.

—No eres una mala persona, Eloise. Y lo sabes.

Ella lo miró, preguntándose desde cuándo ese hombre, su hermano mayor,
era tan sabio. Si le hubiera gritado una palabra más, si le hubiera dicho algo
más en aquel tono burlón, la hubiera destrozado. La hubiera destrozado o la
hubiera hecho de piedra pero, en cualquier caso, entre ellos se habría roto algo.

Y, sin embargo, allí estaba, el arrogante y orgulloso caballero de la alta
sociedad que había asumido a la perfección el papel que la vida le tenía reservado, arrodillado a su lado, tomándola de la mano y hablándole con una
delicadeza que le rompía el corazón.

—Me alegré por ellos —dijo ella—. Me alegro por ellos.

—Ya lo sé.

—Solo debería haber sentido felicidad.

—Si así hubiera sido, no serías humana.

—Penelope se convirtió en mi hermana —dijo—. Debería haberme alegrado.

—¿No habías dicho que te alegrabas?

Ella asintió.

—Y me alegro. Mucho. De corazón. No lo digo por decir.

Anthony sonrió con benevolencia y esperó a que su hermana continuara.

—Es que, de repente, me sentí muy sola, y muy vieja —lo miró, preguntándose si la entendería—. Jamás pensé que me quedaría atrás.

Anthony chasqueó la lengua.

—Eloise Bridgerton, no creo que nadie nunca cometa el grave error de
dejarte atrás.

Eloise sonrió, maravillada de que, entre todas las personas, fuera su hermano el que le hubiera dicho lo que necesitaba escuchar.

—Supongo que jamás pensé que sería una solterona para siempre —dijo—.
O, al menos, que si lo era, Penelope también lo sería. Sé que no es nada bonito,
y no creo que lo pensara demasiado pero...

—Pero es lo que sentías —dijo Anthony, acabando la frase por ella—. Creo que Penelope tampoco creía que se casaría. Y Colin tampoco. El amor puede llegar sin hacer ruido, ¿sabes?

Asintió, preguntándose si a ella le pasaría lo mismo. Seguramente, no. Ella era de las que necesitaría que le diera un buen porrazo en la cabeza.

—Me alegro de que se hayan casado —dijo.

—Ya lo sé. Yo también.

—Con Sir Phillip —dijo, haciendo un gesto con la cabeza hacia la puerta, aunque los hombres estaban al otro lado del pasillo, girando dos veces a la derecha—, nos escribimos durante un año. Y entonces mencionó lo del matrimonio. Y lo hizo de la manera más sensible. No me pidió que me casara con él, solo me invitó a visitarlo para ver si nos adaptábamos bien. Me dije que estaba loco, que ni siquiera podía planteármelo. ¿Quién se casaría con alguien a quien no conocía? —se rio, nerviosa—. Y entonces Penelope y Colin anunciaron su compromiso. Fue como si mi mundo se derrumbara. Y entonces fue cuando empecé a planteármelo. Cada vez que miraba el escritorio, el cajón donde guardaba todas las cartas, era como si las viera cavando un agujero en la madera para salir a la luz.

Anthony no dijo nada, solo le apretó la mano, como si la entendiera perfectamente.

—Tenía que hacer algo —dijo—. No podía quedarme viendo pasar la vida por delante de mí como si nada.

Anthony chasqueó la lengua.

—Eloise —dijo—, si estuviera en tu lugar, eso sería lo último por lo que me preocuparía.

—Anth...

—No, déjame terminar —dijo él—. Eres una persona muy especial, Eloise. La vida no pasa por delante de ti como sin nada. Confía en mí. Te he visto crecer y he tenido que ser tu padre en ocasiones en las que me hubiera gustado ser solo tu hermano.

Eloise abrió la boca mientras tenía el corazón en la garganta. Tenía razón. Le había hecho de padre. Era un papel que ninguno de los dos quería para Anthony, pero lo había hecho durante años, y sin quejarse.

Y ahora fue ella la que le apretó la mano, y no porque lo quisiera, sino porque en ese momento se dio cuenta de cuánto lo quería.

—Haces que la vida sea especial, Eloise —dijo Anthony—. Siempre has tomado tus propias decisiones, siempre lo has tenido todo bajo control. Puede que a ti no te lo pareciera, pero es así.

Ella cerró los ojos un instante y meneó la cabeza mientras decía:

—Bueno, cuando vine aquí, intentaba tomar mi propia decisión. Parecía un buen plan.

—Y, a lo mejor —dijo Anthony, muy despacio—, descubres que, al final, sí que lo es. Sir Phillip parece un hombre honorable.

Eloise no pudo evitar poner cara de enfadada.

—¿Has podido deducir todo eso mientras le rodeabas el cuello con las manos?

Anthony le lanzó una mirada de superioridad.

—Te sorprendería lo que un hombre puede deducir de otro mientras pelean.

—¿A eso lo llamas pelear? ¡Erais cuatro contra uno!

Anthony se encogió de hombros.

—No he dicho que fuera una pelea justa.

—Eres incorregible.

—Un adjetivo interesante, teniendo en cuenta tus actividades más recientes.

Eloise se sonrojó.

—Muy bien —dijo Anthony, en un tono decidido que anunciaba un cambio de tema—. Esto es lo que vamos a hacer.

Y Eloise supo, dijera lo que dijera, que eso es lo que ella tendría que hacer. Estaba muy decidido.

—Ahora mismo, subirás a hacer las maletas —dijo Anthony—, y nos instalaremos en Mi Casa durante una semana.

Eloise asintió. Mi Casa era el extraño nombre de la casa de Benedict, en Wiltshire, no muy lejos de Romney Hall. Vivía allí con su mujer, Sophie, y sus tres hijos. No era demasiado grande, pero habría espacio de sobras para unos cuantos Bridgerton más.

—Tu Sir Phillip puede venir a visitarte cada día —continuó, y Eloise entendió perfectamente el significado de esa frase: «Tu Sir Phillip vendrá a visitarte cada día».

Volvió a asentir.

—Si, al final de la semana, determino que es suficientemente bueno para casarse contigo, lo harás. Inmediatamente.

—¿Estás seguro de que puedes juzgar el carácter de un hombre en una semana?

—No se necesita más —dijo Anthony—. Y si no estoy seguro, pues nos esperaremos otra semana.

—A lo mejor Sir Phillip no quiere casarse conmigo —dijo Eloise, que se sintió en la obligación de decirlo.

Anthony la miró fijamente.

—No tiene esa opción.

Eloise tragó saliva.

Anthony arqueó una ceja, muy arrogante.

—¿Entendido?

Ella asintió. El plan de su hermano parecía razonable, de hecho, era más razonable que el que hubieran propuesto muchos hermanos mayores, y si al final todo salía mal, si decidía que no podía casarse con Sir Phillip Crane, entonces tenía una semana para ver cómo salía de aquel embrollo. En una semana, podían pasar muchas cosas.

Mira todo lo que había pasado en la última.

—¿Volvemos al comedor? —preguntó Anthony—. Supongo que debes de tener hambre y, si tardamos un poco más, seguro que Colin le dejará la despensa vacía a nuestro anfitrión.

Eloise asintió.

—Eso si no lo han matado.

Anthony hizo una pausa.

—Así me ahorraría los gastos de una boda.

—¡Anthony!

—Es una broma, Eloise —dijo, meneando la cabeza—. Venga, vamos a ver si tu Sir Phillip todavía sigue en el mundo de los vivos.

—Y entonces —iba diciendo Benedict cuando Anthony y Eloise entraron en el comedor—, llegó la moza de la taberna y tenía unas...

—¡Benedict! —exclamó Eloise.

Benedict miró a su hermana con la culpabilidad escrita en la cara, se colocó las manos delante del pecho, para demostrar el tamaño de lo que estaba diciendo, y añadió:

—Perdón.

—Estás casado —le riñó Eloise.

—Sí, pero no ciego —dijo Colin, con una sonrisa.

—¡Y tú también! —le acusó ella.

—Sí, pero no ciego —repitió él.

—Eloise —dijo Gregory con lo que, según Eloise, era la mayor muestra de condescendencia que jamás había oído—, hay cosas imposibles de no ver. Sobre todo —añadió—, si eres hombre.

—Es verdad —admitió Anthony—. Lo vi con mis propios ojos.

Eloise los miró horrorizada, intentando encontrar en la cara de alguno de ellos un poco de cordura. Sus ojos se detuvieron en Phillip, que, a juzgar por su aspecto, sin mencionar el principio de embriaguez, había establecido un vínculo de por vida con sus hermanos durante el breve espacio de tiempo que ella había estado en el despacho hablando con Anthony.

—¿Sir Phillip? —preguntó, esperando a que dijera algo aceptable.

Sin embargo, Phillip solo pudo sonreír.

—Sé de quién están hablando —dijo—. He estado en esa taberna varias veces. Lucy es famosa en toda la provincia.

—Incluso yo he oído hablar de ella —dijo Benedict, asintiendo—. Solo estoy a una hora a caballo. Menos si voy al galope.

Gregory se acercó a Phillip, con aquellos ojos azules brillantes, y le preguntó:

—¿Y usted, alguna vez...?

—¡Gregory! —gritó Eloise. Aquello era demasiado. Sus hermanos no deberían hablar de esas cosas delante de ella pero, además, lo último que quería saber era si Sir Phillip se había acostado con una moza de taberna con unos pechos del tamaño de una sopera.

Sin embargo, Phillip meneó la cabeza.

—Está casada —dijo—. Y yo también lo estaba.

Anthony se giró hacia Eloise y le susurró:

—Será un buen marido.

—Me alegra saber que este comentario te sirve para aprobar a un posible marido para tu adorada hermana —dijo ella.

—Créeme —insistió Anthony—. He visto a Lucy. Y este hombre tiene un gran poder de autocontrol.

Eloise colocó los brazos en jarra y se giró hacia su hermano.

—¿Sentiste tentaciones?

—¡Claro que no! Kate me cortaría el cuello.

—No estoy hablando de lo que Kate te haría si descubriera que la habías engañado, aunque dudo que empezara por el cuello...

Anthony hizo una mueca. Sabía que su hermana tenía razón.

—Solo quiero saber si sentiste tentaciones.

—No —admitió él, meneando la cabeza—. Pero no se lo digas a nadie. Antes me consideraban un vividor. No quisiera que la gente creyera que estoy totalmente domesticado.

—Debería darte vergüenza.

Anthony sonrió.

—Y, sin embargo, mi mujer sigue estando loca por mí, que es lo que realmente importa, ¿no te parece?

Eloise supuso que tenía razón. Suspiró.

—¿Qué vamos a hacer con estos? —dijo, refiriéndose al cuarteto de hombres sentados a la mesa que estaba, literalmente, cubierta de platos vacíos. Phillip, Benedict y Gregory estaban apoyados en los respaldos de las sillas, saciados. Colin seguía comiendo.

Anthony se encogió de hombros.

—No sé qué quieres hacer tú, pero yo voy a unirme a ellos.

Eloise se quedó en la puerta, observando cómo se sentaba y se servía una copa de vino. Por suerte, habían dejado de hablar de Lucy y sus pechos y ahora hablaban de boxeo. O, al menos, eso le había parecido. Phillip le estaba demostrando un movimiento de manos a Gregory.

Y entonces le clavó un puñetazo en la cara.

—Lo siento —dijo, golpeando a Gregory en la espalda. Sin embargo, Eloise vio que tenía la comisura de los labios levemente inclinada; estaba sonriendo—. No te dolerá mucho. A mí, la barbilla ya casi no me duele.

Gregory gruñó algo así como que no le dolía, pero se acarició la barbilla.

—¿Sir Phillip? —dijo Eloise, en voz alta—. ¿Puedo hablar con usted un segundo?

—Claro —respondió él, y se levantó inmediatamente aunque, en realidad, todos los hombres deberían haberse levantado, ya que ella seguía de pie en la puerta.

Phillip se le acercó.

—¿Sucede algo?

—Estaba preocupada por si lo habían matado —dijo ella, entre dientes.

—¡Oh! —dijo él, con aquella amplia sonrisa que se le quedaba a cualquier hombre después de haberse tomado tres vasos de vino—. No lo han hecho.

—Ya lo veo —dijo ella—. ¿Qué ha pasado?

Phillip miró hacia la mesa. Anthony se estaba acabando lo que Colin había dejado intacto en la mesa (seguramente, porque no lo había visto), y Benedict estaba echando la silla hacia atrás, intentando mantener el equilibrio sobre dos patas. Gregory estaba tarareando una melodía, con los ojos cerrados y una estúpida sonrisa, seguramente pensando en Lucy, o en determinadas partes desproporcionadamente grandes de la anatomía de Lucy.

Phillip se giró hacia ella y se encogió de hombros.

Y Eloise, agotando casi toda su paciencia, añadió:

—¿Desde cuándo son todos tan buenos amigos?

—¡Oh! —asintió él—. Eso es muy gracioso. De hecho, les pedí que me rompieran las piernas.

Eloise lo miró. Por muchos años que viviera, jamás entendería a los hombres. Tenía cuatro hermanos y se suponía que debería ser capaz de entenderlos mejor que otras mujeres y quizás había tardado veintiocho años en descubrir que los hombres, sencillamente, eran bichos raros.

Phillip volvió a encogerse de hombros.

—Por lo visto, sirvió para romper el hielo.

—Ya lo veo.

Eloise lo miró, Phillip la miró y, de reojo, Eloise vio que Anthony los estaba mirando. De repente, Phillip recuperó la sobriedad.

—Tendremos que casarnos —dijo.

—Lo sé.

—Si no lo hago, me romperán las piernas.

—No se detendrían ahí —refunfuñó ella—, pero aunque así fuera, a una dama le gusta pensar que la han escogido por otra razón que no sea la salud osteopática del futuro novio.

Phillip la miró, sorprendido.

—No soy estúpida —murmuró ella—. He estudiado latín.

—Sí, claro —respondió él, muy despacio, como hacen los hombres cuando no saben qué decir y quieren llenar un espacio.

—O, al menos —insistió ella, buscando algo que pudiera interpretarse como un halago—, quizás por alguna otra razón que esa.

—Sí, claro —repitió él, asintiendo, aunque no dijo nada más.

Eloise lo miró con los ojos entrecerrados.

—¿Cuánto vino ha bebido?

—Solo tres —hizo una pausa, se lo pensó, y añadió—: Quizás cuatro.

—¿Vasos o botellas?

Phillip no estaba seguro de conocer la respuesta.

Eloise miró hacia la mesa. Había cuatro botellas de vino en la mesa y tres estaban vacías.

—No los he dejado solos tanto rato —dijo.

Él se encogió de hombros.

—Tenía que elegir: beber con ellos o dejarles que me rompieran las piernas. La decisión era bastante sencilla.

—¡Anthony! —exclamó Eloise. Ya había tenido suficiente de Sir Phillip. Había tenido suficiente de todos y de todo. De hombres, de matrimonio, de piernas rotas y botellas de vino vacías. Pero, sobre todo, ya había tenido suficiente de ella misma, de haber perdido tanto el control sobre la situación, de sentirse tan impotente ante los giros de la vida.

—Quiero irme —dijo.

Anthony asintió y gruñó, masticando el último pedazo de pollo que Colin había dejado.

—Anthony, ahora.

Y su hermano debió de notar algo en su voz, seguramente la manera como había vocalizado las palabras, porque se levantó y dijo:

—Por supuesto.

Eloise jamás se había alegrado tanto de ver el interior de un carruaje.

11

«... no soporto que un hombre beba demasiado. Por eso estoy convencida de que entenderás por qué no puedo aceptar la proposición de matrimonio de Lord Wescott.»

Eloise Bridgerton a su hermano Benedict,
después de rechazar su segunda proposición de matrimonio.

—¡No! —exclamó Sophie Bridgerton, la menuda y casi etérea mujer de Benedict—. ¡No puede ser!

—De verdad —dijo Eloise, sonriendo, mientras se volvía a sentar en la silla y bebía un sorbo de limonada—. ¡Y estaban todos borrachos!

—Amigos —susurró Sophie, dándole a entender a Eloise que lo que la había sacado de sus casillas la noche anterior era ese comportamiento de camaradería de los hombres. Obviamente, solo necesitaba a una mujer para poder desahogarse tranquilamente.

Sophie frunció el ceño.

—¿No me digas que otra vez estaban hablando de esa pobre Lucy?

Eloise se sorprendió.

—¿Sabes quién es?

—Todo el mundo sabe quién es. Dios sabe que es imposible no verla si te cruzas con ella por la calle.

Eloise intentó imaginárselo pero no pudo.

—Para serte sincera —susurró Sophie, a pesar de que no había nadie cerca de ellas—, lo siento mucho por ella. Toda esa atención y, además, tanto peso no debe de ser bueno para la espalda.

Eloise intentó no reír, pero no pudo evitarlo.

—¡Un día, Posy incluso se lo preguntó!

Eloise abrió la boca, sorprendida. Posy era la hermanastra de Sophie que, antes de casarse con el jovial vicario del pueblo, que vivía a pocos kilómetros de Benedict y Sophie, había vivido varios años con ellos. También era la persona más simpática que Eloise había conocido en su vida y si había alguien capaz de hacerse amiga de una moza de taberna con los pechos enormes, esa era Posy.

—Está en la parroquia de Hugh —continuó Sophie. Hugh era el marido de Posy—. Así que seguro que se conocen.

—¿Y qué le dijo? —preguntó Eloise.

—¿Posy?

—No, Lucy.

—Ah, no lo sé —dijo Sophie, haciendo una mueca—. Posy no quiso decírmelo. ¿Te lo puedes creer? Posy y yo jamás hemos tenido secretos. Me dijo que no podía traicionar la confianza de una feligresa.

A Eloise le pareció un gesto muy noble.

—Aunque no me concierne, claro —dijo, con toda la seguridad de una mujer que se sabe querida—. Benedict jamás me engañaría.

—Claro que no —añadió Eloise. La historia de amor de Benedict y Sophie era legendaria en la familia Bridgerton. De hecho, era una de las razones por las que Eloise había rechazado tantas propuestas de matrimonio. Quería esa clase de amor, pasión y drama. Quería más que ese «Tengo tres casas, dieciséis caballos y cuarenta y dos perros de caza» que le había dicho uno de sus pretendientes.

—Sin embargo —continuó Sophie—, no creo que sea tan difícil cerrar la boca cuando la ve por la calle.

Eloise estaba a punto de afirmarle, con vehemencia, lo muy de acuerdo que estaba con ella cuando vio que Sir Phillip se acercaba hacia ella por el jardín.

—¿Es él? —preguntó Sophie, sonriendo.

Eloise asintió.

—Es muy apuesto.

—Sí, supongo que sí —dijo Eloise, muy despacio.

—¿Lo supones? —preguntó Sophie, impaciente—. No te hagas la tonta conmigo, Eloise Bridgerton. Fui tu doncella y te conozco mejor de lo que nadie debería.

Eloise se abstuvo de comentar que solo había sido su doncella durante dos semanas, el tiempo necesario para que ella y Benedict aclararan sus sentimientos y decidieran casarse.

—De acuerdo —admitió—. Es muy apuesto, si te gustan los hombres rudos y rurales.

—Y a ti te gustan —apuntó divertida Sophie.

Para su completa mortificación, Eloise se sonrojó.

—Puede —murmuró.

—Además —añadió Sophie—, ha traído flores.

—Es botánico —dijo Eloise.

—Bueno, eso no le quita mérito al gesto.

—No, solo lo facilita.

—Eloise —la regañó Sophie—, deja de hacer eso.

—¿El qué?

—Intentar descuartizarlo antes de darle una oportunidad.

—No estoy haciendo eso —protestó Eloise, aunque sabía perfectamente que estaba mintiendo. Odiaba que su familia estuviera intentando arruinarle la vida, aunque lo hicieran con la mejor intención, y se sentía huraña y poco cooperativa.

—Pues a mí me parece que las flores son muy bonitas —dijo Sophie, muy decidida—. No me importa si tiene ochocientas variedades en casa. El hecho es que ha pensado en traerlas.

Eloise asintió, odiándose. Quería sentirse mejor, quería estar contenta y optimista, pero no podía.

—Benedict nunca me explicó los detalles —continuó Sophie, ignorando la angustia de Eloise—. Ya conoces a los hombres. Nunca te dicen lo que quieres saber.

—¿Qué quieres saber?

Sophie miró a Sir Phillip, para calcular el tiempo que todavía tenían para hablar.

—Está bien, para empezar, ¿es verdad que no lo conocías cuando te escapaste?

—En persona, no —admitió Eloise. Cuando lo explicaba, parecía una estupidez. ¿Quién iba a pensar que una Bridgerton se escaparía con un hombre al que no conocía?

—Bueno —dijo Sophie, con una voz muy práctica—. Si, al final, todo sale bien será una historia maravillosa.

Eloise tragó saliva, un poco incómoda. Todavía era demasiado temprano para saber si, al final, todo saldría bien. Sospechaba, bueno, estaba segura, que acabaría casada con Sir Phillip pero, ¿quién sabía qué clase de matrimonio iban a tener? No lo quería, al menos, no de momento, y él tampoco la quería y, aunque al principio creía que no pasaba nada, ahora que estaba en Wiltshire, intentando no darse cuenta de cómo Benedict miraba a Sophie, se preguntaba si habría cometido un error monumental.

Además, ¿quería casarse con un hombre que, básicamente, lo que quería era una madre para sus hijos?

Si no podía tener amor, ¿no era mejor estar sola?

Por desgracia, la única manera de responder a esas preguntas era casándose con Sir Phillip y ver cómo les iba. Y, si no salía bien...

Estaría atrapada.

El camino más fácil para terminar un matrimonio era la muerte y, honestamente, era una opción que Eloise jamás se había planteado.

—Señorita Bridgerton.

Phillip estaba frente a ella, ofreciéndole un ramo de orquídeas blancas.

—Le he traído esto.

Eloise sonrió, animada por el cosquilleo que sintió ante su presencia.

—Gracias —dijo, aceptando las flores y oliéndolas—. Son preciosas.

—¿Dónde las ha conseguido? —preguntó Sophie—. Son exquisitas.

—Las cultivo yo mismo —respondió él—. Tengo un invernadero.

—Sí, es verdad —dijo Sophie—. Eloise me ha comentado que es botánico. Yo intento cuidar el jardín, aunque debo admitir que, la mitad del tiempo, no tengo ni la menor idea de lo que hago. Estoy segura de que los jardineros me consideran su cruz.

Eloise se aclaró la garganta, consciente de que no había hecho las obligadas presentaciones.

—Sir Phillip —dijo, haciendo un gesto hacia su cuñada—, le presento a Sophie, la mujer de Benedict.

Phillip la tomó de la mano e hizo una reverencia, diciendo:

—Señora Bridgerton.

—Es un placer conocerlo —dijo Sophie, con su mejor sonrisa—. Por favor, llámeme por mi nombre de pila. He oído que con Eloise lo hace y, además, parece que prácticamente es un miembro más de la familia.

Eloise se sonrojó.

—¡Oh! —exclamó Sophie, avergonzada—. No lo decía por ti, Eloise. Jamás asumiría que... ¡Oh, cielos! Quería decir que lo decía porque los hombres... —bajó la cabeza al tiempo que notaba la cara colorada como un tomate—. Bueno —susurró—, he oído que ayer bebieron mucho vino.

Phillip se aclaró la garganta.

—Un detalle que prefiero no recordar.

—El hecho de que lo recuerde ya es mucho —dijo Eloise, con dulzura.

Phillip la miró, dejando claro que no lo había engañado con ese tono inocente.

—Es muy amable.

—¿Le duele la cabeza? —preguntó ella.

Él hizo una mueca.

—Mucho.

Ella debería haberse preocupado. Debería haber sido amable con él, sobre todo después de que se había tomado la molestia de traerle aquellas orquídeas tan especiales. Sin embargo, no pudo evitar pensar que tenía lo que se merecía y dijo, tranquilamente pero lo dijo:

—Me alegro.

—¡Eloise! —la riñó Sophie.

—¿Cómo está Benedict? —le preguntó Eloise, dulcemente.

Sophie suspiró.

—Lleva toda la mañana tirado por ahí, y Gregory ni siquiera se ha levantado de la cama.

—En comparación con ellos, parece que he salido bastante bien parado —dijo Phillip.

—A excepción de Colin —dijo Eloise—. Jamás se resiente de los efectos del alcohol. Y Anthony bebió menos que los demás, por supuesto.

—Un hombre con suerte.

—¿Le apetece beber algo, Sir Phillip? —preguntó Sophie, arreglándose el sombrero para que le hiciera sombra en los ojos—. Sin alcohol, claro, teniendo en cuenta las circunstancias. Sería un placer invitarlo a un vaso de limonada.

—Lo aceptaré encantado. Gracias —vio cómo se levantaba y se alejaba hacia la casa y se sentó en su silla, delante de Eloise.

—Me alegra mucho verla esta mañana —dijo, aclarándose la garganta. Nunca había sido un hombre muy hablador y, obviamente, ese día no era una excepción, a pesar de las extraordinarias circunstancias que los habían llevado a esa situación.

—A mí también —dijo ella.

Phillip cambió de postura. La silla era demasiado pequeña para él, como casi todas.

—Debo disculparme por mi comportamiento de anoche —dijo, con rigidez.

Ella lo miró, perdiéndose unos segundos en aquellos ojos negros, antes de bajar la vista hacia el césped. Parecía sincero, seguramente lo era. No lo conocía muy bien; al menos, no lo suficiente como para casarse aunque eso ahora había quedado en un segundo plano, pero no parecía de los que piden perdón a la ligera. Sin embargo, todavía no estaba preparada para caer a sus pies agradecida, de modo que, cuando le contestó, lo hizo en un tono moderado.

—Tengo hermanos —dijo—. Ya estoy acostumbrada.

—Puede que usted lo esté, pero yo no. Y le aseguro que no tengo por costumbre beber en exceso.

Eloise asintió, aceptando sus disculpas.

—He estado pensando —dijo él.

—Yo también.

Phillip se aclaró la garganta y se tocó el nudo de la corbata como si, de repente, le apretara.

—Tendremos que casarnos, claro.

No le dijo nada que ella no supiera, pero había algo terrible en su voz. Quizás fue la ausencia de emoción, como si fuera un problema más que tuviera que resolver. O quizás fue la manera tan resuelta de decirlo, como si ella no tuviera otra opción (y aunque, en realidad, era así, no le gustaba que se lo recordaran).

Fuera lo que fuera, la hizo sentirse extraña, e incómoda, como si necesitara saltar y salir de su cuerpo.

Se había pasado su vida de adulta tomando sus propias decisiones y se consideraba la mujer más afortunada del mundo porque su familia se lo había permitido. Quizás por eso ahora le parecía insoportable que la obligaran a ir por un camino antes de estar preparada para ello.

O quizás era insoportable porque había sido ella la que lo había empezado todo. Estaba furiosa consigo misma y, por eso, estaba de lo más insolente con todo el mundo.

—Haré lo que esté en mi mano para hacerla feliz —dijo él, un poco brusco—. Y los niños necesitan una madre.

Eloise sonrió. Le habría gustado que se casaran por algo más que los niños.

—Estoy seguro de que será una gran ayuda —dijo él.

—Una gran ayuda —repitió ella, odiando el sonido de esas palabras.

—¿No está de acuerdo?

Eloise asintió, básicamente porque tenía miedo de que, si abría la boca, empezaría a gritar.

—Perfecto —dijo él—. Entonces está todo arreglado.

«Está todo arreglado.» Aquella sería, para el resto de su vida, su gran proposición de matrimonio. Y lo peor de todo era que no tenía derecho a quejarse. Era ella la que se había escapado de casa sin darle a Phillip tiempo suficiente para encontrar una acompañante. Era ella la que había decidido ir en busca de su destino. Era ella la que había actuado sin pensar y ahora lo único que tenía eran esas palabras.

«Está todo arreglado.»

Tragó saliva.

—Perfecto.

Phillip la miró, extrañado.

—¿No está contenta?

—Claro —dijo, muy seca.

—Pues no lo parece.

—Estoy contenta —repitió ella.

Phillip dijo algo entre dientes.

—¿Qué ha dicho? —preguntó ella.

—Nada.

—Ha dicho algo.

La miró con impaciencia.

—Si hubiera querido que lo escuchara, lo habría dicho en voz alta.

Eloise contuvo el aliento.

—En tal caso, no debería haber dicho nada.

—Hay algunas cosas —dijo Phillip— que es imposible guardarse dentro.

—¿Qué ha dicho? —insistió ella.

Phillip se pasó la mano por el pelo.

—Eloise...

—¿Me ha insultado?

—¿De verdad quiere saberlo?

—Puesto que parece que vamos a casarnos —dijo ella—, sí.

—No recuerdo las palabras exactas —respondió—. Pero creo haber combinado las palabras «mujeres» y «poco sentido común» en la misma frase.

No debería haberlo dicho. Sabía que no debería haberlo dicho; era de mala educación en cualquier circunstancia y, en la actual, mucho más. Sin embargo, lo había pinchado una y otra vez hasta que lo había hecho explotar. Era como si le hubiera clavado una aguja debajo de la piel y luego, para divertirse, la hubiera empezado a mover.

Además, ¿por qué estaba de tan mal humor, esta mañana? Él solo había puesto las cartas sobre la mesa. Tendrían que casarse y, sinceramente, debería alegrarse de que, ya que se había metido en una situación tan comprometida, al menos fuera con un hombre que estuviera dispuesto a hacer lo correcto y aceptara casarse con ella.

No esperaba que le diera las gracias. ¡Demonios!, él tenía la culpa igual que ella; la había invitado a visitarlo. Pero, ¿esperar una sonrisa y buen humor era pedir demasiado?

—Me alegro de que hayamos mantenido esta conversación —dijo, de repente, Eloise—. Ha estado muy bien.

Phillip la miró, sospechando algo malo enseguida.

—¿Cómo?

—Ha sido muy beneficiosa —dijo—. Una siempre debería conocer a su futuro marido antes de casarse y...

Phillip gruñó. Aquello no iba a terminar bien.

—Y —añadió Eloise, muy seca, interrumpiéndole el gruñido— ha quedado muy claro su sentimiento hacia las mujeres.

Phillip solía huir de los conflictos, pero es que aquello ya era demasiado.

—Si no recuerdo mal —respondió—, nunca le he expresado mi sentimiento hacia las mujeres.

—Lo suponía —dijo ella—. Y la frase con las palabras «mujeres» y «poco sentido común» solo me lo ha confirmado.

—¿De veras? —preguntó él arrastrando las palabras—. Bueno, pues ahora pienso otra cosa.

Ella entrecerró los ojos.

—¿Qué quiere decir?

—Que he cambiado de opinión. Acabo de decidir que no tengo ningún problema con el género femenino. De hecho, a la única que encuentro insoportable es a usted.

Eloise se echó hacia atrás, ofendida.

—¿Es que nadie la ha llamado «insoportable» antes? —le costaba creerlo.

—Nadie que no fuera de mi familia —respondió ella.

—Pues debe vivir en una sociedad muy educada —Phillip volvió a cambiar de posición. ¿Es que nadie hacía sillas para hombres corpulentos?—. Eso o le tienen tanto miedo que se acomodan a sus caprichos.

Eloise se sonrojó y Phillip no supo si era porque había dado en el clavo y le daba vergüenza o si estaba tan enfadada que no podía ni hablar.

Seguramente, por ambas cosas.

—Lo siento —dijo Eloise, entre dientes.

Phillip la miró, sorprendido.

—¿Cómo dice? —no podía ser cierto.

—He dicho que lo siento —repitió ella, dejando claro que no iba a repetirlo una tercera vez, así que sería mejor que prestara atención.

—¡Oh! —dijo él, que estaba demasiado sorprendido como para decir cualquier otra cosa—. Gracias.

—De nada —el tono no era muy amable, pero parecía estar haciendo un esfuerzo por controlarse.

Por un segundo, Phillip no dijo nada. Pero luego no pudo evitar preguntar:

—¿Por qué?

Ella lo miró, irritada por el hecho de que no hubiera dado por terminada la conversación.

—¿Tenía que preguntarlo?

—Bueno, sí.

—Lo siento —gruñó Eloise—, porque estoy de mal humor y he sido muy maleducada con usted. Y si me pregunta cuán maleducada he sido, le juro que me levantaré, me marcharé y no me volverá a ver en la vida porque, se lo advierto, esta disculpa ya es muy difícil por sí misma para que encima tenga que darle más explicaciones.

Phillip decidió que aquello bastaría.

—Gracias —dijo, con suavidad.

No dijo nada en un minuto que fue, seguramente, el minuto más largo de su vida, pero entonces decidió atreverse y decirlo.

—Si le sirve de algo —le dijo—, ya había decidido que nos adaptaríamos bien antes de que llegaran sus hermanos. Ya había decidido pedirle que se casara conmigo. Como Dios manda, con un anillo y lo que sea que se supone que tenga que hacer. No sé. Ha pasado mucho tiempo desde que le propuse matrimonio a mi difunta mujer y, en cualquier caso, aquello no se produjo en las mejores circunstancias.

Eloise lo miró, sorprendida... y quizás también un poco agradecida.

—Siento mucho que la llegada de sus hermanos haya acelerado algo para lo que todavía no estaba preparada —dijo—, pero no lamento que haya sucedido.

—¿No? —susurró ella—. ¿De verdad?

—Le daré todo lo que pueda necesitar —dijo—, dentro de los límites de lo razonable, claro. Pero no puedo... —levantó la cabeza y vio que Anthony y Colin venían hacia ellos, seguidos de un camarero con una bandeja llena de comida—. No puedo hablar por sus hermanos. Me imagino que estarán dispuestos a esperar el tiempo que usted necesite. Sin embargo, y para serle sincero, si fuera mi hermana ya la habría arrastrado a la iglesia ayer por la noche.

Eloise miró a sus hermanos; todavía tardarían medio minuto en llegar. Abrió la boca y luego la cerró porque, obviamente, se lo había pensado dos veces antes de hablar. No obstante, después de varios segundos, durante los cuales Phillip casi pudo ver cómo giraba la maquinaria dentro de su cabeza, Eloise le preguntó:

—¿Por qué decidió que nos adaptaríamos bien?

—¿Perdón? —solo era una maniobra dilatoria, claro. No se esperaba una pregunta tan directa.

Aunque solo Dios sabía por qué no. Al fin y al cabo, era Eloise.

—¿Por qué decidió que nos adaptaríamos bien? —repitió ella, muy decidida.

Aunque, claro, así es como Eloise hacía las preguntas, con decisión. Cuando podía ir directa al grano y llegar al fondo de una cuestión, nunca se andaba con rodeos.

—Eh... Yo... —Phillip tosió para aclararse la garganta.

—No lo sabe —dijo Eloise, decepcionada.

—Claro que lo sé —protestó él. A ningún hombre le gustaba que le dijeran que no sabía por qué hacía las cosas.

—No lo sabe. Si lo supiera, no estaría ahí sentado sin decir nada.

—¡Por el amor de Dios, mujer! ¿Es que no tiene ni un poco de compasión? Un hombre necesita un tiempo para formular una respuesta.

—¡Ah! —dijo la siempre genial voz de Colin Bridgerton—. Aquí está la pareja feliz.

Phillip jamás había estado tan contento de ver a otro ser humano en toda su vida.

—Buenos días —les dijo a los dos Bridgerton, increíblemente feliz de escapar del interrogatorio de Eloise.

—¿Tiene hambre? —le preguntó Colin, sentándose a su lado—. Me he tomado la libertad de pedir que nos sirvieran el desayuno al aire libre.

Phillip miró al lacayo y se preguntó si debería ofrecerle su ayuda. Daba la sensación de que el pobre hombre caería redondo en cualquier momento por el peso de la bandeja.

—¿Cómo estás esta mañana? —le preguntó Anthony a su hermana mientras se sentaba en el banco, a su lado.

—Bien —respondió ella.

—¿Tienes hambre?

—No.

—¿Estás contenta?

—No por ti.

Anthony miró a Phillip.

—Normalmente es más habladora.

Phillip se preguntó si Eloise sería capaz de pegarle a su hermano. Era lo que se merecía.

El lacayo dejó caer la bandeja en la mesa haciendo más ruido de lo normal y, aunque se disculpó, Anthony le dijo que no pasaba nada, que ni el mismísimo Hércules sería capaz de transportar toda la comida que Colin podía engullir.

Los hermanos Bridgerton se sirvieron ellos mismos y luego Anthony se giró hacia Eloise y Phillip y dijo:

—Los dos parecéis muy en sintonía.

Eloise lo miró sin esconder la hostilidad que sentía hacia él.

—¿Ah, sí? ¿Y cuándo te has dado cuenta?

—Lo he visto enseguida —dijo, encogiéndose de hombros. Miró a Phillip—. Ha sido por la pelea. Las mejores parejas siempre discuten.

—Me alegra saberlo —murmuró Phillip.

—Mi mujer y yo solemos tener conversaciones similares aunque siempre acaba dándome la razón —dijo Anthony, tranquilamente.

Eloise lo atravesó con la mirada.

—Por supuesto, la versión de mi mujer es totalmente distinta —añadió, encogiendo los hombros otra vez—. Le dejo creer que soy yo el que le da la razón a ella —miró a Phillip y sonrió—. Así es más fácil.

Phillip miró a Eloise. Por lo visto, estaba haciendo un gran esfuerzo por contenerse.

—¿Cuándo ha llegado? —le preguntó Anthony.

—Hace unos minutos —respondió Phillip.

—Sí —dijo Eloise—. Y me ha propuesto matrimonio. Supongo que te alegrará saberlo.

Phillip, sorprendido por el repentino anuncio, empezó a toser.

—¿Disculpe?

Eloise se giró hacia Anthony y dijo:

—Ha dicho: «Tendremos que casarnos».

—Bueno, y tiene razón —respondió Anthony, mirándola fijamente—. Tenéis que casaros. Y debo felicitarlo por coger el toro por los cuernos. Creía que tú, más que nadie, eras partidaria de ser directo y decir las cosas a la cara.

—¿Alguien quiere un bollo? —preguntó Colin—. ¿No? Mejor, más para mí.

Anthony miró a Phillip y dijo:

—Está un poco alterada porque odia que le den órdenes. En unos días, estará bien.

—Estoy bien —gruñó Eloise.

—Sí, claro —murmuró Anthony—. Tienes toda la pinta de estar bien.

—¿No tienes que estar en otra parte? —le preguntó Eloise entre dientes.

—Una pregunta muy interesante —respondió su hermano—. Cualquiera diría que debería estar en Londres, con mi mujer y mis hijos. De hecho, si tuviera que estar en otra parte, supongo que sería con ellos en casa. Sin embargo, por extraño que suene, estoy aquí. En Wiltshire. Donde, cuando hace tres días me desperté en mi espléndida cama de Londres, jamás pensé que estaría —forzó una sonrisa—. ¿Alguna otra pregunta?

Eloise no dijo nada.

Anthony le dio un sobre.

—Ha llegado esto para ti.

Eloise miró el sobre y Phillip vio que había reconocido la letra enseguida.

—Es de mamá —le dijo Anthony, aunque estaba claro que ella ya lo sabía.

—¿Quiere leerla? —le preguntó Phillip.

Eloise negó con la cabeza.

—Ahora no.

Y él supo que quería decir: «Delante de mis hermanos, no».

Y entonces, de repente, Phillip supo exactamente qué tenía que hacer.

—Lord Bridgerton —le dijo a Anthony, poniéndose en pie—. ¿Me permite hablar a solas con su hermana un momento?

—Acaba de hablar a solas con ella —dijo Colin, entre dos bocados de tocino.

Phillip lo ignoró.

—¿Milord?

—Por supuesto —dijo Anthony—. Si ella está de acuerdo.

Phillip cogió a Eloise de la mano y la puso en pie.

—Está de acuerdo —dijo él.

—Mmm —intervino Colin—. Sí, parece que está muy de acuerdo.

En ese instante, Phillip decidió que todos los Bridgerton necesitaban bozales.

—Venga conmigo —le dijo a Eloise, antes de que ella empezara a discutir.

Y lo haría, seguro, porque era Eloise y, si veía la posibilidad de una discusión, era incapaz de sonreír y hacer caso.

—¿Dónde vamos? —dijo ella, cuando estaban lejos de su familia y él la estaba arrastrando por el jardín, sin darse cuenta de que prácticamente tenía que correr para seguirle el paso.

—No lo sé.

—¿No lo sabe?

Phillip se detuvo en seco y Eloise chocó contra él. Fue bastante agradable, la verdad. Pudo notar toda su silueta, desde los pechos hasta los muslos, aunque ella recuperó la compostura enseguida y se separó antes de que él pudiera saborear el momento.

—Es la primera vez que estoy en esta casa —dijo, explicándoselo como si fuera una niña pequeña—. Tendría que ser adivino para saber dónde voy.

—¡Ah! —dijo ella—. Entonces, siga adelante.

Se dirigió hacia la casa y entró por una puerta lateral.

—¿Adónde lleva esta puerta? —le preguntó.

—Adentro —respondió ella.

Phillip la miró con sarcasmo.

—Es el despacho de Sophie, y da al pasillo —explicó Eloise.

—¿Y Sophie está en su despacho?

—Lo dudo. ¿No había ido a buscarle un vaso de limonada?

—Bien —abrió la puerta, dando las gracias de que no estuviera cerrada, y se asomó. No había nadie, pero la puerta que daba al pasillo estaba abierta, así que cruzó la habitación y la cerró. Cuando se giró, vio que Eloise seguía en la otra puerta, observándolo con una mezcla de curiosidad y diversión.

—Cierra la puerta —le ordenó.

Eloise arqueó las cejas.

—¿Perdón?

—Que cierres la puerta —no solía usar ese tono de voz pero, después de un año de incertidumbres, de sentirse perdido en las corrientes de su vida, por fin lo tenía todo bajo control.

Y sabía perfectamente lo que quería.

—Eloise, cierra la puerta —le dijo, en voz baja, caminando despacio hacia ella.

Eloise abrió los ojos como platos.

—¿Phillip? —dijo, en un suspiro—. Yo...

—No digas nada —dijo él—. Solo cierra la puerta.

Sin embargo, estaba allí inmóvil, mirándolo como si no lo conociera. Que, en realidad, era verdad. ¡Demonios, ni siquiera él estaba seguro de conocerse, en ese mismo momento!

—Phillip, ¿qué...?

Él llegó hasta la puerta y la cerró con llave.

—¿Qué estás haciendo? —preguntó ella.

—Estabas preocupada por si no nos adaptábamos bien —le dijo él.

Ella abrió la boca.

Phillip se le acercó.

—Creo que ha llegado la hora de que te demuestre que no tienes por qué preocuparte.

12

«... ¿y cómo sabías que Simon y tú estabais hechos el uno para el otro? Porque te juro que no he conocido a ningún hombre que me haya hecho pensar eso, y ya son tres largas temporadas como casadera.»

Eloise Bridgerton a su hermana la duquesa de Hastings,
después de rechazar la tercera propuesta de matrimonio.

Eloise apenas tuvo tiempo de respirar antes de que la boca de Phillip invadiera la suya. Y tuvo suerte de haberlo hecho porque no parecía que tuviera ninguna intención de soltarla hasta, no sé, el próximo milenio.

Sin embargo, entonces, y de manera bastante brusca, se separó de ella y le tomó la cara entre sus enormes manos. Y la miró.

Sencillamente, la miró.

—¿Qué? —preguntó ella, a quien incomodaba bastante aquel escrutinio. Sabía que la consideraban atractiva, pero no era una de aquellas bellezas increíbles, y él la estaba mirando como si quisiera memorizar cada facción.

—Quería mirarte —le susurró él. Le acarició la mejilla y luego le pasó el pulgar por la línea de la mandíbula—. Siempre estás en movimiento y nunca consigo mirarte.

Eloise notó cómo le temblaban las piernas y se le abría la boca, pero no podía hacer nada para moverlos; al parecer, solo podía mirar a Phillip a los ojos.

—Eres tan preciosa —le dijo—. ¿Sabes qué pensé el primer día que te vi?

Eloise agitó la cabeza, deseando escuchar la respuesta.

—Pensé que podría ahogarme en tus ojos. Pensé —dijo, acercándose más y respirando casi encima de ella— que podría ahogarme en ti.

Eloise notó cómo se desplazaba hacia él.

Phillip le tocó los labios y le hizo cosquillas con el dedo. Aquel movimiento lanzó latigazos de placer por todo su cuerpo hasta el centro más sensitivo, hasta lugares prohibidos incluso para ella.

Y entonces comprendió que, hasta ese momento, nunca había entendido el poder del deseo. No tenía ni idea.

—Bésame —susurró.

Phillip sonrió.

—Siempre me estás dando órdenes.

—Bésame.

—¿Estás segura? —le dijo, sonriendo—. Porque si lo hago, puede que no sea capaz de...

Eloise le cogió la cabeza y lo atrajo hacia ella.

Phillip se rio contra sus labios y la rodeó con los brazos con fuerza. Eloise abrió la boca, dándole la bienvenida, gimiendo de placer cuando Phillip le introdujo la lengua en la boca y exploró su calidez. Jugueteó y lamió, encendiendo lentamente un fuego en su interior, mientras la apretaba cada vez más contra su cuerpo hasta que su calor atravesó las capas de tela del vestido y la envolvió en un huracán de deseo.

Bajó las manos hasta las nalgas, se las apretó y masajeó y la subió hasta que...

Ella jadeó. Tenía veintiocho años, los suficientes para haber escuchado comentarios indiscretos. Sabía lo que significaba aquel miembro duro. Aunque nunca se hubiera imaginado que estuviera tan caliente, tan potente.

Se echó hacia atrás, casi instintivamente, pero él no la soltó, la atrajo más hacia él y la frotó contra él.

—Quiero estar dentro de ti —le gimió a la oreja.

A Eloise se le doblaron las piernas.

Pero no importó, claro; Phillip la agarró con más fuerza, la tendió en el sofá y se colocó encima de ella, presionándola contra los cojines de color crema. Pesaba mucho, pero era un peso delicioso, y Eloise echó la cabeza hacia atrás cuando los labios de Phillip abandonaron su boca y viajaron por la garganta hacia abajo.

—Phillip —gimió, como si su nombre fuera lo único que pudiera pronunciar.

—Sí —dijo él, muy excitado—. Sí.

Parecía que las palabras le salían deformadas, y Eloise no tenía ni idea de qué estaba hablando, pero fuera lo que fuera a lo que estaba diciendo que sí, ella también lo quería. Lo quería todo. Todo lo que él quisiera, todo lo que fuera posible.

Y lo que fuera imposible, también. Ya no entendía de razones, solo de sensaciones. Solo obedecía al deseo y a la necesidad y a aquella increíble sensación de ahora.

No se trataba de ayer ni de mañana. Se trataba del ahora y lo quería todo.

Sintió su mano en el tobillo, seca y callosa, y notó que subía hasta el límite de las medias. No se detuvo, no hizo nada para pedirle permiso de manera implícita, aunque ella se lo dio de todos modos: separó las piernas hasta que él se colocó más cómodo entre sus muslos, dándole más espacio para acariciarla y para juguetear en su piel.

Phillip avanzó más y más, deteniéndose de vez en cuando para apretar aquí y allá, y Eloise creía que aquella espera la iba a matar. Estaba en llamas por él, se sentía mojada y extraña y tan fuera de sí que, en cualquier momento, iba a disolverse en una piscina de vacío.

O se evaporaría completamente. O solo explotaría.

Y entonces, justo cuando estaba convencida de que nada podía ser más extraño, nada podía tensarla más de lo que ya estaba, la tocó.

La tocó.

La tocó donde nadie la había tocado en su vida, donde ni siquiera ella se había atrevido a tocarse. La tocó de manera tan íntima y tan tierna que Eloise tuvo que morderse el labio para evitar gritar su nombre.

Y, mientras su dedo se introducía lentamente en ella, Eloise supo que, a partir de entonces, ya no se pertenecía a sí misma.

Ahora era de Phillip.

Dentro de un tiempo volvería a ser ella, volvería a tenerlo todo bajo control, en plenos poderes y facultades, pero ahora era suya. En ese momento, en ese segundo, vivía por él, por todo lo que podía hacerle sentir, por cada suspiro de deseo, cada gemido de placer.

—¡Oh, Phillip! —jadeó, casi en un ruego, una promesa, una pregunta. Era todo lo que tenía que decir para asegurarse de que no se detuviera. No tenía ni idea de a dónde la llevaría aquello, ni siquiera si sería la misma persona después, pero estaba segura de que tenía que llegar a algún sitio. Era imposible que se quedara en ese estado para siempre. Estaba tan tensa que iba a romperse.

Casi había llegado. Tenía que llegar.

Necesitaba algo. Necesitaba alivio y sabía que solo podía dárselo Phillip.

Se arqueó contra él con una fuerza que jamás hubiera imaginado que poseyera; de hecho, los levantó a los dos del sofá con su necesidad. Le agarró los hombros, apretando con todas sus fuerzas, y luego le rodeó la cintura en un intento de atraerlo más hacia ella.

—Eloise —gimió él, subiendo la otra mano por la pierna y levantándole la falda hasta que la agarró por la espalda—. ¿Tienes idea de qué...?

Y entonces, Eloise no tenía ni idea de qué le había hecho, aunque seguro que Phillip tampoco lo sabía, pero se le tensó el cuerpo entero. No podía hablar, no podía moverse mientras, con la boca abierta en un apagado grito de sorpresa, placer y mil cosas más, intentaba respirar. Y luego, cuando creía que no iba a poder sobrevivir ni un segundo más, empezó a sacudirse y se dejó caer debajo de él, respirando de manera entrecortada, tan agotada que no hubiera podido mover ni el dedo meñique de la mano.

—¡Oh, Dios mío! —dijo, al final, porque la blasfemia era lo único que le venía a la cabeza—. ¡Oh, Dios mío!

Phillip la agarró con más fuerza por la cintura.

—¡Oh, Dios mío!

Phillip la soltó y subió las manos para acariciarle el pelo. Lo hizo con delicadeza a pesar de que su cuerpo estaba tenso y rígido.

Eloise se quedó ahí, preguntándose si alguna vez podría volver a moverse, respirando contra su pecho mientras notaba cómo él respiraba contra su sien. Al final, Phillip se levantó, diciendo algo como que pesaba mucho, y Eloise solo notó aire y, cuando ladeó la cabeza, vio que Phillip se arrodillaba a su lado y le bajaba la falda.

Fue un gesto de lo más tierno y caballeroso, teniendo en cuenta lo que acababa de pasar.

Lo miró a la cara, sabiendo que ella debería de estar dibujando una sonrisa muy tonta.

—¡Oh, Phillip! —suspiró.

—¿Hay algún servicio, por aquí cerca? —preguntó él, a bocajarro.

Eloise parpadeó, dándose cuenta por primera vez de que Phillip parecía un poco tenso.

—¿Un servicio? —repitió ella.

Él asintió.

Eloise señaló la puerta que daba al pasillo.

—Saliendo a la derecha —dijo.

Era difícil imaginar que tuviera que aliviarse solo después de un encuentro tan intenso pero, ¿quién era ella para intentar entender cómo funcionaba el cuerpo masculino?

Phillip se acercó a la puerta, puso la mano en el pomo y se giró.

—¿Ahora me crees? —le preguntó, arqueando una ceja de la manera más arrogante posible.

Eloise abrió la boca, confundida.

—¿Sobre qué?

Phillip sonrió. Despacio. Y solo dijo:

—Nos adaptaremos muy bien.

Phillip no sabía el tiempo que Eloise necesitaría para recuperar la compostura y arreglarse el pelo y la ropa. Cuando la había dejado en el sofá de Sophie Bridgerton, su aspecto reflejaba la pasión que había experimentado. Jamás había entendido las complejidades del aseo femenino, y estaba seguro de que nunca lo haría, pero sabía que, al menos, tendría que arreglarse el pelo.

Él, en cambio, no necesitó ni un minuto en el baño para aliviarse; la verdad es que el encuentro con Eloise lo había excitado mucho.

¡Santo Dios, era magnífica!

Hacía tanto desde la última vez que había estado con una mujer que sabía que, cuando encontrara una con la que quisiera acostarse, su cuerpo reaccionaría con fuerza. Durante más años de los que le hubieran gustado, había tenido que satisfacer sus apetitos sexuales a solas en su habitación, por lo que un cuerpo femenino era como una bendición.

Y Dios sabía que se lo había imaginado muchas veces.

Sin embargo, esto había sido distinto, totalmente diferente a lo que se había imaginado. Lo había vuelto loco. Eloise lo había vuelto loco. Con los sonidos que emitía, la esencia de su piel, cómo sus cuerpos parecían adaptarse a la perfección. A pesar de que había tenido que terminar solo, había sentido una intensidad mayor a lo que había imaginado.

Hasta ahora, creía que cualquier cuerpo femenino serviría, pero hoy se había dado cuenta de que había una razón por la que siempre había rechazado los servicios de las prostitutas y las mozas que se le ofrecían. Había una razón por la que nunca había buscado a una viuda discreta.

Necesitaba más.

Necesitaba a Eloise.

Quería hundirse en ella y no volver a subir a la superficie.

Quería hacerla suya, poseerla y, luego, tumbarse y dejar que lo torturara hasta hacerlo gritar.

Había tenido fantasías antes. Claro, como todos los hombres. Pero ahora su fantasía tenía cara y mucho se temía que, si no aprendía a controlar sus pensamientos, iría todo el día por ahí con una erección constante.

Tenían que casarse. Y rápido.

Gruñó y se lavó las manos. Eloise no tenía ni idea que lo había dejado en aquel estado. Ni idea. Lo había mirado, sonriente, demasiado arrebatada por su propia pasión para darse cuenta de que él estaba a punto de estallar.

Abrió la puerta y caminó deprisa de vuelta al jardín. Pronto, tendría tiempo de sobra para estallar y, cuando lo hiciera, Eloise estaría con él.

Aquella idea le dibujó una sonrisa y estuvo a punto de enviarlo otra vez al servicio.

—¡Ah, aquí está! —dijo Benedict Bridgerton mientras Phillip se acercaba al grupo. Phillip vio que Benedict tenía una pistola en la mano y se detuvo en seco porque no sabía si tenía que preocuparse por algo. Era imposible que supiera lo que acababa de suceder en el despacho de su mujer, ¿verdad?

Tragó saliva y pensó muy deprisa. No, era imposible. Además, estaba sonriendo.

Aunque claro, seguro que disfrutaría mucho acabando con el responsable de arruinar la reputación de su hermana.

—Eh... Buenos días —dijo Phillip, mirando a los demás para intentar evaluar la situación.

Benedict le devolvió el comentario con un gesto de cabeza y dijo:

—¿Dispara?

—Por supuesto —respondió Phillip.

—Perfecto —dijo, moviendo la cabeza hacia una diana—. Únase a nosotros.

Phillip vio la diana y se quedó más tranquilo al saber que no tendría que hacer ese papel.

—No he traído mi revólver —dijo.

—Claro que no —respondió Benedict—. ¿Para qué iba a traerlo? Aquí somos todos amigos —arqueó las cejas—. ¿Verdad?

—Espero que sí.

Benedict sonrió, aunque no era una de esas sonrisas que transmiten seguridad por el bienestar propio.

—No se preocupe por el revólver —dijo—. Le dejaremos uno.

Phillip asintió. Si así era como iba a tener que demostrar su hombría a los hermanos de Eloise, así sería. Podía disparar igual de bien que el mejor de ellos. La puntería había sido una de esas cosas en las que su padre más había insistido. Se había pasado horas y horas en los alrededores de Romney Hall, con el brazo estirado hasta que le dolían todos los músculos, conteniendo la respiración mientras apuntaba a lo que su padre hubiera decidido como objetivo. Cada vez que apretaba el gatillo, rezaba para que la bala tocara el centro.

Si tocaba el objetivo, su padre no le pegaría. Era así de sencillo... y de desesperante.

Se acercó a una mesa donde había varios revólveres y saludó a Anthony, Colin y Gregory. Sophie estaba sentada a unos veinte metros, leyendo un libro.

—Empecemos —dijo Anthony— antes de que vuelva Eloise —miró a Phillip—. Por cierto, ¿dónde está?

—Se ha quedado leyendo la carta de su madre —mintió Phillip.

—Ya, bueno, no tardará demasiado —dijo Anthony, frunciendo el ceño—. Será mejor que nos demos prisa.

—A lo mejor quiere responderle —dijo Colin, al tiempo que cogía un revólver y lo miraba—. Eso nos daría unos minutos más. Ya conocéis a Eloise. Siempre está escribiendo cartas.

—Es verdad —respondió Anthony—. Estamos aquí por culpa de eso, ¿recuerdas?

Phillip lo miró con una inescrutable sonrisa. Aquella mañana, estaba demasiado contento como para responder a cualquier provocación de Anthony Bridgerton.

Gregory cogió su revólver.

—Incluso si responde, volverá muy pronto. Es increíblemente rápida.

—¿Escribiendo? —preguntó Phillip.

—En todo —respondió Gregory, sonriente—. Venga, empecemos.

—¿Por qué tienen tantas ganas de empezar sin Eloise? —preguntó Phillip.

—Eh... Por nada —dijo Benedict, en el mismo momento que Anthony respondía—: ¿Quién ha dicho eso?

Lo habían dicho todos, pero Phillip no se molestó en recordárselo.

—La edad antes que la belleza, vejestorio —dijo Colin, dándole unos golpecitos a Anthony en la espalda.

—Muy amable —dijo Anthony, acercándose a una línea blanca que alguien había dibujado en el suelo con tiza en polvo. Alargó el brazo, apuntó y disparó.

—Bien hecho —dijo Phillip, cuando el lacayo acercó la diana. La bala no había dado en el centro pero se había quedado a menos de tres centímetros.

—Gracias —bajó la pistola—. ¿Cuántos años tiene?

Phillip parpadeó, porque aquella pregunta lo había sorprendido un poco.

—Treinta.

Anthony hizo un gesto con la cabeza hacia Colin.

—Entonces, va después de Colin. Siempre lo hacemos por edades. Es la única manera de seguir un orden.

—Claro —dijo Phillip, mientras Benedict y Colin disparaban. Ambos lo hicieron bien, aunque ninguno dio en el centro, aunque se quedaron lo suficientemente cerca como para deducir que podrían matar a un hombre, si quisieran.

Aunque, afortunadamente, esa mañana no parecía su propósito.

Phillip escogió un revólver, lo sopesó en la mano y se acercó a la línea blanca. Hacía poco que había conseguido dejar de pensar en su padre cada vez que apuntaba con un revólver. Le había costado años pero, al final, se había dado cuenta de que le gustaba disparar, que no tenía por qué hacerlo como obligación, sino como diversión. Y entonces, la voz de su padre que a menudo oía en su cabeza, siempre gritando, había desaparecido.

Levantó el arma, tensó los músculos y disparó.

Entrecerró los ojos para ver mejor la diana. Parecía que se había quedado muy cerca del centro. El lacayo la acercó. A un centímetro y medio. El mejor disparo de todos, hasta ahora.

El lacayo se alejó con la diana y fue el turno de Gregory que se quedó a la misma distancia que Phillip.

—Hacemos cinco rondas —le dijo Anthony a Phillip—. Cuenta el mejor disparo de cada uno y, si hay un empate, cada uno tiene un disparo más.

—Ya —dijo Phillip—. ¿Por algún motivo en especial?

—No —respondió Anthony, cogiendo su revólver—. Siempre lo hemos hecho así.

Colin miró a Phillip muy serio.

—Nos tomamos los juegos muy a pecho.

—Ya lo veo.

—¿Practica esgrima?

—No mucho —dijo Phillip.

Colin sonrió.

—Excelente.

—Silencio —gruñó Anthony, mirándolos fijamente—. Estoy intentando apuntar.

—En un momento de crisis, esa necesidad de silencio no te servirá para nada —apuntó Colin.

—Cállate —dijo Anthony.

—Si nos atacaran —continuó Colin, gesticulando con una mano mientras hablaba—, habría mucho ruido y, sinceramente, me preocupa que no puedas...

—¡Colin! —exclamó Anthony.

—Ignórame —le dijo Colin.

—Voy a matarlo —anunció Anthony—. ¿Os molesta si le mato?

Nadie se movió, aunque Sophie levantó la cabeza y dijo algo sobre la sangre y que no quería tener que limpiarlo todo después.

—Es un fertilizante excelente —dijo Phillip, puesto que aquel era un tema que él dominaba.

—¡Ah! —Sophie asintió y volvió a su libro—. Entonces, mátalo.

—¿Qué tal el libro, querida? —le preguntó Benedict.

—Es muy bueno.

—¿Queréis hacer el favor de callaros todos? —gritó Anthony. Luego, ligeramente sonrojado, se giró hacia su cuñada y dijo—: Sophie, tú no, por supuesto.

—Me alegra ser la excepción —dijo ella, sonriendo.

—No intentes amenazar a mi mujer —le dijo Benedict, suavemente, a su hermano.

Anthony se giró hacia su hermano y lo atravesó con la mirada.

—Debería mataros y descuartizaros a todos —dijo.

—Menos a Sophie —le recordó Colin.

Anthony lo miró con cara de pocos amigos.

—¿Te das cuenta de que el revólver está cargado?

—Por suerte para mí, el fratricidio no está permitido.

Anthony cerró la boca y se giró hacia la diana.

—Segunda vuelta —dijo, apuntando.

—¡Esperaaaaad!

Los cuatro hermanos bajaron la cabeza, se giraron y soltaron un gruñido cuando vieron a Eloise bajar la colina.

—¿Estáis disparando? —preguntó, cuando llegó junto a ellos.

Nadie dijo nada. Aunque no era necesario. Era más que obvio.

—¿Sin mí?

—No estamos disparando —dijo Gregory—. Solo estamos por aquí, con unos revólveres.

—Cerca de una diana —añadió Colin.

—Claro que estamos disparando —dijo Anthony. Hizo un gesto hacia la derecha—. Sophie está sola. Deberías ir a hacerle compañía.

Eloise puso los brazos en jarra.

—Sophie está leyendo un libro.

—Y es muy bueno —dijo Sophie, levantando los ojos del libro solo un instante.

—Tú también deberías leer un libro, Eloise —sugirió Benedict—. Alimentan el alma.

—No necesito alimentar nada —respondió—. Dame un revólver.

—No te voy a dar ningún revólver —dijo Benedict—. Ya no tengo más.

—Pues podemos compartir uno —gruñó Eloise—. ¿Has probado alguna vez a compartir algo? Alimenta el alma.

Benedict hizo una mueca que no era demasiado apropiada para un hombre de su edad.

—Creo —comentó Colin— que lo que Benedict intenta decir es que su alma está alimentada para el resto de su vida.

—Sí, seguro —dijo Sophie, sin levantar la vista del libro.

—Tome —dijo Phillip, de forma magnánima, ofreciéndole su revólver a Eloise—. Use el mío.

Los cuatro Bridgerton gruñeron, pero Phillip decidió que le gustaba hacerlos rabiar.

—Gracias —dijo Eloise, sonriendo—. Como he oído que Anthony gritaba «Segunda vuelta», debo suponer que todo el mundo ha disparado una vez, ¿no es así?

—Sí —respondió Phillip. Miró a los hermanos de Eloise y vio que todos parecían deprimidos—. ¿Qué ocurre?

Anthony se limitó a menear la cabeza.

Phillip miró a Benedict.

—Es sobrenatural —susurró este.

Phillip miró a Eloise con un interés renovado. A él no le parecía sobrenatural para nada.

—Yo me rindo —dijo Gregory—. Todavía no he desayunado.

—Tendrás que pedir que te lo preparen —dijo Colin—. Me lo he comido todo.

Gregory suspiró.

—Es una suerte que, aun siendo el pequeño, no me haya muerto de hambre.

Colin se encogió de hombros.

—Si quieres comer, tienes que ser más rápido.

Anthony los miró, molesto.

—¿Acaso crecisteis en un orfanato? —les preguntó.

Phillip tuvo que morderse el labio para no reírse.

—¿Disparamos? —preguntó Eloise.

—Tú, seguro —dijo Gregory, apoyándose en un árbol—. Yo me voy a desayunar.

Sin embargo, se quedó para ver cómo su hermana estiraba el brazo y, sin que pareciera que había apuntado, disparaba.

Cuando el lacayo acercó la diana, Phillip parpadeó, sorprendido.

En el centro.

—¿Dónde ha aprendido? —le preguntó, intentando no mirarla boquiabierto.

Ella se encogió de hombros.

—No sabría decirlo. Siempre lo he hecho.

—Sobrenatural —susurró Colin—. Está claro.

—Pues a mí me parece espléndido —dijo Phillip.

Eloise la miró con un brillo especial en los ojos.

—¿De veras?

—Claro. Si algún día tengo que defender mi casa, ya sé a quién pondré en primera fila.

Ella sonrió.

—¿Dónde está la siguiente diana?

Gregory levantó las manos, dándose por vencido.

—Me marcho. Voy a desayunar algo.

—Trae algo para mí —dijo Colin.

—¿Cómo no? —dijo Gregory, entre dientes.

Eloise miró a Anthony.

—¿Te toca a ti?

Él cogió el revólver de sus manos y lo dejó en la mesa para que lo volvieran a cargar.

—Como si importara.

—Todos tenemos que hacer cinco vueltas —dijo ella, oficiosamente—. El que se inventó las reglas fuiste tú.

—Lo sé —respondió él, apenado. Levantó el arma y disparó pero, cuando acercaron la diana, quedó claro que no había puesto mucho empeño porque se había quedado a un palmo del centro.

—¡Ni siquiera te has esforzado! —se quejó Eloise.

Anthony se giró hacia Benedict.

—Odio disparar con ella.

—Te toca —le dijo Eloise a Benedict.

Disparó, igual que Colin, con un poco más de empeño que Anthony, aunque también se quedaron lejos del centro.

Phillip se acercó a la línea blanca y solo se detuvo cuando Eloise le dijo:

—Ni se atreva a hacer lo mismo.

—Ni en sueños —susurró él.

—Bien. No me gusta jugar con quien no tiene espíritu competitivo —dijo, girándose hacia sus hermanos.

—De eso se trata —dijo Benedict.

—Siempre hacen lo mismo —le dijo Eloise a Phillip—. Disparan hasta que me doy por vencida y, entonces, empiezan a divertirse.

—Silencio —dijo Phillip—. Estoy apuntando.

—¡Oh! —Eloise cerró la boca al instante, observando cómo Phillip se concentraba en la diana.

Disparó y, cuando acercaron la diana, dibujó una pequeña sonrisa de satisfacción.

—¡Perfecto! —exclamó Eloise, aplaudiendo—. ¡Phillip, ha sido maravilloso!

Anthony dijo algo entre dientes que, posiblemente, no debería haber dicho en presencia de su hermana y luego, dirigiéndose a Phillip, dijo:

—Se va a casar con ella, ¿verdad? Porque, sinceramente, si nos la quita de encima y la deja disparar con usted para que no nos venga a molestar a nosotros, duplicaré la dote.

A esas alturas, Phillip estaba seguro de querer casarse con Eloise a cambio de nada, pero se limitó a sonreír y dijo:

—De acuerdo.

13

«... y, como debes imaginarte, a todos se les quedó un humor de perros. ¿Qué culpa tengo de estar por encima de ellos? Ninguna. Supongo que la misma que ellos de haber nacido hombres y, por tanto, no tener ni gota de sentido común ni buenos modales innatos.»

Eloise Bridgerton a Penelope Featherington después de vencer a seis hombres
(entre ellos, tres de sus hermanos) en un campo de tiro.

Al día siguiente, Eloise fue a comer a Romney Hall con Anthony, Benedict y Sophie. Colin y Gregory decidieron que, como sus otros dos hermanos parecían tener la situación bajo control, ellos volvían a Londres; Colin con su recién estrenada mujer y Gregory a lo que fuera que los chicos jóvenes hacían para pasar el día a día.

Eloise se quedó más tranquila viéndolos marcharse; los quería pero, sinceramente, no había mujer en el mundo que pudiera soportarlos a los cuatro a la vez.

Cuando bajó del carruaje, rebosaba optimismo; el día anterior había salido mucho mejor de lo que jamás había imaginado. Incluso si Phillip no la hubiera llevado al despacho de Sophie para demostrarle que «se adaptarían muy bien» (recordaría siempre esas palabras), el día habría sido un éxito de todas formas. Phillip había sabido manejar con maestría la fuerza de los cuatro hombres Bridgerton, dejando a Eloise complacida y muy orgullosa.

Era irónico que, hasta ese momento, no se le hubiera ocurrido que no podría casarse con un hombre que no pudiera enfrentarse a cada uno de sus hermanos y salir airoso.

Y Phillip se había enfrentado a los cuatro a la vez. Impresionante.

Sin embargo, Eloise seguía teniendo sus reservas respecto al matrimonio. ¿Cómo iba a no tenerlas? Había nacido un respeto mutuo y una especie de afecto entre Phillip y ella, sí, pero no estaban enamorados y Eloise no tenía modo de saber si algún día lo estarían.

A pesar de todo, estaba convencida de que estaba haciendo lo correcto. Tampoco había podido elegir, claro; se casaba con Phillip o arruinaba su vida y se quedaba sola para siempre. Y, con todo, sabía que sería un buen marido. Era honesto y honorable y, aunque parecía un poco reservado, al menos tenía sentido del humor, algo que para Eloise era esencial en un futuro marido.

Y cuando la besaba...

Bueno, resultaba bastante obvio que sabía perfectamente cómo hacer que le temblaran las rodillas.

Y el resto del cuerpo, también.

Sin embargo, Eloise era una mujer pragmática. Siempre lo había sido y sabía que la pasión no bastaba para sostener un matrimonio.

Aunque tampoco vendría mal, pensó, con una pícara sonrisa.

Phillip miró, por decimoquinta vez en quince minutos, el reloj que había en la repisa de la chimenea. Los Bridgerton tenían que llegar a las doce y media, y ya eran y treinta y cinco. Y, aunque el retraso no era preocupante, teniendo en cuenta los caminos rurales por donde tenían que venir, mantener a Oliver y a Amanda tranquilos en el salón con él era muy difícil.

—Odio esta chaqueta —dijo Oliver, estirándose de las mangas.

—Te va pequeña —le dijo Amanda.

—Ya lo sé —respondió él, con desdén—. Si no me fuera pequeña, no me quejaría.

Phillip pensó que él también podría quejarse de algo, aunque no vio motivos para dar su opinión.

—Además —continuó Oliver—, a ti el vestido también te va pequeño. Te veo los tobillos.

—Se supone que tienes que vérmelos —dijo Amanda, frunciendo el ceño mientras se miraba las piernas.

—Sí, pero no tanto.

Volvió a mirar, esta vez con una expresión de alarma en la cara.

—Tienes ocho años —dijo Phillip, algo cansado—. El vestido es perfecto —o, al menos, eso esperaba porque no tenía ni idea de todas esas cosas.

«Eloise», pensó, y ese nombre resonó en su cabeza como respuesta a todas sus plegarias. Eloise sabría esas cosas. Sabría si el vestido de una niña era demasiado corto, o cuándo debería empezar a recogerse el pelo, incluso si un niño debía ir a Eton o a Harrow.

Eloise lo sabría todo.

¡Gracias a Dios!

—Llegan tarde —dijo Oliver.

—No llegan tarde —respondió Phillip, automáticamente.

—Sí que llegan tarde —dijo Oliver—. Sé leer las agujas del reloj, ¿sabes?

No, no lo sabía, y aquello lo deprimió un poco más. Era como con lo de nadar. De hecho, era igual.

«Eloise», se recordó. Por muchos fallos que tuviera como padre, iba a compensarlos todos casándose con la madre perfecta para ellos. Por primera vez desde que nacieron, estaba haciendo lo mejor para ellos, y la sensación de alivio era casi dolorosa.

Eloise. Estaba impaciente por que llegara.

¡Diablos!, estaba impaciente por casarse con ella. ¿Cómo se conseguía una licencia especial? Es algo que jamás pensó que tendría que saber, pero lo último que quería era esperar semanas a que se leyeran las amonestaciones.

¿No se suponía que las bodas se celebraban los sábados por la mañana? ¿Podrían arreglarlo todo para este sábado? Solo faltaban dos días, pero si pudieran conseguir la licencia especial...

Phillip cogió a Oliver por el cuello de la chaqueta cuando el niño intentaba escaparse.

—No —dijo, muy serio—. Esperarás a la señorita Bridgerton aquí y lo harás en silencio, sin romper nada y con una sonrisa.

Cuando escuchó el nombre de Eloise, Oliver hizo un intento por calmarse aunque la sonrisa, que ofreció obediente después de las palabras de su padre, fue un mero movimiento de labios que dejó a Phillip con la sensación de que acababa de salir de una reunión con la mismísima Medusa.

—Eso no ha sido una sonrisa —dijo Amanda.

—Claro que sí.

—No. Ni siquiera has movido la comisura de los labios...

Phillip suspiró e intentó bloquear cualquier sonido que llegara a sus oídos. Le preguntaría por la licencia especial a Anthony Bridgerton. A lo mejor, el vizconde sabía cómo se hacía.

Parecía que faltaba una eternidad para el sábado. Dejaría a los niños con Eloise durante el día y...

Sonrió. Por la noche, sería toda para él.

—¿Por qué sonríes? —preguntó Amanda.

—No estoy sonriendo —dijo Phillip que, ¡madre mía!, empezó a sonrojarse.

—Sí que sonríes —insistió la niña—. Y ahora tienes las mejillas coloradas.

—No digas tonterías —dijo Phillip.

—No digo tonterías —insistió—. Oliver, mira a padre. ¿A que tiene las mejillas coloradas?

—Una palabra más sobre mis mejillas —amenazó Phillip—, y voy a...

¡Demonios!, había estado a punto de decir «azotaros con el látigo», pero los tres sabían que era incapaz de hacerlo.

—... A hacer algo —dijo, dejando la amenaza en nada.

Sin embargo, y por sorprendente que parezca, funcionó y se quedaron quietos y en silencio un momento. Entonces, Amanda empezó a balancear las piernas, que no le llegaban al suelo, y golpeó un escabel.

Phillip miró el reloj.

—¡Uy! —dijo Amanda, bajó del sofá y se acercó al escabel para ponerlo de pie—. ¡Oliver! —gritó.

Phillip apartó la vista del minutero del reloj, que, inexplicablemente, todavía no había llegado al ocho. Amanda estaba en el suelo, mirando a su hermano.

—Me ha empujado —dijo Amanda.

—No es verdad.

—Sí que lo es.

—No es...

—Oliver —intervino Phillip—. Alguien la ha empujado y estoy bastante seguro de que no he sido yo.

Oliver se mordió el labio inferior porque no se había dado cuenta de que su culpabilidad sería más que obvia.

—A lo mejor se ha caído sola —dijo.

Phillip lo miró a los ojos con la esperanza de que la expresión seria que sabía que su cara reflejaba bastara para rechazar la sugerencia.

—Está bien —admitió Oliver—. La he empujado. Lo siento.

Phillip parpadeó, sorprendido. A lo mejor, eso de la paternidad empezaba a dársele bien. No recordaba la última vez que había escuchado una disculpa voluntaria.

—Ahora puedes empujarme tú a mí —le dijo a Amanda.

—No, no, no —dijo Phillip. Mala idea. Muy, muy mala idea.

—Vale —dijo Amanda, muy contenta.

—No, Amanda —dijo Phillip, levantándose—. No...

Sin embargo, ya había empujado a su hermano con sus pequeñas manos. Oliver cayó hacia atrás soltando una carcajada.

—¡Ahora me toca a mí! —exclamó el niño.

—¡No vas a empujar a tu hermana! —gruñó Phillip, saltando por encima de una otomana.

—¡Pero me ha empujado! —gritó Oliver.

—Porque se lo has pedido tú, pequeño diablillo —Phillip alargó el brazo para coger a Oliver por la manga antes de que se le escapara, pero el pequeño era escurridizo como una anguila.

—¡Empújame! —gritó Amanda—. ¡Empújame!

—¡No la empujes! —exclamó Phillip. Se le empezaron a acumular en la cabeza imágenes del salón patas arriba y con las lámpara rotas.

¡Madre mía, y los Bridgerton aparecerían en cualquier momento!

Cogió a Oliver justo cuando el niño había cogido a Amanda y los tres rodaron por el suelo, llevándose con ellos un par de cojines del sofá. Phillip dio gracias a Dios. Al menos, los cojines no se rompían.

«Crash.»

—¿Qué demonios...?

—Creo que ha sido el reloj —dijo Oliver.

Phillip nunca sabría cómo habrían hecho para tirar el reloj de la repisa de chimenea.

—Estáis castigados en vuestro cuarto hasta que cumpláis sesenta y ocho años —les dijo, entre dientes.

—Ha sido Oliver —dijo Amanda, de inmediato.

—Me importa un... muy poco quién haya sido —gruñó Phillip—. Sabéis que la señorita Bridgerton llegará en cualquier...

—Ejem.

Phillip se giró hacia la puerta lentamente, horrorizado, aunque no sorprendido, y vio a Anthony Bridgerton de pie y, detrás de él, a Benedict, Sophie y Eloise.

—Milord —dijo Phillip, con la voz un poco ahogada. Debería haber sido un poco más educado, el vizconde no tenía la culpa de que a sus hijos les faltara poco para ser unos auténticos monstruos, pero es que en esos momentos no hubiera podido poner buena cara.

—¿Interrumpimos? —preguntó, suavemente, Anthony.

—En absoluto —respondió Phillip—. Como verán, solo estábamos... eh... cambiando de sitio los muebles.

—Y lo hacen muy bien, por cierto —dijo Sophie, sonriente.

Phillip le sonrió, agradecido. Parecía la clase de mujer que siempre decía algo para hacer que los demás se sintieran más cómodos y, en ese mismo momento, Phillip hubiera sido capaz de besarla.

Se levantó, colocó bien la otomana, que estaba en el suelo, cogió a los niños por los brazos y los puso de pie. Oliver llevaba el nudo de la corbata totalmente deshecho y el clip que Amanda llevaba en el pelo le había caído hasta la oreja.

—Les presento a mis hijos —dijo Phillip, con toda la dignidad que pudo—. Oliver y Amanda Crane.

Los niños saludaron entre dientes, visiblemente incómodos de que su padre los exhibiera delante de un grupo de adultos o, quizás, y por increíble que parezca, estaban avergonzados por su comportamiento.

—Muy bien —dijo Phillip, después de los saludos obligatorios—. Ahora podéis marcharos.

Los niños lo miraron con cara de angustia.

—¿Qué pasa?

—¿Podemos quedarnos? —preguntó Amanda, con un hilo de voz.

—No —dijo Phillip. Había invitado a los Bridgerton a comer y a enseñarles el invernadero, y si quería sacar algo bueno de aquella negociación, necesitaba que los niños desaparecieran.

—¿Por favor? —suplicó Amanda.

Phillip evitó mirar a sus invitados, porque sabía que estaban siendo testigos de su falta de control sobre sus hijos.

—La niñera Edwards os está esperando en el pasillo —les dijo.

—No nos gusta la niñera Edwards —dijo Oliver. Amanda asintió.

—Claro que os gusta —dijo Phillip, impaciente—. Es vuestra niñera desde hace meses.

—Pero no nos gusta.

Phillip miró a los Bridgerton.

—Disculpen —dijo, con la voz apagada—. Lamento la interrupción.

—No se preocupe —dijo Sophie, que le lanzó una mirada maternal, haciéndose cargo de la situación.

Phillip se llevó a los niños a un rincón del salón, se cruzó de brazos y los miró.

—Niños —dijo, muy serio—. Le he pedido a la señorita Bridgerton que sea mi esposa.

A los gemelos se les iluminaron los ojos.

—Perfecto —gruñó—. Veo que estáis de acuerdo conmigo en que es una excelente idea.

—¿Y será...?

—No me interrumpáis —los cortó Phillip, demasiado impaciente para responder a sus preguntas—. Quiero que me escuchéis. Todavía necesito la aprobación de su familia y, por ese motivo, tengo que atenderlos e invitarlos a comer, y no puedo hacerlo si tengo que estar por vosotros —al menos, era casi la verdad. Los niños no tenían por qué saber que Anthony prácticamente los había obligado a casarse y que no hacía falta ninguna aprobación.

Sin embargo, el labio inferior de Amanda, empezó a temblar e incluso Oliver parecía triste.

—¿Y ahora qué? —preguntó Phillip, ya un poco cansado.

—¿Te avergüenzas de nosotros? —preguntó Amanda.

Phillip suspiró, odiándose mucho. ¡Dios Santo!, ¿cómo habían llegado hasta eso?

—No me...

—¿Puedo ayudar en algo?

Phillip miró a Eloise como si fuera su salvadora. La observó en silencio cómo se arrodillaba frente a los niños y les decía algo aunque, como lo hizo en voz baja, Phillip no pudo escucharla, solo percibió el suave tono de su voz.

Los gemelos protestaron, pero ella los interrumpió, gesticulando mientras hablaba. Al final, y para sorpresa de Phillip, los niños se despidieron y salieron al pasillo. No parecían especialmente felices, pero se marcharon de todas formas.

—¡Gracias a Dios que me caso con usted! —dijo Phillip, casi en un suspiro.

—Ya puede jurarlo —susurró Eloise, que, cuando pasó por su lado, sonrió para sus adentros mientras volvía con su familia.

Phillip la siguió y enseguida se disculpó frente a Anthony, Benedict y Sophie por el comportamiento de sus hijos.

—Desde la muerte de su madre, están más rebeldes que nunca —explicó, intentando disculparlos.

—No hay nada más difícil para un hijo que la muerte del padre o de la madre —dijo Anthony—. Por favor, no tiene ninguna necesidad de excusar su comportamiento.

Phillip le agradeció esas palabras con un movimiento de cabeza.

—Acompáñenme —dijo—. Pasemos al comedor.

Sin embargo, mientras guiaba al grupo hacia el comedor, no podía olvidar las caras de Oliver y de Amanda. Se habían marchado muy tristes.

Desde la muerte de Marina, había visto a los niños obstinados, insufribles, incluso en plena pataleta, pero no los había visto tristes.

Y eso le preocupaba.

Después de comer y de dar un paseo por el invernadero, el quinteto se dividió en dos grupos. Benedict había traído un bloc de dibujo, así que él y Sophie se quedaron cerca de la casa, charlando animadamente mientras él dibujaba Romney Hall. Anthony, Eloise y Phillip decidieron ir a dar un paseo por los alrededores, pero Anthony, muy discreto, dejó que Eloise y Phillip se quedaran un poco rezagados y les dio la oportunidad de hablar con un poco más de privacidad.

—¿Qué les ha dicho a los niños? —preguntó Phillip, enseguida.

—No lo sé —respondió Eloise, con sinceridad—. Solo he intentado actuar como mi madre —se encogió de hombros—. Parece que ha funcionado.

Phillip se quedó pensativo.

—Debe de ser agradable poder tener unos padres a quien imitar.

Eloise lo miró con curiosidad.

—¿Usted no los tuvo?

Phillip negó con la cabeza.

—No.

Eloise esperó a que dijera algo más, incluso le dio tiempo, pero él no dijo nada. Al final, decidió insistir y preguntó:

—¿Quién era, su madre o su padre?

—¿Qué quiere decir?

—¿Cuál de los dos era tan complicado?

Phillip la miró durante un buen rato con aquellos ojos oscuros inescrutables mientras juntaba las cejas. Entonces dijo:

—Mi madre murió en el parto.

Eloise asintió.

—Entiendo.

—Lo dudo —dijo él, con una voz muy severa—, aunque le agradezco que lo intente.

Siguieron caminando, muy despacio para evitar que Anthony los escuchara, aunque durante varios minutos ninguno de los dos dijo nada. Al final, cuando giraron hacia la parte trasera de la casa, Eloise le preguntó lo que llevaba toda la mañana queriendo saber:

—¿Por qué me llevó al despacho de Sophie ayer?

Phillip resopló y tropezó.

—Creo que resulta bastante obvio —dijo, sonrojándose.

—Bueno, sí —dijo Eloise y, cuando se dio cuenta de lo que había preguntado, también se sonrojó—. Pero seguro que no pensaba que fuera a suceder... lo que sucedió.

—Uno no debe perder nunca la esperanza —susurró él.

—¡No lo dice en serio!

—Por supuesto que sí. Sin embargo —añadió, mirándola como si no se acabara de creer que estuvieran teniendo esa conversación—, para serle sincero, no, nunca se me pasó por la cabeza que las cosas se me escaparían de las manos de esa manera —la miró de reojo y añadió—: Aunque no me arrepiento.

Eloise notó que se le encendían las mejillas.

—Todavía no me ha respondido.

—¿Ah, no?

—No —sabía que estaba insistiendo hasta un punto indecoroso pero, dadas las circunstancias, le pareció importante hacerlo—. ¿Por qué me llevó allí?

Se la quedó mirando durante diez segundos, como si quisiera asegurarse de que no le estaba tomando el pelo, después miró a Anthony, vio que estaba lo suficientemente lejos para no escucharlos, y dijo:

—Bueno, si quiere saberlo, sí, la llevé allí para besarla. No dejaba de parlotear del matrimonio y de hacerme preguntas ridículas —apoyó las manos en las caderas y se encogió de hombros—. Me pareció una buena manera para demostrarle, de una vez por todas, que nos adaptaríamos bien.

Eloise ignoró lo de «parlotear».

—Pero la pasión no es suficiente para sostener un matrimonio —insistió ella.

—Pero es un buen comienzo —respondió él—. ¿Podemos cambiar de tema?

—No. Lo que intento decir...

Phillip se rio y puso los ojos en blanco.

—Siempre intenta decir algo.

—Es lo que me hace tan encantadora —dijo ella, de mala manera.

Phillip la miró con un gesto de paciencia exagerada.

—Eloise. Nos adaptamos bien y disfrutaremos de un matrimonio perfectamente placentero y agradable. Ya no sé qué más decir o hacer para demostrárselo.

—Pero no me quiere —dijo, con suavidad.

Aquello fue la gota que colmó el vaso, así que Phillip se detuvo y la miró fijamente un buen rato.

—¿Por qué tiene que decir esas cosas? —le preguntó.

Ella se encogió de hombros, impotente.

—Porque es importante.

Phillip volvió a mirarla sin decir nada.

—¿Nunca se le ha ocurrido que no tiene por qué expresar en voz alta todos y cada uno de los pensamientos que le vengan a la cabeza?

—Sí —dijo ella, acumulando cientos de arrepentimientos en esas dos letras—. Continuamente —apartó la mirada porque la incomodaba mucho la sensación extraña y de vacío que tenía en la garganta—. Pero parece que no puedo evitarlo.

Phillip meneó la cabeza, perplejo, cosa que no sorprendió a Eloise. La mitad del tiempo ella misma se quedaba perpleja con sus propios comentarios. ¿Por qué había insistido en el tema? ¿Por qué no podía ser sutil, discreta? Una vez, su madre le dijo que cazaría más moscas con miel que con un mazo, pero Eloise jamás aprendió a cerrar la boca.

Prácticamente le había preguntado si la quería, y su silencio fue tan tajante como lo habría sido un «no». Se le encogió el corazón. No se le había ocurrido que la contradiría, pero la decepción que sintió le demostró que una pequeña parte de ella esperaba que cayera a sus pies y le confesara que la quería, que la adoraba y que estaba seguro de que, sin ella, moriría.

Aunque sabía que era una tontería, y no sabía por qué había pensado en eso, porque ella tampoco lo quería.

Pero podría. Tenía la sensación de que, con el tiempo, podría llegar a querer a ese hombre. Y a lo mejor quería que él dijera lo mismo.

—¿Quería a Marina? —preguntó, pronunciando aquellas palabras antes de pensárselo dos veces. Hizo una mueca. Ya estaba, otra vez, haciendo preguntas demasiado personales.

Fue un milagro que Phillip no levantara los brazos hacia el cielo y saliera gritando en dirección contraria.

Durante un buen rato, se quedó callado. Se quedaron ahí, mirándose e intentando ignorar a Anthony, que estaba muy interesando observando un árbol a unos cuarenta metros. Al final, en voz baja, Phillip dijo:

—No.

Eloise no sintió euforia ni pena. De hecho, no sintió nada, y aquello la sorprendió. Sin embargo, suspiró con fuerza, soltando de golpe el aire que no se había dado cuenta que estaba conteniendo. Y se alegró de saberlo.

Odiaba no saber las cosas. En cualquier circunstancia.

Así que no debería haberla sorprendido cuando, de su boca, salió la siguiente pregunta:

—¿Por qué se casó con ella?

Los ojos de Phillip se volvieron inexpresivos y, al final, se encogió de hombros y dijo:

—No lo sé. Supongo que era lo que tenía que hacer.

Eloise asintió. Todo tenía sentido. Era lógico que Sir Phillip actuara de aquella manera. Siempre hacía lo que tenía que hacer, lo más honorable, siempre se disculpaba por sus infracciones, siempre cargaba con los problemas ajenos...

Siempre honraba las promesas de su hermano.

Y, entonces, le hizo otra pregunta.

—¿Y sentía...? —susurró, casi desesperada—. ¿Y sentía pasión por ella? —sabía que no debería habérselo preguntado pero, después de aquella tarde, tenía que saberlo. La respuesta no importaba o, al menos, eso es lo que ella se dijo.

Pero tenía que saberlo.

—No —Phillip se giró, empezó a caminar a grandes zancadas, obligando a Eloise a ponerse en marcha tras él. Sin embargo, justo cuando ya casi lo había alcanzado, Phillip se detuvo en seco y Eloise tuvo que agarrarse a su brazo para no caer.

—Yo también quiero preguntarle algo —dijo él, de repente.

—Claro —susurró ella, sorprendida por el cambio de actitud. Pero era justo. Ella casi lo había sometido a un interrogatorio.

—¿Por qué se marchó de Londres? —le preguntó.

Eloise parpadeó, sorprendida. No se esperaba una pregunta con una respuesta tan fácil.

—Para conocerlo, por supuesto.

—Tonterías.

Eloise abrió la boca ante el tono desdeñoso que había empleado.

—Eso es por qué vino —dijo él—, no por qué se fue.

A Eloise nunca se le había ocurrido que hubiera una diferencia, pero la había. Él no tenía nada que ver con el motivo de su fuga de Londres. Él solo había supuesto un destino, una excusa para marcharse sin tener la sensación de marcharse.

Le había dado un objetivo, que era mucho más fácil de justificar que el motivo real de la fuga.

—¿Tenía un amante? —le preguntó Phillip, en voz baja.

—¡No! —exclamó ella, lo suficientemente alto como para que Anthony se girara, obligándola a sonreír y saludarle, dándole a entender que no había pasado nada—. Nada, solo una abeja —dijo.

Anthony abrió los ojos y empezó a caminar hacia ellos.

—¡Ya se ha ido! —gritó Eloise, para detenerlo—. ¡No ha pasado nada! —se giró hacia Phillip y dijo—: Las abejas le dan mucho miedo —sonrió—. Se me olvidó. Debería haber dicho que era un ratón.

Phillip miró a Anthony con curiosidad. A Eloise no le sorprendió; era difícil imaginar que un hombre hecho y derecho como Anthony pudiera tenerle miedo a las abejas pero, teniendo en cuenta que su padre había muerto por la picadura de una, era comprensible.

—No me ha respondido.

¡Maldición! Pensaba que se habría olvidado.

—¿Cómo ha podido preguntarme eso? —dijo.

Phillip se encogió de hombros.

—¿Cómo podía no hacerlo? Se marchó de casa sin ni siquiera molestarse en decirle a su familia adónde iba...

—Dejé una nota —interrumpió ella.

—Sí, claro, la nota.

Eloise abrió la boca.

—¿No me cree?

Él asintió.

—Sí, sí que la creo. Es demasiado organizada y oficiosa para marcharse sin antes asegurarse de que ha atado todos los cabos.

—No es culpa mía que se traspapelara entre las invitaciones de mi madre —susurró.

—Pero no estábamos hablando de la nota —dijo Phillip, cruzándose de brazos.

¿Cruzándose de brazos? Eloise apretó los dientes. La hizo sentirse como una niña pequeña, y no podía hacer o decir nada porque tenía la sensación de que cualquier cosa que Phillip fuera a decirle respecto a su reciente comportamiento sería verdad.

Por mucho que le doliera reconocerlo.

—Lo importante —continuó él— es que se marchó de Londres como una criminal, en mitad de la noche. Solo se me ocurre que lo hizo porque quizás sucediera algo que hubiera... eh... mancillado su reputación —ante la expresión malhumorada de ella, añadió—: No me parece una conclusión tan descabellada.

Y tenía razón, por supuesto. No sobre su reputación, que seguía pura y limpia como la nieve. Aunque era extraño y, de hecho, a ella le sorprendía mucho que no se lo hubiera preguntado antes.

—Si tenía un amante —dijo él, lentamente—, mis intenciones con usted serán las mismas.

—No es nada de eso —dijo Eloise, enseguida, básicamente para que dejara de hablar de ese tema—. Es que... —se le apagó la voz y suspiró—. Es que...

Y entonces, se lo explicó todo. Le explicó lo de las propuestas de matrimonio que le habían hecho, que Penelope no había recibido ni una y cómo solían hacer planes para envejecer juntas, como dos solteronas. Y luego le explicó lo culpable que se había sentido cuando Penelope y Colin se casaron y ella no podía dejar de pensar en lo sola que estaba.

Le explicó todo eso y más. Le explicó qué le pasaba por la cabeza y por el corazón, y le dijo cosas que jamás le había dicho a nadie. Y, de repente, se le ocurrió que, para ser una mujer que apenas podía estar con la boca cerrada, tenía muchas cosas que jamás había compartido con nadie.

Y, al final, cuando terminó (en realidad, no se dio cuenta de que había terminado, solo se quedó sin energía y calló), Phillip alargó el brazo y la tomó de la mano.

—No pasa nada —dijo.

Y Eloise supo que era verdad. Era verdad.

14

«... estoy de acuerdo en que el rostro del señor Wilson tiene ciertas seme-
janzas con el de un anfibio, pero me gustaría que aprendieras a ser un
poco más cauta con tus palabras. Aunque jamás lo consideraría un candidato aceptable para el matrimonio, no es un sapo, y que mi hermana
pequeña lo llame así, en su presencia, me deja en mal lugar.»

Eloise Bridgerton a su hermana Hyacinth,
después de rechazar su cuarta propuesta de matrimonio.

Cuatro días después, estaban casados. Phillip no tenía ni idea de cómo Anthony
Bridgerton lo había conseguido, pero había obtenido una licencia especial que les
permitió casarse sin amonestaciones y en lunes, que, según Eloise, no era peor
que un martes o un miércoles, aunque no era un sábado, que era lo adecuado.

Había acudido toda la familia de Eloise, excepto su hermana viuda, que
vivía en Escocia y que no habría podido llegar a tiempo. Normalmente, la
ceremonia se habría celebrado en Kent, en la residencia de verano de los
Bridgerton o, al menos, en Londres, en la iglesia de Saint George en Hanover
Square, donde acudían cada domingo, pero era imposible celebrar una boda
en esos lugares en tan pocos días y, además, tampoco era una boda como las
demás. Benedict y Sophie ofrecieron su casa para la recepción, pero Eloise
pensó que los niños estarían más cómodos en Romney Hall, así que celebra-
ron la ceremonia en la iglesia parroquial del final del camino y, después, hicieron una pequeña e íntima recepción junto al invernadero de Phillip.

Más tarde, justo cuando el sol empezaba a ponerse, Eloise subió a la que
a partir de ahora sería su nueva habitación con su madre, que intentaba
mantenerse ocupada haciendo ver que ordenaba el ajuar que tan rápida-

mente le habían traído a Eloise. Por supuesto, la doncella de Eloise, que había venido de Londres con la familia Bridgerton, se había encargado de todo por la mañana, pero Eloise no le hizo ningún comentario. Al parecer, Violet Bridgerton necesitaba estar haciendo algo mientras hablaba.

Y Eloise, de entre todas las personas del mundo, la entendía perfectamente.

—Debería quejarme por no poder disfrutar de mi debido momento de gloria como madre de la novia —le dijo Violet a su hija, mientras doblaba el velo de encaje y lo dejaba encima de la cómoda— pero, en realidad, estoy muy feliz por verte vestida de novia.

Eloise le sonrió.

—Seguro que casi habías perdido la esperanza, ¿verdad?

—Un poco —sin embargo, ladeó la cabeza y añadió—: Bueno, en realidad no. Siempre pensé que, al final, acabarías sorprendiéndonos. Lo haces muy a menudo.

Eloise pensó en los años que habían pasado desde su primera temporada como debutante y en todas las proposiciones que había rechazado. Pensó en todas las bodas a las que habían acudido, con Violet viendo cómo otra de sus amigas casaba a sus hijas con otro caballero fabuloso.

Otro caballero que, por supuesto, no se casaría con Eloise, la famosa hija soltera de Lady Bridgerton.

—Si te he decepcionado, lo siento —susurró Eloise.

Violet la miró con sensatez.

—Mis hijos nunca me decepcionan —le dijo, con suavidad—. Solo... me dejan maravillada. Creo que me gusta más así.

Eloise se inclinó hacia delante para abrazar a su madre. Y, al hacerlo, se sintió muy extraña y no supo por qué, ya que en su familia jamás se habían reprimido tales muestras de cariño en la privacidad del hogar. Quizás era porque estaba peligrosamente cerca de echarse a llorar; quizás era porque sabía que su madre también lo estaba. Pero se volvió a sentir como una niña desgarbada, con los codos pelados y con la boca abierta cuando debería estar cerrada.

Y necesitaba a su madre.

—Bueno, no pasa nada —dijo Violet, con esa voz que usaba cuando sus hijos eran pequeños y se habían hecho daño en una rodilla o se habían dado un golpe—. Ya está —dijo, sonrojándose ligeramente—. Ya está.

—¿Mamá? —susurró Eloise. Estaba muy rara, como si hubiera comido pescado en mal estado.

—Esto me mata —dijo Violet, entre dientes.

—¿Mamá? —seguro que no lo había escuchado bien.

Violet respiró hondo.

—Tenemos que hablar —se echó hacia atrás, miró a su hija a los ojos, y dijo—: ¿Tenemos que hablar?

Eloise no sabía si su madre le estaba preguntando si conocía los detalles del encuentro íntimo entre un hombre y una mujer o si los había experimentado... íntimamente.

—Eh... No he..., bueno..., si te refieres a... Bueno, que todavía soy...

—Excelente —dijo Violet, mucho más tranquila—. Pero, ¿sabes..., bueno..., sabes lo que pasa...?

—Sí —contestó Eloise rápidamente para ahorrarles a las dos un mal rato—. Creo que no necesito que me expliques nada.

—Excelente —repitió Violet, todavía más tranquila—. Debo reconocer que esta parte de la maternidad es la que menos me gusta. Ni siquiera recuerdo qué le dije a Daphne, solo sé que me pasé todo el rato sonrojándome y tartamudeando y, sinceramente, no sé si después de nuestra conversación acabó mejor informada de lo que estaba antes de tenerla —con cara de decepción, añadió—: Seguramente, no.

—Bueno, parece que se ha adaptado perfectamente a la vida de casada —dijo Eloise.

—Sí, es verdad —dijo Violet, muy contenta—. Cuatro hijos y un marido que se desvive por ella. No se puede desear más.

—¿Qué le dijiste a Francesca? —preguntó Eloise.

—¿Cómo?

—A Francesca —repitió Eloise, refiriéndose a su hermana pequeña, que se había casado hacía seis años y que, trágicamente, había enviudado a los dos años de casada—. ¿Qué le dijiste cuando se casó? Me has hablado de Daphne, pero no de Francesca.

Violet se puso un poco triste, como siempre que pensaba en su tercera hija, que se había quedado viuda tan joven.

—Ya conoces a Francesca. Supongo que ella me hubiera podido decir un par de cosas.

Eloise contuvo la respiración.

—No me refiero a eso, claro —añadió Violet enseguida—. Francesca era tan inocente como..., bueno, tan inocente como tú, supongo.

Eloise notó que se sonrojaba y dio gracias a Dios por el día nublado, que hacía que la habitación estuviera prácticamente a oscuras. Por eso y por el hecho de que su madre estuviera ocupada mirando un dobladillo descosido del vestido. Técnicamente, era virgen y, si la hubiera tenido que inspeccionar un médico, habría superado la prueba, pero ya no se sentía tan inocente.

—Pero ya conoces a Francesca —continuó Violet, encogiéndose de hombros y apartando la vista del vestido cuando vio que no había nada que hacer—. Siempre ha sido muy astuta y despierta. Supongo que sobornó a alguna de las doncellas para que se lo explicara ya hacía tiempo.

Eloise asintió. No quería decirle a su madre que Francesca y ella se habían gastado los ahorros para sobornar a una doncella. Pero había valido la pena. La explicación de Annie Mavel había sido muy detallada y, como Francesca le había dicho más tarde, absolutamente correcta.

Violet sonrió, se levantó y acarició la mejilla de su hija, justo al lado del ojo. Todavía no estaba curado del todo, pero del morado había pasado al azul verdoso y, después, a un desagradable tono amarillento, aunque era mucho más discreto que antes.

—¿Estás segura de que serás feliz? —le preguntó.

Eloise sonrió, resignada.

—Ya es un poco tarde para hacerme esa pregunta, ¿no te parece?

—Puede que sea tarde para echarte atrás, pero nunca es tarde para hacerte esa pregunta.

—Creo que seré feliz —dijo Eloise y, para sus adentros, añadió: «Eso espero».

—Parece un buen hombre.

—Es un buen hombre.

—Y honorable.

—Lo es.

Violet asintió.

—Creo que serás feliz. Puede que tardes un poco en darte cuenta, y quizás tengas dudas al principio, pero lo serás. Pero recuerda... —se detuvo y se mordió el labio inferior.

—¿Qué, mamá?

—Recuerda —dijo, lentamente, como si estuviera escogiendo las palabras con mucho cuidado— que requiere su tiempo. Eso es todo.

Eloise quería gritar: «¿Qué requiere su tiempo?».

Sin embargo, su madre ya se había levantado y se estaba arreglando el vestido.

—Supongo que tendré que ir a echar a la familia, o no se marcharán en toda la noche —mientras se daba la vuelta, Violet jugueteó con un lazo del vestido y se acercó la otra mano a la cara, y Eloise intentó no darse cuenta de que se estaba secando una lágrima.

—Eres muy impaciente —dijo Violet, mirando la puerta—. Siempre lo has sido.

—Ya lo sé —dijo Eloise, que no sabía si su madre la estaba riñendo y, si así era, por qué había escogido ese momento para hacerlo.

—Es algo que siempre me ha gustado de ti —dijo Violet—. Siempre me ha gustado todo de ti, claro, pero, por alguna razón, tu impaciencia siempre me ha parecido encantadora. Y no es porque siempre quisieras más, sino porque siempre lo querías todo.

Eloise no estaba tan convencida de que fuera algo bueno.

—Lo querías todo para todos, y querías saberlo y aprenderlo todo y...

Por un segundo, Eloise pensó que su madre había terminado, pero entonces, Violet se giró y continuó:

—Nunca te has conformado con la segunda opción, y eso es muy bueno, Eloise. Me alegro de que rechazaras todas esas propuestas de matrimonio en Londres. Ninguno de esos hombres te hubiera hecho feliz. No hubieras sido desgraciada, pero tampoco feliz.

Eloise abrió los ojos, sorprendida.

—Pero no dejes que la impaciencia te defina —le dijo Violet, con dulzura—. Porque eres mucho más que eso. Eres mucho más que eso y a veces tengo la sensación de que lo olvidas —sonrió; la sonrisa afable de una madre que se despide de su hija—. Dale tiempo, Eloise. Sé paciente. No presiones demasiado.

Eloise abrió la boca, pero no pudo articular palabra.

—Ten paciencia —dijo Violet—. Y no presiones.

—No... —quería decir «No lo haré», pero no pudo continuar porque lo único que podía hacer era mirar a su madre y, en ese mismo instante, se dio cuenta de lo que significaba estar casada. Había pensado tanto en Phillip que no se había parado a pensar en su familia.

Ya no volvería a casa. Siempre los tendría, por supuesto, pero ya no viviría con ellos.

Y hasta entonces no se había dado cuenta de las muchas ocasiones que se había sentado con su madre simplemente a hablar. O lo preciosos que eran esos momentos. Violet siempre parecía saber lo que sus hijos necesitaban, y eso tenía mucho mérito, teniendo en cuenta que eran ocho hermanos, y muy distintos entre ellos, cada uno con sus esperanzas y sus sueños.

Incluso la carta de Violet, la que le había enviado a Anthony para que se la diera cuando llegara a Romney Hall, había sido exactamente lo que Eloise necesitaba leer en ese momento. La podría haber reñido, la podría haber acusado de muchas cosas, y habría estado en todo su derecho de hacerlo, incluso más.

Sin embargo, le había escrito: «Espero que estés bien. Recuerda, por favor, que eres mi hija y que siempre lo serás. Te quiero».

Eloise, al leerla, se había puesto a gritar. Gracias a Dios, se había olvidado de leerla hasta por la noche, cuando pudo hacerlo tranquilamente en la intimidad de la habitación en casa de Benedict.

Violet Bridgerton nunca había querido nada, pero su mejor baza eran su sabiduría y su amor y, mientras la veía alejarse hacia la puerta, Eloise descubrió que era más que su madre, era todo lo que ella aspiraba a ser.

Y no pudo creerse que hubiera tardado tanto en darse cuenta.

—Supongo que Sir Phillip y tú querréis un poco de intimidad —dijo Violet, con la mano en la puerta.

Eloise asintió, aunque su madre no pudo verlo.

—Os echaré de menos a todos.

—Claro que lo harás —dijo Violet, en un tono un poco más brusco, que era la única manera que tenía para recuperar la compostura—. Y nosotros a ti. Pero no estás tan lejos. Y vivirás muy cerca de Benedict y de Sophie. Y de Posy. Y supongo que ahora que tengo dos nietos más a quien malcriar vendré de visita más a menudo.

Eloise se secó las lágrimas. Su familia había aceptado a los hijos de Phillip inmediatamente y sin ninguna condición. No esperaba menos, por supuesto, pero le había hecho más ilusión de lo que imaginaba. Los gemelos ya habían hecho buenas migas con sus nuevos primos y Violet había insistido en que la llamaran «abuela». Ellos habían aceptado enseguida, sobre todo después de que sacara una bolsa de caramelos que, según ella, no sabía cómo había ido a parar a su maleta en Londres.

Eloise ya se había despedido de su familia, así que, cuando su madre se marchó, sintió que ya era lady Crane. La señorita Bridgerton habría regresado a Londres con su familia pero Lady Crane, esposa de un terrateniente de Gloucestershire y barón, se quedaba en Romney Hall. Se sentía extraña y distinta y se enfadó consigo misma por eso. Cualquiera diría que, a los veintiocho años, el matrimonio no supondría un cambio tan grande. Después de todo, ya no era una niña joven e inocente.

Aun así, tenía todo el derecho del mundo a sentir que su vida había cambiado para siempre. Estaba casada y era la señora de la casa. Y, además, de la noche a la mañana, había pasado a ser madre de dos niños. Ninguno de sus hermanos había tenido que hacer frente a la responsabilidad de la paternidad tan deprisa.

Sin embargo, estaba dispuesta a asumir su nuevo papel. Tenía que estarlo. Irguió la espalda y, mientras se cepillaba el pelo, se miró decidida en el espejo. Era una Bridgerton, aunque ya no fuera su apellido legal, y era capaz de todo. Y como no era una mujer que se conformaba con una vida infeliz, sencillamente haría lo posible para que la suya no lo fuera.

Llamaron a la puerta y, cuando Eloise se giró, vio que Phillip había entrado. Cerró la puerta, aunque se quedó donde estaba, seguramente para ofrecerle un poco más de tiempo para prepararse.

—¿No prefieres que lo haga tu doncella? —preguntó él, refiriéndose al cepillado de pelo.

—Le dije que se tomara la noche libre —dijo Eloise y se encogió de hombros—. Me parecía raro tenerla aquí, casi como una intrusión.

Phillip se aclaró la garganta y se tocó la corbata, un movimiento al que Eloise se había acostumbrado. Normalmente, no llevaba ropa formal cuando estaba en casa y, cuando lo hacía, siempre estaba tocándose el cuello de la camisa o las mangas, seguramente deseando poder volver a ponerse la ropa de trabajo.

Era extraño tener un marido con una vocación de verdad. Eloise nunca se imaginó que se casaría con un hombre así. No es que Phillip tuviera un negocio, pero el trabajo en el invernadero era mucho más que lo que hacían los chicos de su edad que vivían en Londres.

Y le gustaba. Le gustaba que tuviera una profesión, le gustaba que cultivara su mente y que dedicara su intelecto a otra cosa que no fueran los caballos y los juegos.

Le gustaba.

Y aquello era un descanso. Si no le gustara, habría sido una lástima.

—¿Necesitas un poco más de tiempo? —le preguntó él.

Eloise negó con la cabeza. Estaba preparada.

Phillip soltó el aire que había estado conteniendo y a Eloise le pareció escuchar que decía «¡Gracias a Dios!». Después, estaba en sus brazos, Phillip la estaba besando y Eloise no pudo recordar en lo que estaba pensando.

Phillip supuso que debía dedicar un poco más de energía mental a su boda pero es que, en realidad, no podía concentrarse en los acontecimientos del día cuando los de la noche estaban cada vez más cerca. Cada vez que miraba a Eloise, cada vez que olía el perfume de Eloise, que parecía estar por todas partes, resaltando por encima del de las demás mujeres Bridgerton, sentía cómo se le tensaba el cuerpo entero y temblaba recordando lo que había sentido al tenerla en sus brazos.

«Pronto —se dijo, obligándose a relajar los músculos y dando gracias a Dios por poder lograrlo—. Pronto.»

Y ese pronto se convirtió en ahora, y estaban solos, y no podía creerse lo preciosa que estaba con el pelo suelto, cayéndole como una delicada cascada castaña por la espalda. Nunca lo había visto así y jamás había imaginado que lo tuviera tan largo porque siempre lo llevaba recogido en un moño bajo.

—Siempre me he preguntado por qué las mujeres se recogen el pelo —susurró, después del séptimo beso.

—Porque es lo que se espera de nosotras —dijo Eloise, bastante sorprendida por el comentario.

—No es por eso —dijo él. Le acarició el pelo, cogió un mechón con los dedos, se lo acercó a la cara y lo olió—. Es para proteger a los hombres.

Eloise lo miró, sorprendida y confusa.

—Querrás decir para protegernos de los hombres.

Phillip negó con la cabeza, lentamente.

—Si algún hombre te viera así, tendría que matarlo.

—Phillip —debía de sonar a reprimenda, y Phillip lo sabía, pero Eloise se había sonrojado y parecía muy complacida por el comentario.

—Nadie que te viera así podría resistirse a ti —le dijo, acariciando un sedoso mechón de pelo—. Estoy seguro.

—Muchos hombres me han encontrado totalmente resistible —dijo ella, mirándolo con una sonrisa—. Muchos, de verdad.

—Pues están ciegos —dijo él—. Además, demuestra que tengo razón. Esto —sostuvo el mechón de pelo entre sus caras, se lo acercó a los labios y lo saboreó—, lleva muchos años recogido en un moño.

—Desde que tenía dieciséis años —dijo ella.

Phillip la atrajo hacia él, despacio aunque con fuerza.

—Me alegro. Nunca hubieras sido mía si te lo hubieras dejado suelto. Alguien se habría quedado contigo antes.

—Solo es pelo —susurró ella, con voz temblorosa.

—Tienes razón —asintió él—. Seguro que sí porque dudo que en cualquier otra persona me pareciera tan terriblemente seductor. Debes de ser tú —le susurró, soltándole el pelo—. Solo tú.

Le tomó la cara entre las manos y se la ladeó un poco para poder besarla mejor. Sabía cómo sabían sus labios, ya la había besado; de hecho, lo había hecho hacía pocos minutos. Sin embargo, a pesar de eso, le sorprendió por su dulzura, por la calidez de su respiración y por cómo, con un simple beso, era capaz de excitarlo tanto.

Aunque nunca sería solo un simple beso. Con ella, no.

Phillip localizó los cierres del vestido con los dedos, una hilera de botones forrados de tela que le recorrían toda la columna vertebral.

—Date la vuelta —dijo. No tenía tanta experiencia como para desabotonarlos sin mirar.

Además, le gustaba, le encantaba el hecho de desabotonarle el vestido lentamente, revelando cada vez una porción más de piel.

Era suya, pensó, deslizándole un dedo por la espalda, antes de desabotonar el antepenúltimo botón. Suya para la eternidad. Era difícil imaginar cómo había podido tener tanta suerte, pero decidió no cuestionársela, solo disfrutarla.

Otro botón. Este reveló un trozo de piel de la parte baja de la espalda.

La tocó y ella se estremeció.

Phillip se dispuso a desabotonar el último botón. No era necesario, porque el vestido ya estaba suficientemente abierto como para poder quitárselo por los hombros, pero necesitaba hacerlo bien, necesitaba desnudarla en condiciones, necesitaba saborear el momento.

Además, el último botón reveló el inicio de las nalgas.

Quería besarla. Quería besarla justo ahí. Justo encima de las nalgas mientras ella estaba de espaldas, estremeciéndose no de frío, sino de excitación.

Se acercó a ella, la besó en la nuca mientras la sujetaba con ambas manos por los hombros. Había algunas cosas que la inocente Eloise no podía entender.

Pero ahora era suya. Era su mujer. Y estaba poseída por el fuego, la pasión y la energía. Tuvo que recordarse que no era Marina, delicada e incapaz de expresar cualquier otra emoción que no fuera pena.

No era Marina. Le parecía necesario recordárselo, y no solo ahora sino constantemente, todo el día, cada vez que la miraba. No era Marina y él no necesitaba ir con extremo cuidado con ella, no tenía que estar temeroso de sus propias palabras, de sus propias expresiones faciales, de cualquier cosa que pudiera provocar que ella se encerrara en sí misma, en su propia desesperación.

Era Eloise. Eloise. La fuerte y magnífica Eloise.

Incapaz de detenerse, se arrodilló y, mientras la agarraba con fuerza por las caderas, ella soltó un pequeño grito de sorpresa e intentó girarse.

Y Phillip la besó. Justo allí, en la base de la columna, en aquel punto que tanto lo había tentado, la besó. Y entonces, no sabía muy bien por qué, ya que su experiencia con las mujeres era bastante limitada, aunque obviamente lo compensaba con la imaginación, la recorrió con la lengua, desde el cuello hasta el inicio de las nalgas, disfrutando del sabor salado de su piel, deteniéndose aunque sin separarse cuando Eloise gimió y apoyó las manos en la pared porque las piernas apenas la sostenían.

—Phillip —suspiró.

Él se levantó y le dio la vuelta, acercándose a ella hasta que sus narices estuvieron a pocos milímetros.

—Era allí —dijo él, impotente, como si esas dos palabras lo explicaran todo. Y, en realidad, era la verdad; era la única explicación. Era allí, esa parcela de piel rosada que estaba esperando un beso.

Ella estaba allí, y Phillip tenía que poseerla.

La volvió a besar en la boca mientras le deslizaba el vestido hacia el suelo. Se había casado vestida de azul, una versión más pálida del color que hacía que sus ojos parecieran más profundos e intensos que nunca, como un cielo encapotado justo antes de la tormenta.

Era un vestido celestial; había oído que su hermana Daphne lo había dicho por la mañana. Sin embargo, todavía era más celestial quitárselo.

No llevaba camisola y sabía que estaba completamente desnuda para él porque la oyó contener el aliento cuando sus pechos rozaron el suave lino de su camisa. Sin embargo, en lugar de mirarla, le recorrió los laterales de los pechos con las manos, acariciándola con los nudillos. Y entonces, sin dejar de besarla, giró las palmas y sostuvo el maravilloso peso de los pechos en las manos.

—Phillip —gimió ella, pronunciando la palabra dentro de su boca como una bendición.

Él movió las manos hasta que le cubrió los pechos por completo, rozando los pezones con los dedos. Y mientras los apretaba, con delicadeza, apenas podía creerse que aquello estuviera pasando.

Y entonces ya no pudo esperar más. Tenía que verla, tenía que ver cada centímetro de su cuerpo y mirarla a la cara mientras lo hacía. Se separó de ella, interrumpiendo el beso con la promesa susurrada de que volvería.

Cuando bajó la cabeza para mirarla, contuvo la respiración. Todavía no había anochecido y los últimos rayos de sol se filtraban por las cortinas, bañando la piel de Eloise con un color rojo dorado. Los pechos eran más grandes de lo que se había imaginado, redondos y turgentes, y aquello era todo lo que pudo hacer para no llevársela a la cama en ese mismo instante. Solo podía regocijarse para siempre en esos pechos, quererlos y adorarlos hasta que...

¡Por Dios!, ¿a quién estaba intentando engañar? Hasta que su propia necesidad fue demasiado intensa y reclamó poseerla, penetrarla, devorarla.

Con dedos temblorosos, empezó a desabrocharse la camisa, mirándola cómo lo observaba quitarse la camisa y entonces se olvidó, se giró y...

Ella gritó.

Phillip se quedó inmóvil.

—¿Qué te pasó? —preguntó ella, en un susurro.

Phillip no supo por qué se había sorprendido tanto porque sabía que tendría que explicárselo. Era su mujer e iba a verlo desnudo cada día durante el resto de su vida y, si alguien tenía que saber la auténtica naturaleza de sus cicatrices, era ella.

Él podía ignorarlas, porque como estaban en la espalda no se las veía, pero Eloise no tendría esa suerte.

—Me pegaron —dijo, sin girarse. Seguramente, debería haberlo hecho y ahorrarle a Eloise la visión, pero tendría que empezar a acostumbrarse.

—¿Quién te hizo esto? —preguntó ella, en voz baja y furiosa, y esa rabia llegó al corazón de Phillip.

—Mi padre —recordaba perfectamente el día. Tenía doce años, había vuelto de la escuela y su padre le había obligado a acompañarlo de caza. Phillip era un buen jinete, pero no lo bastante para el salto que su padre acababa de dar. A pesar de todo, lo intentó, sabiendo que si no lo hacía lo tacharía de cobarde.

Obviamente, se cayó del caballo. De hecho, el caballo lo tiró. Milagrosamente, no se hizo daño, pero su padre se enfureció. La visión de la hombría británica de Thomas Crane era bastante estrecha y, por supuesto, no incluía caídas de caballo. Sus hijos tenían que ser perfectos jinetes, tiradores, esgrimistas y boxeadores, y ser siempre los mejores.

Y que Dios se apiadara de ellos si no lo eran.

George había hecho el salto, claro. George siempre era mejor que él. Y también era dos años mayor, dos años más grande, dos años más fuerte. Había intentado interceder para evitar el castigo pero, entonces, Thomas también la había emprendido con él, por meterse donde no lo llamaban. Phillip tenía que aprender a ser un hombre y Thomas no toleraría que nadie interfiriera, ni siquiera George.

Phillip no sabía en qué había sido distinto el castigo de ese día; normalmente, su padre usaba un cinturón que, encima de la camisa, no dejaba señales. Pero aquel día estaban cerca de los establos y la fusta del caballo le quedaba más a mano, y su padre lo golpeó con rabia, incluso más de lo habitual.

Cuando la fusta rompió la camisa de Phillip, Thomas no se detuvo.

Fue la única vez que las palizas de su padre le dejaron señal.

Aunque era una señal con la que tendría que convivir el resto de su vida.

Miró a Eloise, que lo estaba mirando con unos ojos extrañamente intensos.

—Lo siento —dijo él, aunque no era verdad. No tenía que pedir perdón por nada, excepto por haber compartido con ella el horror de su niñez.

—Yo no lo siento —gruñó ella, entrecerrando los ojos.

Phillip abrió los ojos, sorprendido.

—Estoy furiosa.

Y, entonces, Phillip no pudo evitarlo. Se rio. Echó la cabeza hacia atrás y se rio. Era absolutamente perfecta, allí desnuda y furiosa, dispuesta a ir hasta el mismísimo infierno para enfrentarse a su padre.

Eloise se quedó un poco aturdida porque Phillip decidiera echarse a reír justo en aquel momento pero, luego, ella también lo hizo, como si hubiera reconocido la importancia del momento.

Phillip la tomó de la mano y, desesperado por que lo tocara, se la acercó al corazón, presionándola hasta que estuvo totalmente plana en su pecho, encima de la suave mata de pelo.

—¡Qué fuerte estás! —susurró ella, acariciándole la piel—. No tenía ni idea de que trabajar en el invernadero fuera tan duro.

Se sintió como un adolescente, totalmente complacido por ese halago. Y el recuerdo de su padre desapareció.

—También trabajo la tierra —dijo, un poco tonto, incapaz de decir un simple «gracias».

—¿Con los peones? —preguntó ella.

Phillip la miró divertido.

—Eloise Bridgerton...

—Crane —lo corrigió ella.

Cuando la escuchó, Phillip rio de satisfacción.

—Crane —repitió—. No me digas que has tenido fantasías secretas con los peones.

—Claro que no —dijo ella—. Aunque...

Phillip no iba a dejar pasar la oportunidad de que esa palabra se perdiera en el aire.

—¿Aunque? —le preguntó.

Ella estaba un poco avergonzada.

—Bueno, es que parecen tan... elementales... bajo el sol, trabajando.

Él sonrió. Muy despacio, como un hombre que está a punto de regodearse en su sueño hecho realidad.

—¡Oh, Eloise! —dijo, besándole el cuello y bajando más y más—. No tienes ni idea de comportamientos elementales. Ni idea.

Y entonces hizo lo que había soñado durante días, bueno una de las cosas que había soñado durante días: le cubrió el pezón con la boca, le recorrió la suave aureola con la lengua hasta que, al final, cerró los labios y succionó aquel punto de placer.

—¡Phillip! —exclamó Eloise, dejándose caer.

Phillip la levantó en brazos y la llevó a la cama, que ya estaba preparada para los recién casados. La dejó encima de las sábanas, disfrutando de aquella visión antes de proceder a quitarle las medias, que era lo único que llevaba. Eloise, instintivamente, se cubrió el sexo con las manos, y Phillip le permitió la modestia, sabiendo que pronto le tocaría a él.

Colocó los dedos debajo de una de las medias, acariciándola a través de la fina seda antes de hacerla resbalar por la pierna. Eloise gimió cuando notó sus dedos en las rodillas y Phillip no pudo evitar mirarla y preguntarle:

—¿Tienes cosquillas?

Ella asintió.

—Y más.

Y más. Le encantaba. Le encantaba que sintiera más, que quisiera más.

Con la otra media no se entretuvo tanto y luego se quedó de pie junto a ella, desabrochándose los pantalones. Se detuvo un momento y la miró, esperando que, con los ojos, le dijera que estaba preparada.

Y luego, con una velocidad y una agilidad que jamás hubiera creído que tuviera, se desnudó y se tendió junto a ella. Al principio, Eloise se tensó pero luego, mientras Phillip la acariciaba y la tranquilizaba besándole las sienes y los labios, se fue relajando.

—No tienes por qué tener miedo —le dijo él.

—No tengo miedo —respondió ella.

Phillip levantó la cabeza y la miró a los ojos.

—¿No?

—Estoy nerviosa, pero no tengo miedo.

Phillip meneó la cabeza, maravillado.

—Eres magnífica.

—Ya se lo digo a todo el mundo —dijo ella, encogiéndose de hombros— pero, por lo visto, eres el único que me cree.

Phillip se rio, meneando la cabeza, casi sin acabarse de creer que estuviera allí, en su noche de bodas, riéndose. Ya lo había hecho reír dos veces esa noche y empezaba a darse cuenta del regalo que era Eloise. Un regalo increíble e inestimable con el que había sido bendecido.

Las relaciones sexuales siempre habían girado alrededor de la necesidad, de su cuerpo, su lujuria y lo que fuera que lo convirtiera en hombre. Nunca había girado alrededor de esa alegría, esa maravilla por descubrir el cuerpo de la otra persona.

Le tomó la cara entre las manos y la besó, esta vez con todo el sentimiento y la pasión que llevaba dentro. La besó en la boca, luego en la mejilla, luego en el cuello. Después, fue bajando y explorando su cuerpo, desde los hombros, pasando por la barriga, hasta la cadera.

Solo evitó un lugar, el lugar que más le hubiera gustado explorar, aunque decidió que ya lo haría más tarde, cuando estuviera preparada.

Cuando él estuviera preparado. Marina nunca había dejado que la besara allí; no, eso no era justo. En realidad, él nunca se lo había pedido. Es que, como ella se quedaba allí, debajo de él, como si estuviera cumpliendo con una obligación, sin apenas pestañear, pues le parecía mal hacerlo. Y había estado con otras mujeres antes de casarse, pero habían sido de las que ya tenían experiencia, y nunca había querido llegar a ese grado de intimidad con ellas.

«Después», se prometió, mientras se detenía ligeramente a acariciar los rizos.

«Pronto.» Sí, muy pronto.

La agarró por las pantorrillas, se las levantó y le separó las piernas para poder colocarse en medio. Estaba muy excitado, con una erección total; tan excitado que tenía miedo de hacer el ridículo, así que, mientras la tocaba con la punta de la verga, respiró hondo varias veces, intentando tranquilizarse para poder durar lo suficiente para que ella, al menos, pudiera disfrutarlo.

—¡Oh, Eloise! —dijo aunque, en realidad, fue más un gruñido. La quería más que a cualquier otra cosa, más que a la vida, y no tenía ni idea de si iba a poder aguantar mucho.

—¿Phillip? —dijo ella, un poco asustada.

Él se levantó para mirarla.

—Eres muy grande —susurró.

Phillip sonrió.

—¿Sabes que eso es, exactamente, lo que un hombre quiere oír?

—Estoy segura —dijo ella, mordiéndose el labio inferior—. Pero no me parece algo de lo que se pueda alardear mientras se monta a caballo, se juega a cartas o se compite en cualquier otra cosa sin más ni más.

Phillip no sabía si Eloise estaba temblando de risa o de miedo.

—Eloise —consiguió decir—. Te aseguro que...

—¿Me va a doler mucho? —preguntó ella.

—No lo sé —dijo él, con sinceridad—. Nunca he estado en tu lugar. Supongo que un poco. Aunque espero que no demasiado.

Ella asintió, agradeciendo su franqueza.

—Es que... —y se calló.

—Dímelo —dijo él.

Durante varios segundos, Eloise solo pudo parpadear y, al final, dijo:

—Es que me dejo llevar, como el otro día, pero luego te veo, o te siento, y no me imagino cómo va a funcionar, y me da la sensación de que me voy a desgarrar y la pierdo. La magia —explicó—. Pierdo la magia.

Y justo en ese momento, Phillip lo decidió. ¡Al diablo! ¿Por qué debería esperar? ¿Por qué debería hacerla esperar? Se agachó y le dio un beso rápido en los labios.

—Espera aquí —dijo—. No te muevas.

Antes de que pudiera hacerle alguna pregunta y era Eloise, así que haría preguntas, Phillip se deslizó hacia abajo, le separó las piernas, tal como se la había imaginado tantas y tantas noche en vela, y la besó.

Ella gritó.

—Bien —dijo él, aunque sus palabras se perdieron en el centro de la sexualidad de Eloise. La tenía bien sujeta con las manos; no tenía otra opción porque se estaba retorciendo como un animal salvaje. Phillip la lamió y la besó, saboreó cada centímetro, cada cresta de placer. Fue voraz y la devoró mientras pensaba que aquello era, sencillamente, lo mejor que había hecho en su vida y, por Dios, daba gracias al cielo de ser un hombre casado y poder hacerlo siempre que quisiera.

Había oído hablar de ello a otros hombres, por supuesto, pero jamás había imaginado que pudiera gustarle tanto. Estaba a punto de estallar y ella ni siquiera lo había tocado. Aunque tampoco le hubiera gustado que lo hiciera en ese momento, porque estaba agarrando las sábanas con tanta fuerza que tenía los nudillos blancos y, si llega a tocarlo, le hubiera hecho daño.

Debería haberla dejado terminar, debería haberla besado hasta que estallara en su boca pero, en ese punto, se impusieron sus propias necesidades y no tuvo otra opción. Era su noche de bodas y cuando se derramara, lo haría dentro de ella, no en las sábanas; además, si no la notaba alrededor de su cuerpo enseguida, estaba bastante convencido de que acabaría en llamas.

Así que se levantó e, ignorando el grito de Eloise cuando apartó la boca, se colocó encima de ella, acercándole la verga una vez más y utilizó los dedos para abrirla un poco más mientras la penetraba.

Estaba húmeda, muy húmeda, una mezcla de él y de ella, y no se parecía en nada a cualquier otra cosa que Phillip hubiera podido sentir antes. Se deslizó en su interior, notando el camino abierto y tenso al mismo tiempo.

Eloise dijo su nombre entre gemidos, y Phillip el de ella y entonces, incapaz de ir despacio, se hundió en ella, atravesando la última barrera hasta que llegó al final. Y quizás debería haberse parado, quizás debería haberle preguntado si estaba bien, si le había hecho daño, pero no pudo. Hacía tanto tiempo, y la necesitaba tanto que, cuando su cuerpo empezó a moverse, no pudo hacer nada para detenerse.

Impuso un ritmo rápido y urgente, pero a ella debió de gustarle, porque se movía rápida y urgente debajo de él, sus caderas salían en su busca con mucha fuerza mientras le clavaba los dedos en la espalda.

Y, cuando gimió otra vez, no dijo su nombre, dijo:

—¡Más!

Así que Phillip colocó las manos debajo de ella, agarrándola por las nalgas y levantándola para permitirle un mejor acceso y el cambio de posición debió de hacer algo en la forma en que la estaba rozando, o quizás Eloise había llegado al clímax, pero se arqueó debajo de él, tensó todo su cuerpo y gritó cuando notó que sus músculos se cerraban alrededor de Phillip.

Él no pudo aguantar más. Con un último empujón, se dejó caer, sacudiéndose y temblando mientras estallaba dentro de ella, haciéndola finalmente suya.

15

«... no me puedo creer que no me expliques más. Como tu hermana mayor (un año mayor que tú, aunque no debería recordártelo), merezco cierto respeto y, a pesar de que te agradezco la confesión de que lo que Annie Mavel nos explicó sobre las relaciones maritales es verdad, me hubiera gustado que me lo relataras con un poco más de detalle. Seguro que no puedes estar tan extasiada en tu felicidad como para no poder compartir unas palabras (si son adjetivos, mejor) con tu querida hermana.»

Eloise Bridgerton a su hermana, la condesa de Kilmartin,
dos semanas después de la boda de Francesca.

Una semana después, Eloise estaba sentada en la pequeña sala que, recientemente, se había convertido en un despacho para ella, masticando el extremo de la pluma mientras repasaba las cuentas de casa. Se suponía que debía contar el dinero que tenían, y los sacos de harina, los salarios de los sirvientes y cosas así, sin embargo, lo único en que podía pensar era el número de veces que Phillip y ella habían hecho el amor.

Creía que eran trece. No, catorce. Bueno, en realidad eran quince, si contaba esa vez que Phillip no la había penetrado pero que los dos habían...

Se sonrojó, aunque no había nadie más en la habitación con ella y, si así fuera, nadie tenía por qué saber en qué estaba pensando.

¡Por Dios!, ¿lo había hecho de verdad? ¿Lo había besado allí?

Ni siquiera sabía que era posible hacerlo. Annie Mavel no les había dicho nada de eso cuando, hace años, les explicó las relaciones sexuales entre un hombre y una mujer a Francesca y a ella.

Eloise frunció el ceño mientras pensaba en eso. Se preguntaba si Annie Mavel sabía que aquello se podía hacer. Le costaba imaginarse a Annie haciéndolo aunque, claro, le costaba imaginar a cualquiera haciéndolo, y mucho menos a ella misma.

Le pareció increíble, totalmente increíble y más que maravilloso tener un marido que estaba tan loco por ella. Durante el día, no se veían demasiado; él tenía su trabajo y ella el suyo, bueno, si llevar la casa se podía considerar un trabajo. Sin embargo, por la noche, después de los cinco minutos que le daba para el aseo personal (habían empezado siendo veinte pero, progresivamente, se habían ido reduciendo hasta el punto que, incluso en los pocos minutos que ahora le daba, lo escuchaba pasear impaciente por la habitación)...

Por la noche, se abalanzaba sobre ella como un hombre poseído. Bueno, más bien como un hombre hambriento. Parecía tener una energía infinita y siempre estaba probando cosas nuevas, colocándola en posiciones nuevas, tomándole el pelo y atormentándola hasta que Eloise gritaba y suplicaba, aunque nunca sabía si era porque quería que se detuviera o que continuara.

Le había dicho que no había sentido pasión por Marina, pero a Eloise le costaba creerlo. Era un hombre de grandes apetitos (era una manera tonta de decirlo, pero no se le ocurría otra), y lo que hacía con las manos...

Y con la boca...

Y con los dientes...

Y con la lengua...

Volvió a sonrojarse. Todo eso..., bueno, una mujer debería de estar medio muerta para no reaccionar.

Miró las columnas de números en el libro de contabilidad. No se habían sumado solos por arte de magia mientras ella soñaba despierta, y cada vez que intentaba concentrarse, empezaban a bailar ante su atónita mirada. Miró por la ventana; desde allí, no veía el invernadero de Phillip, pero sabía que estaba allí al lado y que él estaba dentro, trabajando, cortando hojas, plantando semillas y lo que fuera que hiciera ahí metido todo el día.

Todo el día.

Frunció el ceño. Era la verdad. Phillip se pasaba el día entero en el invernadero y, a menudo, incluso le llevaban la comida del mediodía en una bandeja. Sabía que no era extraño que marido y mujer llevaran vidas separadas de día (y, en algunos casos, también de noche), pero es que solo llevaban casados una semana.

Y, en realidad, Eloise todavía estaba conociendo al hombre que se había convertido en su marido. La boda había sido tan precipitada; apenas sabía nada de él. Sí, sabía que era un hombre honesto, honorable y que la trataría bien, y ahora también sabía que poseía un lado carnal que ella jamás hubiera adivinado bajo aquella apariencia reservada.

Sin embargo, aparte de lo que le había explicado de su padre, no sabía nada de sus experiencias, sus opiniones, qué había pasado en su vida para que se hubiera convertido en el hombre que era ahora. A veces, intentaba mantener una conversación con él, y en ocasiones lo conseguía, pero casi siempre fracasaba.

Porque Phillip no parecía dispuesto a hablar cuando podía besar. Y aquello, inevitablemente, acababa en la habitación, donde se olvidaban de las palabras.

Y, en las pocas ocasiones en que había conseguido entablar una conversación, solo sirvió para frustrarla más. Ella le preguntaba cualquier cosa acerca de la casa y él se limitaba a encogerse de hombros y a decirle que hiciera lo que le pareciera mejor. A veces, Eloise se preguntaba si únicamente se había casado con ella para que le llevara la casa.

Ah, y para tener un cuerpo caliente en la cama, claro.

Sin embargo, tenía que haber más. Eloise sabía que un matrimonio debía ser más que eso. No recordaba mucho de la relación entre sus padres, pero había visto la de sus hermanos con sus mujeres y creía que Phillip y ella podrían llegar a ser tan felices como ellos si pudieran pasar más tiempo juntos fuera de la habitación.

De repente, se levantó y caminó hasta la puerta. Tenía que hablar con él. No había ningún motivo por el que no pudiera ir al invernadero a hablar con él. A lo mejor, incluso le agradecería que se interesara por su trabajo.

No es que fuera a interrogarlo, pero una o dos preguntas, mezcladas en la conversación, no podían hacerle daño. Y si él le dejaba entrever que lo estaba interrumpiendo, se marcharía enseguida.

Sin embargo, le vinieron a la cabeza las palabras de su madre.

«No presiones demasiado. Ten paciencia.»

Con una fuerza de voluntad inaudita en ella, y que iba totalmente en contra de su naturaleza, dio media vuelta y se sentó otra vez.

Su madre nunca se había equivocado a la hora de darles consejos sobre las cosas realmente importantes y, si le había dicho precisamente aquello la noche de su boda, Eloise sospechaba que debería hacerle caso.

Con el ceño fruncido, pensó que se debería referir a esto cuando le dijo que le diera tiempo.

Colocó las manos debajo de los muslos, como si así quisiera evitar que la guiaran hasta la puerta. Miró por la ventana pero enseguida tuvo que apartar la mirada porque era consciente de que el invernadero estaba allí, muy cerca.

Apretando la mandíbula, pensó que aquel no era su estado natural. Nunca había sido capaz de estar sentada y sonriente todo el día. A ella le gustaba moverse, hacer cosas, explorar, investigar. Y, para ser sincera, molestar, conversar y opinar con cualquiera que quisiera escucharla.

Frunció el ceño y suspiró. Dicho así, no parecía una persona demasiado atractiva.

Intentó recordar el discurso de su madre la noche de su boda. Seguro que había algo positivo en sus palabras. Su madre la quería. Debía de haberle dicho algo bueno. ¿No le había dicho algo de que era encantadora?

Suspiró. Si no recordaba mal, su madre le había dicho que su impaciencia siempre le había parecido encantadora, que no era lo mismo que opinar que los buenos modales de alguien eran encantadores.

Aquello era horrible. Tenía veintiocho años, ¡por el amor de Dios! Se había pasado la vida siendo perfectamente feliz como era y estando completamente satisfecha con cómo se comportaba.

Bueno, casi perfectamente feliz. Sabía que hablaba demasiado y que, a veces, podía ser un poco directa y, sí, a algunos no les gustaba, pero a muchos otros sí, y ya hacía tiempo que había decidido que ya le estaba bien.

Así que, ¿por qué ahora? ¿Por qué, de repente, estaba tan insegura de sí misma, tan temerosa de decir o hacer algo malo?

Se levantó. No podía soportarlo, la indecisión, la pasividad. Seguiría el consejo de su madre y le daría a Phillip un poco de intimidad, pero no podía seguir allí sentada sin hacer nada.

Miró a las cuentas. ¡Por Dios! Si hubiera hecho lo que se suponía que tenía que haber hecho, no habría estado sentada sin hacer nada.

Un poco irritada, cerró el libro de contabilidad. No importaba que pudiera hacer las sumas porque sabía perfectamente que no lo haría, incluso si se quedara allí sentada horas y horas, así que sería mejor que saliera e hiciera cualquier otra cosa.

Los niños. Claro. Hacía una semana, se había convertido en esposa, pero también en madre. Y si había alguien que necesitaba que se entrometiera en su vida, eran Oliver y Amanda.

Animada por aquel nuevo objetivo en su vida, abrió la puerta sintiéndose otra vez como la Eloise de siempre. Tenía que repasar la lección con ellos, asegurarse de que estaban progresando. Oliver tendría que prepararse para ir a Eton, donde tenía que entrar en otoño.

Y también estaba el tema de la ropa. Casi toda se les había quedado pequeña y Amanda debería llevar algo más bonito y...

Suspiró, satisfecha, mientras subía corriendo las escaleras. Ya estaba contando con los dedos todo lo que tendría que hacer; tendría que avisar a la modista y al sastre, y revisar los anuncios solicitando más tutores, porque los niños tenían que aprender francés, a tocar el pianoforte y, obviamente, a sumar. ¿Eran todavía demasiado jóvenes para aprender a dividir?

Con energías renovadas, abrió la puerta y entonces...

Se quedó de piedra intentando averiguar qué estaba pasando.

Oliver tenía los ojos rojos, como si hubiera estado llorando, y Amanda se sorbía la nariz, secándosela con el anverso de la mano. Los dos respiraban de manera entrecortada, como cuando uno está alterado.

—¿Pasa algo? —preguntó, mirando primero a los niños, y luego a la niñera.

Los gemelos no dijeron nada, pero la miraron con ojos implorantes.

—¿Niñera Edwards? —preguntó Eloise.

La niñera tenía la boca torcida en un gesto muy desagradable.

—Solo están enfurruñados porque los he castigado.

Eloise asintió muy despacio. No la sorprendía en lo más mínimo que Oliver y Amanda hubieran hecho algo que mereciera castigo pero, a pesar de todo, allí había algo extraño. Quizás era aquella mirada desesperada en sus ojos, como si hubieran intentado desafiar a la niñera y se hubieran dado por vencidos.

Y no es que ella aprobara los desafíos, y mucho menos en contra de la niñera, que tenía que mantener su posición de autoridad, pero tampoco quería ver esa mirada en los ojos de los niños, tan derrotada, tan sumisa.

—¿Por qué los ha castigado? —preguntó Eloise.

—Por dirigirse a mí de manera irrespetuosa —dijo la niñera, inmediatamente.

—Entiendo —suspiró Eloise. Seguramente se lo habían merecido; lo solían hacer a menudo y era algo que ella les había recriminado varias veces—. ¿Y cómo los ha castigado?

—Les he golpeado los nudillos —respondió la niñera, con la espalda erguida, muy orgullosa.

Eloise se obligó a relajar la mandíbula. No estaba de acuerdo con el castigo físico pero, al mismo tiempo, golpearles los nudillos a los niños era una técnica que se aplicaba incluso en las mejores escuelas. Estaba segura que todos sus hermanos habrían pasado por lo mismo en Eton; no podía imaginárselos tantos años en el colegio sin hacer alguna que otra gamberrada.

No obstante, no le gustaba la mirada de los niños, así que se llevó a la niñera Edwards a un aparte y, en voz baja, le dijo:

—Entiendo que necesitan disciplina pero, si tiene que volver a hacerlo, debo pedirle que no los golpee tan fuerte.

—Si no lo hago fuerte —dijo la niñera, bastante seca—, no aprenden la lección.

—Ya juzgaré yo si aprenden o no la lección —dijo Eloise, reaccionando ante el tono de aquella mujer—. Y no se lo estoy pidiendo. Se lo estoy diciendo. Son niños y tiene que ser más cuidadosa.

La niñera Edwards apretó los labios pero asintió. Una única vez, para demostrar que, aunque no estaba de acuerdo, haría lo que le mandaran. También dejó claro que no estaba de acuerdo con la intromisión de Eloise.

Esta se giró hacia los niños y, en voz alta, dijo:

—Estoy segura de que, por hoy, ya han aprendido la lección. Quizás podrían hacer una pausa y venirse conmigo.

—Estamos estudiando caligrafía —dijo la niñera Edwards—. No nos podemos permitir perder más tiempo. Sobre todo, si me tengo que encargar de hacerles de niñera y de institutriz.

—Le aseguro que solucionaré este problema cuanto antes —dijo Eloise—. Y, para empezar, me gustaría darles yo la clase de caligrafía. Le aseguro que no se retrasarán.

—No creo que...

Eloise le lanzó una mirada que la hizo callar. Era una Bridgerton y sabía cómo tratar a los sirvientes tozudos.

—Solo tiene que informarme de por dónde iban.

La niñera estaba muy enfadada, pero le dijo a Eloise que, esta mañana, estaban practicando la M, la N y la O.

—Mayúsculas y minúsculas —añadió, muy seca.

—Muy bien —dijo Eloise, en un tono más animado y decidido—. Estoy segura de que puedo enseñárselo yo.

La niñera Edwards se sonrojó ante el sarcasmo de Eloise.

—¿Es todo? —gruñó.

Eloise asintió.

—Sí. Puede marcharse. Disfrute de su tiempo, que, seguramente, es menos del que se merece, haciendo de niñera y de institutriz, y haga el favor de volver para la comida de los niños.

Con la cabeza bien alta, la niñera Edwards salió de la habitación.

—Bueno —dijo Eloise, girándose hacia los niños, que todavía estaban sentados en su pequeña mesa, mirándola como si fuera una especie de hada que hubiera bajado a la tierra a salvarlos de la bruja malvada—. ¿Empezamos a...?

Sin embargo, no pudo terminar la pregunta porque Amanda se había abalanzado sobre ella, abrazándola por la cintura con tanta fuerza que Eloise había retrocedido hasta apoyar la espalda en la pared. Y Oliver se unió a su hermana.

—Bueno, bueno —dijo Eloise, acariciándoles la cabeza, confundida—. ¿Qué os pasa?

—Nada —dijo Amanda, con la cabeza escondida.

Oliver se separó y se puso derecho como el hombrecito que siempre le decían que tenía que ser. Sin embargo, arruinó el efecto al limpiarse la nariz con la mano.

Eloise le dio un pañuelo.

El niño lo usó, le dio las gracias y dijo:

—Usted nos gusta mucho más que la niñera Edwards.

Eloise no podía imaginarse a nadie peor que esa mujer y, para sus adentros, se dijo que debía encontrarle una sustituta cuanto antes. Pero no iba a decírselo a los niños porque, seguramente, se lo dirían a ella y la niñera iría a pedirle explicaciones y se marcharía, dejándoles con un problema todavía mayor, o lanzaría su cólera contra los niños, y eso no pensaba permitirlo.

—Sentémonos —dijo, llevándoselos a la mesa—. No sé vosotros, pero no me apetece nada decirle que no hemos repasado la M, la N y la O.

Y, en ese momento, pensó: «Tengo que hablar de esto con Phillip».

Miró las manos de Oliver. No parecía que hubieran recibido una buena reprimenda, pero sí que había un nudillo un poco más colorado. Igual se lo había imaginado pero, de todas formas...

Tenía que hablar con Phillip. Lo antes posible.

Mientras trasplantaba una planta de semillero, Phillip canturreaba, plenamente consciente de que antes de su boda con Eloise trabajaba en silencio.

Nunca le había apetecido silbar, nunca había tenido ganas de cantar o de canturrear pero ahora..., bueno, ahora parecía como si la música flotara en el aire, flotara a su alrededor. Estaba más relajado y ya no notaba aquellos puntos de presión en los hombros.

Casarse con Eloise había sido, sencillamente, lo mejor que podría haber hecho. ¡Diablos!, incluso iría más lejos y diría que era lo mejor que había hecho en su vida.

Por primera vez en mucho tiempo, era feliz.

Y ahora parecía algo tan sencillo.

No estaba seguro de si antes sabía que no lo era. Algunas veces se reía y se divertía, sí. No había vivido en un perpetuo sentimiento de infelicidad, como Marina.

Sin embargo, no era feliz. No como ahora, que se levantaba cada día con la sensación de que el mundo era maravilloso, que todavía lo sería cuando se acostara por la noche y que, al día siguiente, cuando se levantara, seguiría siéndolo.

No recordaba la última vez que se había sentido así. Seguramente, fue en la Universidad cuando había descubierto, por primera vez, la emoción del mundo intelectual y donde estaba lo suficientemente lejos de su padre como para no tener que preocuparse por la constante amenaza de la vara para castigarlo.

Era difícil explicar lo mucho que Eloise había mejorado su vida. En la cama, por supuesto, ya que era mucho mejor de lo que jamás hubiera imaginado. Si alguna vez hubiera soñado que las relaciones sexuales podían ser tan espléndidas, no habría esperado tanto tiempo a tenerlas. En realidad, a juzgar por su apetito sexual, no hubiera podido.

Pero no lo sabía. Las relaciones con Marina no habían sido para nada así. O con ninguna de las mujeres con las que había estado en la Universidad, antes de casarse.

Sin embargo, y para ser totalmente sincero consigo mismo, y era difícil teniendo en cuenta la reacción de su cuerpo ante Eloise, su estado de felicidad no se debía principalmente al contacto físico.

Se debía a esa sensación, a esa certeza de que, por fin, y por primera vez desde que era padre, había hecho lo mejor para sus hijos.

Nunca había sido un padre perfecto. Lo sabía y, aunque detestara admitirlo, lo aceptaba. Pero, al final, había hecho lo mejor que podía hacer: les había encontrado una madre perfecta.

Y, al hacerlo, era como si le hubieran quitado quinientos quilos de culpabilidad de encima.

No le extrañaba que sintiera más relajados los músculos de la espalda.

Podía encerrarse en el invernadero por la mañana y no preocuparse por nada. No recordaba la última vez que lo había hecho; sencillamente, se iba a trabajar y lo hacía sin perder los nervios cada vez que escuchaba un ruido o un grito. O la última vez que había sido capaz de concentrarse en su trabajo sin echarse la culpa de esto o lo otro y ser incapaz de pensar en otra cosa que en sus fallos como padre.

Ahora, en cambio, se metía allí y se olvidaba de sus preocupaciones. Bueno, es que no tenía preocupaciones.

Era magnífico. Mágico.

Un alivio.

Y si, alguna vez, su mujer lo miraba de manera que quería que dijera o hiciera algo distinto..., bueno, sería porque él era un hombre y ella una mujer, y los hombres nunca entenderían a las mujeres y, en realidad, debería estar agradecido de que Eloise casi siempre dijera lo que pensaba, y eso era muy bueno, porque así él no tenía que estar rompiéndose la cabeza para averiguar qué esperaba de él.

Y eso era algo que su hermano siempre le había dicho. «Cuidado con las mujeres que hacen muchas preguntas. Nunca contestarás lo que quieren.»

Phillip sonrió, recordando aquello. Visto así, no tenía que preocuparse por si, ocasionalmente, sus conversaciones acababan en nada. Casi siempre, acababan en la cama, y a él le parecía perfecto.

Bajó la mirada hacia la protuberancia que tenía entre las piernas. ¡Maldita sea! Iba a tener que dejar de pensar en su mujer durante el día. O, al menos, encontrar la manera de volver discretamente a casa en ese estado y buscarla en seguida.

Y entonces, casi como si supiera que Phillip estaba allí de pie pensando en lo perfecta que era, y quisiera demostrárselo una vez más, abrió la puerta del invernadero y asomó la cabeza.

Phillip miró a su alrededor y se preguntó por qué demonios lo había construido todo en cristal. Si Eloise tenía la intención de ir a visitarlo de forma regular, tendría que instalar alguna especie de pantalla de intimidad.

—¿Interrumpo?

Phillip se quedó pensativo. En realidad, sí que lo interrumpía porque estaba en medio de un experimento, pero no le importó. Y eso resultó ser extraño y agradable al mismo tiempo. Hasta ahora, las interrupciones lo irritaban mucho. Incluso si se trataba de alguien que apreciaba, a los pocos minutos ya estaba deseando que se fuera y lo dejara solo para seguir con lo que estaba haciendo.

—En absoluto —dijo—, si no te molesta mi aspecto.

Eloise lo miró, se fijó en la suciedad y el barro, incluso en la mancha que Phillip sabía que tenía en la mejilla izquierda, y meneó la cabeza.

—Para nada.

—¿Qué te preocupa?

—Es la niñera de los gemelos —dijo, sin ningún preámbulo—. No me gusta.

Aquello no era lo que Phillip se esperaba. Dejó la pala en el suelo.

—¿No te gusta? ¿Qué le pasa?

—No lo sé muy bien. Pero no me gusta.

—Bueno, no me parece una razón de peso para despedirla.

Eloise apretó los labios y, como estaba empezando a aprender, Phillip entendió que se estaba enfadando.

—Les ha golpeado en los nudillos.

Él suspiró. No le gustaba la idea de que alguien golpeara a sus hijos, pero solo eran unos golpes en los nudillos. Nada que no sucediera en cualquier escuela del país. Además, pensó con resignación, no es que sus hijos fueran un modelo de buen comportamiento. Y entonces, con ganas de gruñir, dijo:

—¿Se lo merecían?

—No lo sé —admitió Eloise—. No estaba allí. Dijo que le habían faltado al respeto.

Phillip notó cómo le empezaban a pesar un poco los hombros.

—Por desgracia —dijo—, no me cuesta creerlo.

—No, a mí tampoco —dijo Eloise—. Son unos monstruos pero, en cualquier caso, me pareció que había algo raro.

Phillip se apoyó en la mesa de trabajo, estirando a Eloise de la mano hasta que la atrajo contra él.

—Entonces, averigua qué es.

Eloise abrió la boca, sorprendida.

—¿No quieres hacerlo tú?

Él se encogió de hombros.

—No soy yo el que está preocupado. Jamás he tenido motivos para dudar de la niñera Edwards pero, si a ti te parece que hay algo raro, deberías investigarlo. Además, seguro que lo harás mucho mejor que yo.

—Pero... —se retorció un poco cuando Phillip la atrajo hacia él y le acarició el cuello— eres su padre.

—Y tú, su madre —dijo, hablando y respirando agitado contra su piel. Lo volvía loco y estaba muy excitado; si pudiera conseguir hacerla callar, seguramente podría llevársela a la habitación, donde se divertirían mucho más que allí—. Me fío de ti —dijo, creyendo que aquello la apaciguaría y, además, era la verdad—. Por eso me casé contigo.

Obviamente, Eloise no se esperaba aquella respuesta.

—Por eso... ¿qué?

—Bueno, por esto también —murmuró él, intentando imaginarse en lo mucho que podría acariciarla si no se interpusiera tanta ropa entre ellos.

—¡Phillip, basta! —exclamó, soltándose.

¿Qué demonios?

—Eloise —dijo él, con cautela porque, aunque su experiencia era limitada, sabía que debía tener mucho cuidado con una mujer enfadada—, ¿qué pasa?

—¿Qué pasa? —preguntó ella, con un peligroso brillo en los ojos—. ¿Cómo puedes preguntarme eso?

—Bueno —dijo él, despacio y con un poco de sarcasmo—, quizás porque no sé qué pasa.

—Phillip, ahora no es el mejor momento.

—¿Para preguntarte qué pasa?

—¡No! —exclamó, casi gritando.

Phillip retrocedió un poco. Por protección, se dijo. Seguro que a eso se limitaba la participación masculina en las disputas maritales. Protección pura y dura.

Eloise empezó a agitar el brazo en el aire.

—Para esto.

Phillip miró a su alrededor. Señalaba a la mesa de trabajo, a las macetas con guisantes, al cielo, a los cristales del invernadero.

—Eloise —dijo, en un deliberado tono neutro—, no me considero un hombre estúpido, pero no tengo ni la menor idea de lo que estás diciendo.

Eloise abrió la boca, sorprendida, y Phillip comprendió que se había metido en un buen lío.

—¿No lo sabes? —le preguntó.

Él debería haber hecho caso de sus propias palabras y protegerse, pero algún diablillo, seguro que era un diablillo masculino furioso, lo obligó a decir:

—No puedo leer la mente, Eloise.

—No es el mejor momento —gruñó ella, al final— para intimar.

—Bueno, por supuesto que no —asintió él—. Aquí no tenemos intimidad. Pero —solo con pensarlo, ya dibujó una sonrisa— siempre podríamos volver a casa. Sé que es pleno día pero...

—¡No me refería a eso!

—Muy bien —dijo él, cruzándose de brazos—. Me rindo. ¿A qué te refieres, Eloise? Porque te aseguro que no tengo ni la menor idea.

—¡Hombres! —dijo ella, entre dientes.

—Me lo tomaré como un cumplido.

La mirada de Eloise podría haber helado el Támesis. Casi congeló el deseo de Phillip, algo que lo irritó muchísimo porque había imaginado aliviarse de otra manera totalmente distinta.

—No era esa mi intención —dijo ella.

Phillip se dejó caer en la mesa de trabajo de una manera informal para irritarla un poco.

—Eloise —dijo, suavemente—, intenta demostrar un poco de respeto por mi inteligencia.

—Es difícil cuando demuestras tan poca —respondió ella.

Y aquello fue la gota que hizo rebosar el vaso.

—¡Ni siquiera sé por qué estamos discutiendo! —estalló—. Primero caes rendida en mis brazos y después te pones a chillar como una histérica.

Eloise meneó la cabeza.

—Nunca he caído rendida en tus brazos.

Phillip sintió como si el suelo que lo aguantaba hubiera desaparecido de golpe.

Eloise debió de darse cuenta porque, enseguida, añadió:

—Hoy. Me refería a hoy. A ahora.

Phillip relajó los músculos, aunque seguía enfurecido.

—Solo intentaba hablar contigo —explicó ella.

—Siempre intentas hablar conmigo —señaló él—. Es lo único que sabes hacer. Hablar, hablar y hablar.

Eloise se echó hacia atrás.

—Si no te gustaba —dijo, en un tono insolente—, no deberías haberte casado conmigo.

—No tuve otra opción —respondió él, alterado—. Tus hermanos vinieron dispuestos a castrarme. Y para que no te enfades tanto, no me importa que hables. Pero, por favor, no todo el día.

Eloise lo miró como si quisiera decir algo tremendamente ingenioso, pero lo único que pudo hacer fue abrir y cerrar la boca como un pez y emitir unos extraños sonidos:

—¡Ah, ah!

—De vez en cuando —continuó Phillip, sintiéndose superior—, deberías pensar en cerrar la boca y utilizarla para otra cosa.

—Eres insoportable —respondió ella.

Phillip arqueó las cejas, sabiendo que aquello la irritaría todavía más.

—Lamento que mi propensión a las palabras te resulte tan ofensiva —dijo ella—, pero estaba intentando hablar contigo e intentaste besarme.

Él se encogió de hombros.

—Siempre intento besarte. Eres mi mujer. ¿Qué otra cosa se supone que tengo que hacer?

—Pero a veces no es el mejor momento —dijo Eloise—. Phillip, si queremos tener un buen matrimonio...

—Tenemos un buen matrimonio —dijo él, a la defensiva y un tanto malhumorado.

—Sí, claro —añadió ella, enseguida—, pero no podemos estar siempre... ya sabes.

—No —dijo él, deliberadamente inocente—. No lo sé.

Eloise apretó los dientes.

—Phillip, no seas así.

Él no dijo nada; se limitó a apretar todavía más los brazos cruzados y a mirarla fijamente.

Eloise cerró los ojos y, mientras movía los labios, inclinó la barbilla un poco hacia delante. Entonces, Phillip se dio cuenta de que estaba hablando. No estaba emitiendo ningún sonido, pero seguía hablando.

Era imposible, no podía parar. Ahora hablaba sola.

—¿Qué estás haciendo? —le preguntó, al final.

Ella le respondió sin abrir los ojos.

—Intentar convencerme de que no pasa nada por ignorar el consejo de mi madre.

Phillip meneó la cabeza. Nunca entendería a las mujeres.

—Phillip —dijo ella, al final, justo cuando él había decidido marcharse y dejarla hablando sola—, disfruto mucho con lo que hacemos en la cama...

—Es un alivio escuchar eso —gruñó él, todavía demasiado irritado para ser gracioso.

Eloise ignoró su poca cortesía.

—Pero no se puede limitar a eso.

—¿El qué?

—Nuestro matrimonio —se sonrojó, muy incómoda por aquella conversación tan honesta—. No se puede limitar a hacer el amor.

—Es una parte importante del matrimonio —dijo él, entre dientes.

—Phillip, ¿por qué no quieres hablar de esto conmigo? Tenemos un problema y debemos hablar.

Y entonces hubo algo en su interior que cedió. Estaba convencido de que tenían un matrimonio perfecto, ¿y ella se estaba quejando? Esta vez estaba convencido de que lo había hecho bien.

—Llevamos casados una semana, Eloise —gruñó—. Una semana. ¿Qué quieres de mí?

—No lo sé. Yo...

—Solo soy un hombre.

—Y yo solo soy una mujer —dijo ella, despacio.

Por alguna razón, aquellas palabras solo consiguieron enfurecerlo más. Se inclinó hacia delante, utilizando su corpulencia de manera deliberada para intimidarla.

—¿Sabes cuánto tiempo hacía que no estaba con una mujer? —le preguntó, entre dientes—. ¿Tienes una ligera idea?

Eloise abrió mucho los ojos y negó con la cabeza.

—Ocho años —soltó él—. Ocho largos años sin otra satisfacción que mi mano. Así que la próxima vez que te parezca que estoy disfrutando mientras te hago el amor, por favor, disculpa mi inmadurez y mi masculinidad —esta última palabra la dijo con cierto sarcasmo y rabia, como la habría dicho ella—, pero solo estoy saboreando un trago de agua fresca después de una larga travesía por el desierto.

Y después, incapaz de soportarla un segundo más...

No, eso no era verdad. Era incapaz de soportarse a sí mismo.

Fuera como fuese, se marchó.

16

«... estás en todo tu derecho, querida Kate. Los hombres son terriblemente fáciles de manejar. Ni siquiera me imagino perdiendo una discusión con uno. Por supuesto, si hubiera aceptado la propuesta de Lord Lacye no habría tenido ni la oportunidad de intentarlo. Apenas habla, algo que me parece de lo más extraño.»

Eloise Bridgerton a su cuñada, la vizcondesa Bridgerton,
después de rechazar su quinta propuesta de matrimonio.

Eloise se quedó en el invernadero casi una hora, incapaz de hacer otra cosa que no fuera mirar el vacío y preguntarse...

¿Qué había pasado?

Estaban hablando, bueno, quizás estaban discutiendo, pero de una manera relativamente razonable y civilizada y, al cabo de un segundo, Phillip se había vuelto loco, había enfurecido.

Y después se había ido. Se había ido. La había dejado plantada en medio de una discusión, con la palabra en la boca y el orgullo más que herido.

Se había ido. Aquello era lo que realmente le molestaba. ¿Cómo podía alguien marcharse en medio de una discusión?

De acuerdo, el diálogo lo había empezado ella, bueno, la discusión, pero, de todas formas, no había pasado nada que justificara aquella estampida de Phillip.

Y lo peor era que no sabía qué hacer.

Hasta ahora, siempre había sabido qué hacer. No siempre había tenido razón pero, al menos, estaba segura de sí misma cuando tomaba decisiones. Y ahora, allí sentada en la mesa de trabajo de Phillip, sintiéndose totalmente confusa e inútil se dio cuenta de que, para ella, era mucho mejor actuar y equivocarse que sentirse indefensa e impotente.

Y por si eso no fuera bastante, no podía apartar la voz de su madre de su cabeza: «No presiones demasiado. Ten paciencia».

Y lo único que podía pensar era que no lo había presionado. ¡Por el amor de Dios!, ella solo había acudido a él preocupada por sus hijos. ¿Acaso era tan malo querer hablar un poco en lugar de salir corriendo hacia la habitación? Supuso que, si la pareja en cuestión no compartiera lecho, quizás sí que sería malo pero ellos... Ellos habían...

¡Lo habían hecho esa misma mañana!

Nadie podía decir que tuvieran problemas en la cama. Ni uno.

Suspiró y se vino abajo. Nunca en su vida se había sentido tan sola. ¡Qué curioso! ¿Quién habría dicho que tendría que casarse y unirse eternamente a otra persona para sentirse sola?

Necesitaba a su madre.

No, no la necesitaba. A su madre, no. Sería muy cariñosa y comprensiva y todo lo que debería ser una madre pero, después de hablar con ella se sentiría como una niña pequeña y no como la adulta que se suponía que era.

Necesitaba a sus hermanas. Bueno, a Hyacinth no, que solo tenía veintiún años y no sabía nada de hombres. Necesitaba a una de sus hermanas casadas. A Daphne, que siempre sabía qué decir, o a Francesca, que, aunque nunca decía lo que uno quería escuchar, siempre conseguía arrancarte una sonrisa.

Pero estaban demasiado lejos; en Londres y Escocia, respectivamente, y Eloise no iba a escaparse. Cuando se había casado, había hecho un juramento y por las noches estaba encantada de llevarlo a cabo con su marido. Sin embargo, lo que fallaba eran los días.

No iba a ser una cobarde y marcharse, aunque solo fueran unos días.

Sin embargo, Sophie estaba cerca, a solo una hora de camino. Y, a pesar de que no eran hermanas de nacimiento, sí que lo eran de corazón.

Miró al cielo. Estaba nublado y era imposible ver el sol, pero estaba segura de que no podía ser más de mediodía. Incluso con el viaje, podría pasar casi todo el día con Sophie y volver a casa a la hora de la cena.

Su orgullo no quería que nadie supiera que estaba deprimida, pero el corazón necesitaba un hombro sobre el que llorar.

Y, al final, pudo más el corazón.

Phillip se pasó las siguientes horas caminando por sus tierras, arrancando hierbajos del suelo.

Y eso lo mantuvo bastante ocupado porque, como estaba en tierras sin cultivar, casi todo se podía considerar hierbajos, si se ponía quisquilloso.

Y estaba en plan quisquilloso. Incluso más. Si hubiera podido, lo habría arrancado todo.

Y más él, un botánico.

Sin embargo, ahora no le apetecía plantar nada, no quería ver florecer nada. Quería arrancar, pisotear y destrozar. Estaba enfadado, frustrado, furioso consigo mismo y furioso con Eloise y estaba más que dispuesto a estar furioso con cualquiera que se cruzara en su camino.

Sin embargo, después de una tarde de patalear, pisotear y arrancar de cuajo flores salvajes y hierbas, se sentó en una roca y dejó caer la cabeza entre las manos.

¡Demonios!

¡Qué estúpido!

Había sido un completo estúpido y lo más irónico era que creía que eran felices.

Creía que su matrimonio era perfecto y todo ese tiempo, bueno, de acuerdo, solo había sido una semana pero, en su opinión, había sido una semana perfecta. Y Eloise había sido desgraciada.

Quizás desgraciada no, pero no había sido feliz.

Bueno, quizás un poco, pero no estaba extasiada de felicidad como él.

Y ahora tenía que hacer algo al respecto, que era lo último que quería hacer. Hablar con Eloise, hacerle preguntas e intentar deducir qué había pasado, sin hablar de intentar descubrir cómo arreglarlo; en estas cosas siempre metía la pata.

Aunque no tenía más opciones, ¿no? En parte, se había casado con Eloise, bueno, en parte no, se había casado con ella por eso, porque quería que se encargara de las tareas de casa que a él tanto lo molestaban, para que él se pudiera dedicar a lo que de verdad le importaba. El cariño que cada vez más empezaba a sentir por Eloise era solo un añadido inesperado.

Sin embargo, sospechaba que el matrimonio no podía considerarse como una de esas tareas de casa y no podía dejar que todo el peso recayera en Eloise. Y, por muy dolorosa que pudiera resultar una conversación totalmente sincera con ella, sabía que tendría que arriesgarse.

Gruñó. Seguramente, Eloise le preguntaría cuáles eran sus sentimientos. ¿Tan difícil era para las mujeres entender que los hombres no hablaban de sus sentimientos? ¡Demonios!, la mitad de los hombres ni siquiera los tenían.

O, a lo mejor, podría tomar el camino fácil y, sencillamente, disculparse. No sabía muy bien por qué lo estaría haciendo, pero la complacería y la haría feliz, que era lo que importaba.

No quería que Eloise fuera infeliz. No quería que se arrepintiera de haberse casado con él, ni siquiera un segundo. Quería que su matrimonio volviera a ser como él lo había imaginado: tranquilo y relajado de día, feroz y apasionado de noche.

Retomó el camino hacia Romney Hall, ensayando mentalmente lo que le diría, aunque frunció el ceño cuando se dio cuenta de lo necio que sonaba.

Sin embargo, todos sus esfuerzos fueron en vano porque, cuando llegó a casa y se encontró con Gunning, el mayordomo le dijo:

—No está aquí.

—¿Qué quiere decir con que no está aquí? —preguntó Phillip.

—No está aquí, señor. La señora se ha ido a casa de su hermano.

A Phillip se le hizo un nudo en el estómago.

—¿Qué hermano?

—Creo que el que vive aquí cerca.

—¿Lo cree?

—Estoy casi seguro —se corrigió Gunning.

—¿Y ha dicho cuándo pensaba regresar?

—No, señor.

Phillip maldijo entre dientes. Eloise no podía haberlo dejado. No era de las que saltaba por la borda de un barco que se hundía, al menos no hasta asegurarse de que todos los demás estaban a salvo.

—No se ha llevado ninguna maleta, señor —dijo Gunning.

Ah, ahora sí que se quedaba más tranquilo. Hasta el mayordomo sentía la necesidad de decirle que su mujer no lo había abandonado.

—Puede retirarse, Gunning —dijo Phillip, con los dientes apretados.

—Muy bien, señor —dio Gunning. Inclinó la cabeza, como siempre hacía antes de salir de la sala.

Phillip se quedó de pie en el pasillo varios minutos, con los brazos caídos a los lados. ¿Qué demonios se suponía que tenía que hacer, ahora? No iba a salir detrás de Eloise como un loco. Si tanto quería estar lejos de él, juraba por Dios que se lo pondría muy fácil.

Empezó a caminar hacia su despacho, donde podría refunfuñar y enfadarse en privado pero, justo cuando estaba a escasos metros de la puerta, se fijó en el reloj de pie que había al final del pasillo. Eran las tres pasadas, la hora que los niños solían bajar a comer algo antes de la hora de la cena. Antes de casarse, Eloise lo había acusado de no preocuparse demasiado por sus hijos.

Apoyó las manos en las caderas, girando el pie inseguro, como si no acabara de decidir hacia dónde ir. Podía subir a la sala de juegos y pasar unos minutos con sus hijos, que seguro que no se lo esperaban. No es que tuviera otra cosa más importante que hacer aparte de quedarse ahí de pie esperando que su mujer volviera a casa. Y, cuando lo hiciera…, bueno, no tendría ninguna queja, no después de que Phillip hubiera encajado su enorme cuerpo en una de esas diminutas sillas y hubiera compartido leche y galletas con los niños.

Muy decidido, dio media vuelta y subió las escaleras hasta la habitación de los niños, que estaba en el último piso, con el techo inclinado. Eran las mismas habitaciones en las que él había crecido, con los mismos muebles y los mismos juguetes y, seguramente, con la misma grieta en el techo encima de las camas, la que parecía dibujar la silueta de un pato.

Phillip frunció el ceño mientras llegaba al rellano del tercer piso. Debería ir a ver si la grieta seguía allí y, si así era, preguntarles a los niños a qué creían que se parecía. George, su hermano, siempre había dicho que parecía un cerdo, pero Phillip nunca comprendió cómo podía confundir un pico con un morro.

Meneó la cabeza. ¡Por Dios, cómo se podía confundir un pato con un cerdo! Jamás lo había entendido. Incluso el…

Se detuvo en seco, a dos puertas de la habitación de los niños. Había escuchado algo y no estaba seguro de qué había sido, aunque sí que supo que no le había gustado. Era un…

Se quedó escuchando.

Era un golpe.

La primera reacción fue correr hacia allí y abrir la puerta de golpe, pero se contuvo cuando vio que estaba medio abierta, así que se acercó sigilosamente y miró qué estaba pasando allí dentro.

Y necesitó menos de un segundo para entenderlo.

Oliver estaba acurrucado en el suelo, sacudiéndose por el llanto, y Amanda estaba de pie, frente a la pared, abrazándose los brazos con sus pequeñas manos y llorando mientras la niñera la golpeaba en la espalda con un enorme libro.

Phillip abrió la puerta con tanta fuerza que a punto estuvo de arrancarla del marco.

—¡¿Qué demonios cree que está haciendo?! —gritó.

La niñera Edwards se giró, sorprendida, pero antes de que pudiera abrir la boca, Phillip le arrancó el libro de las manos y lo tiró contra la pared.

—¡Sir Phillip! —exclamó la niñera, asustada.

—¿Cómo se atreve a golpear así a los niños? —dijo, con la voz llena de ira—. Y con un libro.

—Recibí órdenes de no...

—Y lo hizo donde nadie lo veía —sintió que se estaba poniendo muy nervioso, que estaba a punto de estallar—. ¿A cuántos niños ha pegado, asegurándose de solo dejarles marcas donde nadie las vería?

—Me han faltado al respeto —dijo la niñera, muy orgullosa—. Se merecían un castigo.

Phillip se le acercó, tanto que la niñera tuvo que retroceder.

—Quiero que se vaya de mi casa —le dijo.

—Me dijo que les enseñara disciplina como mejor me pareciera —protestó la niñera Edwards.

—¿Y le parece que esto es lo mejor? —dijo Phillip, entre dientes, haciendo acopio de todas sus fuerzas para mantener los brazos pegados al cuerpo. Quería agitarlos, quería coger un libro y golpear a esa mujer igual que ella había hecho con sus hijos.

Pero se contuvo. No sabía cómo, pero lo hizo.

—¿Pegarles con un libro? —continuó, muy furioso.

Miró a sus hijos; estaban arrinconados contra la pared, seguramente tan asustados de ver a su padre así como de los castigos de la niñera. Lo ponía enfermo ver que lo estaban mirando de aquella manera, al borde de perder totalmente los nervios, pero no podía hacer nada para tranquilizarse.

—No vi ninguna vara —dijo la niñera, con altanería.

Y aquello era lo peor que le podía haber dicho a Phillip. Notó que se enfurecía todavía más y luchó contra la rabia que le estaba obnubilando la vista. Hace años, había una vara en esa habitación; el gancho todavía estaba en la pared, al lado de la ventana.

Phillip la había quemado el día del funeral de su padre; se había quedado frente al fuego hasta que se aseguró de que solo quedaban cenizas. Haberla tirado al fuego no era suficiente, necesitaba ver cómo se destruía, para siempre.

Y se acordó de aquella vara, de los cientos de veces en que lo habían golpeado con ella, a pesar del dolor y la indignación, a pesar de todos los esfuerzos que había hecho por no llorar.

Su padre no soportaba a los lloricas. Las lágrimas solo provocaban otra ronda de golpes. Con la vara, con el cinturón, con la fusta de montar o, cuando no había nada de eso, con la mano.

Pero jamás, pensó Phillip con una extraña sensación de desapego, jamás con un libro. Seguramente, a su padre no se le había ocurrido.

—Fuera —dijo Phillip, en voz baja. Y entonces, cuando la niñera no reaccionó, lo dijo a gritos—. ¡Fuera! ¡Fuera de esta casa!

—Sir Phillip —dijo ella, alejándose de él y del alcance de sus fuertes y largos brazos.

—¡Fuera! ¡Fuera! ¡Fuera!

Ya no sabía de dónde procedía toda esa rabia. De algún sitio muy profundo de su ser que había estado encerrado durante mucho tiempo.

—¡Tengo que recoger mis cosas! —gritó ella.

—Tiene media hora —dijo Phillip, en voz baja, aunque todavía agitada por la rabia—. Treinta minutos. Si para entonces no se ha ido, yo mismo la sacaré de aquí a patadas.

La niñera Edwards se quedó en la puerta, empezó a caminar pero, entonces, se giró.

—Está echando a perder a estos niños —dijo, entre dientes.

—Bueno, eso es problema mío.

—Como quiera. Solo son unos pequeños monstruos, maleducados y consentidos...

¿Tan poco aprecio sentía por su vida? Phillip estaba a un paso de perder la paciencia y cogerla por el brazo y sacarla él mismo de su casa.

—¡Fuera! —gruñó, y esperó que fuera la última vez que tuviera que decirlo. No podría contenerse mucho más. Avanzó un poco, reforzando el efecto de sus palabras y, por fin, ¡por fin!, aquella mujer desapareció.

Por un momento, Phillip se quedó quieto, intentando calmarse, relajar la respiración y esperar que la sangre le bajara de la cabeza. Estaba de espaldas a los niños y le daba mucho miedo darse la vuelta. Se estaba muriendo por dentro, la rabia por haber contratado a esa mujer, a ese monstruo, para que cuidara a sus hijos lo estaba destrozando. Y, encima, había estado demasiado ocupado evitándolos para darse cuenta de que estaban sufriendo.

Sufriendo lo mismo que él de niño.

Muy despacio, se giró, aterrado por lo que podía ver en sus ojos.

Sin embargo, cuando levantó la vista del suelo y los miró a los ojos, los niños reaccionaron y se abalanzaron sobre él con tanta fuerza que casi lo tiraron al suelo.

—¡Papi! —exclamó Amanda, usando aquella palabra que no había usado en años. Hacía mucho tiempo que era, sencillamente, «padre» y se había olvidado de lo bien que sonaba el apelativo cariñoso.

Y Oliver también lo estaba abrazando, rodeándolo con sus pequeños brazos por la cintura, y escondiendo la cara para que su padre no viera que estaba llorando.

Pero Phillip se dio cuenta. Las lágrimas le estaban empapando la camisa y notaba cada movimiento de cabeza en el estómago.

Los rodeó con los brazos, de manera protectora.

—Shhh —dijo—. Ya está. Estoy aquí —unas palabras que jamás había dicho, palabras que jamás imaginó que diría; jamás se había imaginado que su presencia sería la que calmaría la situación—. Lo siento —dijo—. Lo siento mucho.

Le habían dicho que no les gustaba la niñera Edwards y él no les había hecho caso.

—No es culpa tuya, papá —dijo Amanda.

Sí que lo era, pero ahora no serviría de nada empezar a darle vueltas. No ahora que tenían la oportunidad de empezar de cero.

—Encontraremos una nueva niñera —les dijo.

—¿Una como la señorita Millsby? —preguntó Oliver, que ya había dejado de llorar.

Phillip asintió.

—Una como ella.

Oliver lo miró con mucha franqueza.

—¿Puede la señorita Brid... mamá ayudar a escogerla?

—Claro que sí —respondió Phillip, acariciándole el pelo—. Supongo que querrá dar su opinión. Es una mujer con muchas opiniones.

Los niños se rieron.

Phillip sonrió.

—Ya veo que la conocéis muy bien.

—Le gusta hablar —dijo Oliver, titubeante.

—¡Pero es muy inteligente! —añadió Amanda.

—Sí que lo es —dijo Phillip, en voz baja.

—Me gusta —dijo Oliver.

—A mí también —añadió su hermana.

—Me alegro de escuchar eso —les dijo Phillip—, porque creo que ha venido para quedarse.

«Y yo también», pensó. Se había pasado años evitando a sus hijos, temiendo cometer un error, aterrado de perder los nervios. Creía que, al mantenerlos lejos de él, estaba haciendo lo mejor para ellos, pero no era así. Se había equivocado.

—Os quiero —les dijo, de repente, muy emocionado—. Lo sabéis, ¿verdad?

Los niños asintieron, con los ojos brillantes.

—Siempre os querré —susurró y se agachó hasta quedar a su misma altura. Saboreó la agradable sensación de abrazarlos—. Siempre os querré.

17

«... no importa, Daphne, creo que no deberías haberte marchado.»

Eloise Bridgerton a su hermana, la duquesa de Hastings, durante la breve
separación de Daphne de su marido, a las pocas semanas de estar casados.

El camino hasta casa de Benedict estuvo lleno de surcos y baches y, cuando
Eloise bajó del carruaje frente a la casa de su hermano, había pasado de estar
enfadada a estar de un humor de perros. Y, para empeorarlo todo un poco
más, cuando el mayordomo le abrió la puerta, la miró como si fuera una loca.

—¿Graves? —preguntó Eloise cuando resultó obvio que el pobre hombre
no podía hablar.

—¿La están esperando? —preguntó él, aturdido.

—Bueno, no —dijo Eloise, mirando hacia la casa porque, en realidad, allí
es donde quería estar.

Había empezado a lloviznar y Eloise no iba protegida para la lluvia.

—Pero no creo que les... —empezó a decir.

Graves se apartó, recordando su deber y dejándola pasar.

—Es el señorito Charles —dijo, refiriéndose al hijo mayor de Benedict y
Sophie, que apenas tenía cinco años y medio—. Está muy enfermo. Está...

Eloise notó que tenía un nudo en la garganta.

—¿Qué le pasa? —preguntó, sin molestarse en disimular su preocupación—. ¿Se va a...? —¡por Dios!, ¿cómo se preguntaba si un niño se iba a morir?

—Avisaré a la señora Bridgerton —dijo Graves, tragando saliva. Se dio la
vuelta y subió las escaleras a toda prisa.

—¡Espere! —exclamó Eloise, que quería hacerle más preguntas, pero ya
había desaparecido.

Se dejó caer en una silla, muy asustada y, por si no fuera poco, muy enfadada consigo misma por haberse atrevido a quejarse de su vida. Sus problemas con Phillip, que, de hecho, no eran tales, solo una pequeña rabieta, no eran nada comparados con esto.

—¡Eloise!

El que bajó las escaleras fue Benedict, no Sophie. Estaba demacrado, con los ojos hundidos y la piel pálida. A Eloise no le hizo falta preguntarle cuánto tiempo llevaba sin dormir; seguro que a su hermano no le haría gracia y, además, la respuesta estaba reflejada en su cara: llevaba días despierto.

—¿Qué haces aquí? —le preguntó.

—Venía de visita —dijo ella—. A saludaros. No tenía ni idea. ¿Qué ha pasado? ¿Cómo está Charles? Le vi la semana pasada y estaba bien. Estaba... ¿Qué ha pasado?

Benedict tardó unos segundos en reunir fuerzas para hablar.

—Tiene mucha fiebre. No sé por qué. El sábado se despertó muy bien pero, a la hora de comer, estaba... —se apoyó en la pared y cerró los ojos, encerrándose en su agonía—. Estaba hirviendo —susurró—. Y no sé qué hacer.

—¿Qué ha dicho el médico? —preguntó Eloise.

—Nada —respondió Benedict, derrotado—. Al menos, nada bueno.

—¿Puedo verle?

Benedict asintió, sin abrir los ojos.

—Tienes que descansar —dijo Eloise.

—No puedo —dijo él.

—Tienes que hacerlo. En estas condiciones, no le haces bien a nadie, y me temo que Sophie debe de estar igual.

—La obligué a acostarse hace una hora —dijo—. Parecía un cadáver.

—Bueno, tú no tienes mejor aspecto —le dijo Eloise, utilizando a propósito un tono decidido y seguro.

A veces, era lo que la gente necesitaba en un momento así, que les dijeran qué hacer. La compasión solo conseguiría que su hermano se echara a llorar y ninguno de los dos quería que aquello pasara.

—Tienes que acostarte —le mandó Eloise—. Ahora. Yo me encargaré de Charles. Aunque solo duermas una hora, pero te sentirás mucho mejor.

Benedict no le respondió; se había quedado dormido allí de pie.

Eloise se puso al frente de la situación. Le dijo a Graves que metiera a Benedict en la cama y ella fue a la habitación del niño e intentó no echarse a llorar cuando lo vio.

Parecía tan pequeño y frágil en aquella cama tan grande; Benedict y Sophie lo habían llevado a su habitación, que era más grande, para tener más espacio para atenderlo. Estaba ardiendo pero, cuando abrió los ojos, Eloise vio que los tenía cristalinos y era incapaz de centrar la mirada en algo concreto. Además, cuando no estaba totalmente inmóvil, deliraba diciendo cosas incoherentes sobre caballos, árboles y mazapanes.

Eloise se preguntó qué diría ella, en estado delirante, si alguna vez se ponía tan enferma.

Le secó la frente, lo giró y ayudó a las sirvientas a cambiarle las sábanas, y ni siquiera se dio cuenta de que el sol se había escondido por el horizonte. Solo daba gracias al cielo porque Charles parecía no empeorar con sus cuidados. Según los sirvientes, Benedict y Sophie habían estado a su lado dos días enteros y Eloise no quería ir a despertarlos con malas noticias.

Se sentó en una silla junto a la cama, le leyó su libro favorito y le explicó historias de cuando su padre era pequeño. Y, aunque dudaba de que pudiera escucharla, aquello la hacía sentirse mejor porque no podía quedarse allí sentada sin hacer nada.

Sin embargo, no fue hasta las ocho de la tarde, cuando Sophie se despertó y le preguntó por Phillip, que se le ocurrió que debería enviarle una nota porque, a lo mejor, estaba preocupado.

Así que escribió algo breve, solo para decirle que estaba velando a su sobrino. Phillip lo entendería.

A las ocho de la tarde, Phillip estaba convencido de que Eloise había muerto en un accidente o lo había abandonado.

Y ninguna de las opciones le parecía demasiado agradable.

No creía que lo hubiera abandonado; parecía bastante feliz con su matrimonio, a pesar de la pelea que habían tenido por la mañana. Además, no se había llevado nada, aunque aquello no significaba nada porque casi todas sus cosas todavía tenían que llegar de Londres. Si se había marchado, no dejaba gran cosa en Romney Hall.

Solo un marido y dos hijos.

¡Por Dios!, y a los niños les había dicho: «Creo que ha venido para quedarse».

No, pensó con ferocidad, Eloise no lo dejaría. Nunca haría algo así. No era una mujer cobarde y jamás huiría de su matrimonio. Si había algo que no le gustaba, se lo diría, a la cara y sin rodeos.

Y eso, pensó mientras se ponía el abrigo y salía corriendo hacia la puerta, significaba que tenía que estar muerta en alguna cuneta del camino a Wiltshire. Había estado lloviendo toda la tarde y los caminos entre su casa y la de Benedict no estaban en demasiadas buenas condiciones.

¡Demonios, casi sería mejor que lo hubiera abandonado!

Sin embargo, camino de Mi Casa, el estúpido nombre de la propiedad de Benedict Bridgerton, empapado y de muy mal humor, cada vez estaba más convencido de que Eloise lo había abandonado.

Porque no estaba en ninguna cuneta, ni había ningún rastro de algún accidente de carruaje, ni la había encontrado en ninguna de las dos posadas que había en el camino.

Y solo había un camino para ir desde Romney Hall hasta Mi Casa; era imposible que estuviera en cualquier otra posada de cualquier otro camino y que todo aquello acabara por saldarse en un terrible malentendido.

—Tranquilo —se dijo, mientras subía las escaleras de casa de Benedict—. Tranquilo.

Porque nunca había estado tan cerca de perder los nervios.

A lo mejor había una explicación lógica. A lo mejor no había querido volver mientras llovía. No llovía tanto, pero era algo continuo, y supuso que no le apetecía viajar en esas condiciones.

Levantó el picaporte y golpeó la puerta. Con fuerza.

A lo mejor se había roto una rueda del carruaje.

Volvió a golpear la puerta.

No, eso no lo explicaría. Benedict podría haberla enviado a casa en el suyo.

A lo mejor...

A lo mejor...

Intentó, sin éxito, buscar alguna otra explicación para que Eloise estuviera allí con su hermano y no en casa con su marido. Y no se le ocurría ninguna.

La maldición que salió por sus labios era algo que hacía muchos años que no decía.

Volvió a coger el picaporte, dispuesto a arrancarlo y lanzarlo por la ventana, pero justo entonces se abrió la puerta y Phillip se encontró delante de Graves, el mayordomo a quien había conocido hacía apenas dos semanas, cuando había venido a hacer ver que cortejaba a Eloise.

—¿Y mi mujer? —preguntó Phillip, casi gruñendo.

—¡Sir Phillip! —dijo el mayordomo, sorprendido.

Phillip no se movió, a pesar de que la lluvia le resbalaba por la cara. La maldita casa no tenía pórtico. ¿Dónde se había visto que una casa inglesa no tuviera pórtico?

—Mi mujer —le espetó, otra vez.

—Está aquí —le dijo Graves—. Pase.

Phillip dio un paso adelante.

—Quiero a mi mujer —dijo—. Ahora.

—Permita que le quite el abrigo —dijo Graves.

—Me da igual el abrigo —dijo Phillip, de malos modos—. Quiero a mi mujer.

Graves se quedó helado, con las manos todavía estiradas para quitarle el abrigo.

—¿Ha recibido la nota de la señora Crane?

—No, no he recibido ninguna nota.

—Ya me parecía que había venido muy rápido —murmuró Graves—. Se debe de haber cruzado con el mensajero por el camino. Será mejor que entre.

—Ya estoy dentro —dijo Phillip, muy serio.

Graves expiró, en realidad fue más bien un intenso suspiro, algo muy extraño en un mayordomo que se suponía que no debía hacer gala de ningún sentimiento.

—Creo que tendrá que quedarse un buen rato —dijo Graves, con suavidad—. Quítese el abrigo. Séquese. Querrá estar cómodo.

De repente, la rabia de Phillip se transformó en preocupación. ¿Es que le había pasado algo a Eloise? Por Dios, si le había pasado...

—¿Qué sucede? —susurró.

Acababa de recuperar a sus hijos. No estaba preparado para perder a su mujer.

El mayordomo encaró las escaleras con los ojos tristes.

—Acompáñeme —dijo Graves, en voz baja.

Phillip lo siguió y a cada paso que daba, mayor era el miedo que sentía.

Obviamente, Eloise había acudido a misa casi cada domingo de su vida. Era lo que se esperaba de ella y era lo que hacía la gente buena y honesta pero, en realidad, nunca había sido una persona especialmente religiosa. Durante los sermones, solía dejar volar la imaginación, cantaba los himnos porque le gustaba la música y no porque sintiera una elevación espiritual y, además, la iglesia era el único lugar en el que una pésima cantante como ella podía cantar en voz alta.

Sin embargo, esa noche, mientras contemplaba a su pequeño sobrino, rezó.

Charles no había empeorado, pero tampoco había mejorado y el doctor, que había venido y se había marchado por segunda vez ese día, había pronunciado las temerosas palabras: «En manos de Dios».

Eloise odiaba esa frase, odiaba que los médicos recurrieran a ella cuando se enfrentaban a una enfermedad que los superaba pero, si el doctor tenía razón y la vida de Charles estaba en manos de Dios, entonces es a él a quien Eloise rezaría.

Eso sí, solo cuando no le estaba aplicando compresas frías en la frente o le estaba haciendo beber caldo caliente. Y, aunque había tantas cosas por hacer, se pasaba las horas en vela, nada más.

Así que se sentó, con las manos juntas en el regazo, y suplicó:

—Por favor, por favor.

Y entonces, como si alguien hubiera respondido a la plegaria equivocada, escuchó un ruido en la puerta y, por imposible que pareciera, era Phillip, aunque había mandado el mensajero apenas hacía una hora. Estaba empapado por la lluvia, con el pelo pegado en la frente, pero Eloise estaba más contenta que nunca de verlo y, antes de saber lo que estaba haciendo, cruzó la habitación y se lanzó a sus brazos.

—¡Oh, Phillip! —sollozó, dándose permiso para llorar, finalmente. Todo el día se había estado haciendo la fuerte, obligándose a ser la roca que su hermano y su cuñada necesitaban. Pero Ahora Phillip estaba allí y, cuando la abrazó, tan sólido y fuerte, Eloise dejó que, por una vez, el fuerte fuera otro.

—Pensé que eras tú —susurró Phillip.

—¿Qué? —preguntó ella, confundida.

—El mayordomo... no me lo ha explicado hasta que hemos llegado a la puerta. Pensé que te había... —meneó la cabeza—. No importa.

Eloise no dijo nada, pero lo miró con una pequeña y tímida sonrisa en el rostro.

—¿Cómo está? —preguntó Phillip.

Ella negó con la cabeza.

—No muy bien.

Phillip miró a Benedict y a Sophie, que se habían levantado para saludarlo. Tampoco parecían demasiado bien.

—¿Cuánto tiempo lleva así? —preguntó.

—Dos días —respondió Benedict.

—Dos días y medio —lo corrigió Sophie—. Desde el sábado por la mañana.

—Tienes que secarte —dijo Eloise, al separarse de él—. Y yo también —se miró el vestido, que había quedado empapado por el abrazo—. O acabarás peor que Charles.

—Estoy bien —dijo Phillip, acercándose a la cama del niño. Le puso la mano en la frente, negó con la cabeza y miró a sus padres—. No tengo sensibilidad —dijo—. Tengo las manos demasiado frías de la lluvia.

—Tiene fiebre —confirmó Benedict, cabizbajo.

—¿Qué le habéis hecho? —preguntó Phillip.

—¿Sabes algo de Medicina? —preguntó Sophie, con los ojos llenos de esperanzas renovadas.

—El doctor le ha sacado sangre —dijo Benedict—. Pero parece que no ha hecho efecto.

—Le hemos estado dando caldo —dijo Sophie—. Enfriándolo cuando se calienta demasiado.

—Y calentándolo cuando se enfría —añadió Eloise, desesperada.

—Parece que todo es en vano —susurró Sophie. Y entonces, delante de todos, se vino abajo. Se abalanzó sobre el lateral de la cama y empezó a llorar.

—Sophie —dijo Benedict, arrodillándose junto a ella y abrazándola. Cuando vieron que él también estaba llorando, Phillip y Eloise apartaron la mirada.

—Té de corteza de sauce —le dijo Phillip a Eloise—. ¿Ha tomado eso?

—No creo. ¿Por qué?

—Es algo que aprendí en Cambridge. Se solía dar para paliar el dolor antes que el láudano se popularizara tanto. Uno de mis profesores decía que ayudaba a bajar la fiebre.

—¿Se lo diste a Marina? —preguntó Eloise.

Phillip la miró sorprendido, pero luego recordó que Eloise todavía creía que Marina había muerto por una gripe pulmonar que, en parte, debía de ser verdad.

—Lo intenté —dijo él—, pero no podía hacerle tragar nada. Además, estaba mucho más enferma que Charles —tragó saliva, recordando—. En muchos aspectos.

Eloise se lo quedó mirando un buen rato y luego, de repente, se giró hacia Benedict y Sophie, que ya se habían calmado un poco, aunque seguían arrodillados en el suelo, viviendo un momento de intimidad.

Sin embargo, Eloise, como era habitual en ella, no tuvo ningún miramiento con los momentos privados en una situación como esa, así que agarró a su hermano por el brazo y lo giró.

—¿Tenéis té de corteza de sauce? —le preguntó.

Benedict la miró, parpadeando, y dijo:

—No lo sé.

—Puede que la señora Crabtree, sí —dijo Sophie, refiriéndose a la mitad del matrimonio mayor que se había encargado de Mi Casa hasta que Benedict se casó, cuando solo era su refugio veraniego—. Siempre tiene cosas así. Pero ella y el señor Crabtree han ido a visitar a su hija y no volverán hasta dentro de unos días.

—¿Podéis entrar en su casa? —les preguntó Phillip—. Si lo tiene, lo reconoceré. No es una hoja de té. Solo es la corteza, que se hierve. Puede que ayude a bajarle la fiebre.

—¿Corteza de sauce? —preguntó Sophie, incrédula—. ¿Quieres curar a mi hijo con la corteza de un árbol?

—Seguro que no puede hacerle daño —dijo Benedict, muy serio, caminando hacia la puerta—. Ven conmigo, Crane. Tenemos una llave de su casa. Yo mismo te acompañaré —sin embargo, cuando llegó a la puerta se giró hacia Phillip—. ¿Sabes lo que haces?

Phillip le dijo lo único que sabía.

—No lo sé. Espero que sí.

Benedict lo miró a los ojos y Phillip supo que su cuñado estaba deliberando consigo mismo. Una cosa era dejar que se casara con su hermana y otra cosa muy distinta era dejar que le metiera extraños brebajes a su hijo por la boca.

Pero Phillip lo comprendió perfectamente. Él también era padre.

—Está bien —dijo Benedict—. Vamos.

Y, mientras salía de la casa, solo rezaba para que la confianza que Benedict Bridgerton había depositado en él se viera recompensada.

Al final, nunca se supo si fue el té de corteza de sauce, las plegarias de Eloise o la suerte pero, al día siguiente, Charles ya no tenía fiebre y, aunque todavía estaba un poco débil, estaba claro que se encontraba mejor. Hacia mediodía, quedó claro que la presencia de Phillip y Eloise ya no era necesaria, así que subieron al carruaje y se fueron a casa, impacientes por meterse en la resistente cama y, por una vez, irse a dormir directamente.

Se pasaron los primeros diez minutos en silencio. Por increíble que parezca, Eloise estaba demasiado cansada para hablar. Sin embargo, a pesar del agotamiento, también estaba demasiado agitada por el estrés y la preocupación que habían pasado durante la noche. Así que se conformó con observar el paisaje por la ventana. En cuanto a Charles, le había bajado la fiebre, había dejado de llover, como si una señal divina le dijera que lo habían salvado sus plegarias, aunque mientras miraba de reojo a su marido, que estaba sentado a su lado con los ojos cerrados, aunque ella sabía que no estaba dormido, sabía perfectamente que había sido la corteza de sauce.

No sabía por qué estaba tan segura, y era consciente de que jamás podría demostrarlo, pero su sobrino estaba vivo por una taza de té.

Y pensar en las pocas probabilidades que había de que Phillip estuviera en casa de Benedict esa noche. Habían sido una serie de sucesos muy particulares. Si Eloise no hubiera subido a ver a los gemelos, si no hubiera ido a decirle a Phillip que aquella niñera no le gustaba, si no se hubieran peleado...

Visto así, el pequeño Charles Bridgerton era, posiblemente, el chico más afortunado de Inglaterra.

—Gracias —dijo Eloise, que no había sabido que iba a hablar hasta que las palabras le salieron por la boca.

—¿Por? —susurró Phillip somnoliento, sin abrir los ojos.

—Por Charles —dijo ella.

Phillip abrió los ojos y se giró hacia ella.

—Jamás sabremos si ha sido por la corteza de sauce.

—Yo sí que lo sé —dijo ella, con firmeza.

Él sonrió.

—Siempre lo sabes todo.

Y Eloise pensó: ¿Es esto lo que había soñado toda su vida? ¿No la pasión ni los gemidos de placer cuando estaba con él en la cama, sino esto? ¿Esta sensación de seguridad, de compañía, de estar sentada al lado de alguien en un carruaje y que todas las partes de tu ser te digan que es donde debes estar?

Lo cogió de la mano.

—Fue horrible —dijo, sorprendida por tener lágrimas en los ojos—. Creo que nunca en mi vida he pasado tanto miedo. No me imagino lo que ha debido de ser para Benedict y Sophie.

—Ni yo —dijo Phillip, con suavidad.

—Si hubiera sido uno de nuestros hijos... —dijo, y entonces se dio cuenta de que, por primera vez, había dicho «nuestros hijos».

Phillip se quedó callado un buen rato. Cuando habló, estaba mirando por la ventana.

—Durante toda la noche, cada vez que miraba a Charles —dijo, con una voz muy ronca—, daba gracias a Dios que no fueran Oliver o Amanda —se giró hacia Eloise, con la culpabilidad reflejada en el rostro—. Pero ningún niño debería pasar por eso.

Eloise le apretó la mano.

—No creo que ese sentimiento sea malo. No eres un santo. Solo eres un padre. Y creo que uno muy bueno.

La miró, extrañado, y meneó la cabeza.

—No —dijo—. No lo soy. Pero espero serlo.

Ella ladeó la cabeza.

—¿Phillip?

—Tenías razón —dijo él, apretando los labios—. Sobre la niñera. Quería que todo saliera bien, así que no les presté atención, pero tenías razón. Les pegaba.

—¿Qué?

—Con un libro —continuó él, con una voz muy cansada, como si se hubiera quedado sin emociones—. Entré en la habitación de los niños y estaba golpeando a Amanda con un libro. Con Oliver ya había acabado.

—¡Oh, no! —dijo Eloise, mientras lágrimas de pena y de rabia, le resbalaban por las mejillas—. No me lo imaginé. No me gustaba, de acuerdo, y les había pegado en los nudillos pero... a mí también me pegaron en los nudillos. Nos lo han hecho a todos —se hundió en el asiento, como si llevara un enorme peso de culpa en los hombros—. Debería haberme dado cuenta. Debería haberlo visto.

Phillip se rio.

—Apenas llevas quince días viviendo en casa. Yo llevo meses conviviendo con esa mujer. Si yo no lo vi, ¿por qué ibas a hacerlo tú?

Eloise no tenía nada que decir, al menos nada que evitara que su marido se sintiera todavía más culpable.

—Supongo que la has despedido —dijo, al final.

Phillip asintió.

—Les dije a los niños que nos ayudarías a encontrar una sustituta.

—Por supuesto —añadió ella, enseguida.

—Y yo... —hizo una pausa, se aclaró la garganta y miró por la ventana antes de continuar—. Yo...

—Dilo, Phillip —le dijo ella, con dulzura.

Sin girarse, dijo:

—Voy a ser mejor padre. Los he ignorado durante demasiado tiempo. Tenía tanto miedo de convertirme en mi padre, de ser como él, que no...

—Phillip —susurró Eloise, cogiéndole la mano—. No eres como tu padre. Nunca podrías ser como él.

—No —dijo él, con la voz apagada—, pero pensé que sí. Una vez incluso cogí una fusta. Fui a los establos y la cogí —hundió la cabeza en las manos—. Estaba tan furioso... Tanto...

—Pero no la usaste —le susurró ella, sabiendo que esas palabras eran verdad. Tenían que serlo.

Él meneó la cabeza.

—Pero quería hacerlo.

—Pero no lo hiciste —repitió ella, con la voz tan firme como pudo.

—Estaba tan furioso —repitió él, y Eloise lo vio tan perdido en su propio mundo que no sabía si la había escuchado. Sin embargo, entonces se giró hacia ella y la miró a los ojos—. ¿Sabes qué es tener miedo de tu propia rabia?

Eloise negó con la cabeza.

—No soy un hombre pequeño, Eloise —dijo—. Podría hacerle mucho daño a alguien.

—Yo también —dijo ella y, ante la sarcástica mirada de él, añadió—: Está bien, quizás a ti no, pero a un niño, sí.

—Serías incapaz —gruñó él y se dio la vuelta.

—Tú también —dijo ella.

Él se quedó en silencio.

Y, de repente, Eloise lo entendió todo.

—Phillip —dijo, con suavidad—, has dicho que estabas furioso pero... ¿con quién?

Él la miró, perplejo.

—Pegaron el pelo de la institutriz a la almohada, Eloise.

—Ya lo sé —dijo ella, agitando la mano en el aire—. Y seguro que, si hubiera estado presente, yo también habría querido darles una buena paliza. Pero no te he preguntado eso —esperó a que le diera una respuesta. Cuando él no dijo nada, ella añadió—: ¿Estabas furioso con ellos por lo de la cola o estabas furioso contigo mismo porque eras incapaz de controlarlos?

Phillip no dijo nada, pero ambos sabían la respuesta.

Eloise alargó el brazo y le acarició la mano.

—No te pareces a tu padre en nada, Phillip —dijo—. En nada.

—Ahora lo sé —dijo Phillip, suavemente—. No tienes ni idea de las ganas que tenía de partir por la mitad a esa maldita niñera Edwards.

—Me lo imagino —dijo Eloise, riéndose mientras se apoyaba en el respaldo.

Phillip sonrió. No sabía por qué pero había algo gracioso en el tono de su mujer, algo que era incluso agradable. De alguna forma, habían conseguido encontrar el lado divertido a una situación que no lo era. Y era maravilloso.

—Es lo que se merecía —dijo Eloise, encogiéndose de hombros. Se giró hacia Phillip—. Pero no le has hecho nada, ¿verdad?

Él negó con la cabeza.

—No. Y si he podido controlarme con ella, con mis hijos también podré hacerlo.

—Claro que sí —dijo Eloise, como si estuvieran hablando de algo obvio. Le dio unos golpecitos en la mano y luego se giró hacia la ventana, muy tranquila.

Phillip se dio cuenta de que Eloise tenía mucha fe en él. Tenía fe en su bondad interior y en la calidad de su alma, cuando él había vivido atormentado por las dudas tantos años.

Y entonces supo que tenía que ser sincero y, antes de saber lo que iba a hacer, dijo:

—Creí que me habías dejado.

—¿Anoche? —preguntó ella, mirándolo muy sorprendida—. ¿Cómo pudiste pensar algo así?

Él se encogió de hombros, en un gesto de desprecio hacia sí mismo.

—Pues no sé. Quizás porque te fuiste a casa de tu hermano y no volviste.

Eloise ignoró el toque de sarcasmo.

—Bueno, ya has visto lo que me entretuvo y, además, nunca te abandonaría. Deberías saberlo.

Phillip arqueó una ceja.

—¿Ah, sí?

—Claro que sí —dijo ella, que lo miraba como si estuviera enfadada con él—. Hice un juramento en la iglesia y te aseguro que no me lo tomo a la ligera. Además, asumí el compromiso de ser una madre para Oliver y Amanda y jamás lo rompería.

Phillip la miró, muy serio, y luego dijo:

—No, no, claro. No lo harías. Fui un estúpido al no pensar en eso.

Ella se sentó con la espalda recta y se cruzó de brazos.

—Deberías haberlo hecho. Me conoces y sabes que nunca lo haría —y entonces, cuando él no dijo nada, añadió—: Esos pobres niños. Ya han perdido a su madre biológica. Desde luego que no me voy a marchar y obligarlos a pasar por lo mismo otra vez —se giró hacia él con una expresión muy irritada—. No puedo creerme que pensaras que había hecho algo así.

Phillip se estaba empezando a preguntar lo mismo. Solo hacía... ¡Santo Dios!, ¿era posible que solo hiciera dos semanas que conocía a Eloise? A veces, parecía que hacía una vida entera. Porque tenía la sensación de conocerla perfectamente. Siempre tendría sus secretos, claro, como todos, y estaba convencido de que nunca la entendería porque no se imaginaba llegar a entender a ninguna mujer en la vida.

Sin embargo, la conocía. Estaba seguro. Y, por eso, no debería ni haberse planteado la posibilidad de que lo hubiera abandonado.

Debió de ser el pánico, puro y duro. Y también, quizás, porque era mejor pensar que lo había abandonado a imaginársela muerta en alguna cuneta. En el primer caso, al menos podía ir a casa de su hermano y llevársela a casa.

Si hubiera muerto...

No estaba preparado para la punzada de dolor tan intensa que sintió con solo pensarlo.

¿Desde cuándo Eloise significaba tanto para él? ¿Y qué iba a hacer para que fuera feliz?

Porque necesitaba que fuera feliz. Y no solo, como había estado intentando convencerse a sí mismo, porque una Eloise feliz significaba que Phillip podría seguir disfrutando de su vida sin preocupaciones. Necesitaba que fuera feliz porque la idea de que no fuera así era como clavarle un cuchillo en el corazón.

Aunque todo aquello resultaba de lo más irónico. Se había dicho, una y otra vez, que se había casado con ella para darles una madre a sus hijos y ahora, cuando ella había reconocido que jamás lo abandonaría porque el compromiso con los niños era demasiado fuerte...

Se había puesto celoso.

Estaba celoso de sus hijos. Quería que pronunciara la palabra «mujer» y lo único que había escuchado era «madre».

Quería que lo quisiera. A él. Y no porque hubiera hecho unos votos en la iglesia, sino porque estuviera convencida de que no podría vivir sin él. Incluso, quizás, porque lo amaba.

Lo amaba.

¡Por Dios!, ¿cuándo había pasado eso? ¿Cuándo había empezado a esperar tanto del matrimonio? Se había casado con ella para que sus hijos tuvieran una madre, ambos lo sabían.

Y luego estaba la pasión. Bueno, era un hombre, y hacía ocho años que no estaba con una mujer. ¿Cómo no iba a emborracharse de placer ante el contacto de la piel de Eloise, ante sus gemidos cuando explotaba a su alrededor?

¿Ante la intensidad de su propio placer cada vez que la penetraba?

Había encontrado todo lo que quería en el matrimonio. Eloise llevaba la casa a la perfección durante el día y calentaba su cama como una cortesana de noche. Cumplía tan bien todos sus deseos que Phillip no se había dado cuenta de que Eloise había hecho otra cosa.

Se había metido en su corazón. Lo había tocado y lo había cambiado. Lo había cambiado a él.

La quería. No buscaba el amor, ni siquiera se le había pasado por la cabeza, pero lo había encontrado y era lo más maravilloso del mundo.

Estaba frente a un nuevo amanecer, frente a un nuevo capítulo en su vida. Era emocionante. Y aterrador. Porque no quería volver a fallar. No, no ahora que había encontrado todo lo que necesitaba. Eloise. Los niños. Él mismo.

Hacía años que no estaba a gusto en su piel, años que no confiaba en sus instintos. Años desde la última vez que se miró al espejo y no apartó la cara.

Miró por la ventana. El carruaje había aminorado la marcha porque ya estaban llegando a Romney Hall. Todo parecía gris, el cielo, la piedra de la casa, las ventanas, que reflejaban las nubes. Incluso la hierba parecía menos verde sin la luz del sol.

Todo iba acorde con su estado anímico contemplativo.

Un lacayo abrió la puerta y ayudó a Eloise a bajar. Después, cuando bajó Phillip, Eloise se giró y le dijo:

—Estoy agotada y tú también pareces cansado. ¿Por qué no subimos a descansar un rato?

Phillip estaba a punto de asentir, porque también estaba agotado, pero antes de poder decir que sí, meneó la cabeza y dijo:

—Sube sin mí.

Ella abrió la boca para protestar, pero Phillip le colocó la mano encima del hombro y la hizo callar.

—Subiré enseguida —dijo—. Pero creo que ahora quiero ir a darles un abrazo a los niños.

18

«... sé que no te digo muy a menudo, querida madre, lo agradecida que estoy de ser tu hija. No es habitual que un padre ofrezca tanto tiempo y comprensión a un hijo. Y es menos habitual todavía que un padre considere a uno de sus hijos su amigo. Te quiero, mamá.»

Eloise Bridgerton a su madre,
después de rechazar su sexta proposición de matrimonio.

Cuando se despertó, Eloise se quedó muy sorprendida de ver que el otro lado de la cama estaba intacto. Phillip estaba tan cansado como ella, o incluso más, porque la noche anterior había ido hasta casa de Benedict soportando el viento y la lluvia.

Después de arreglarse, empezó a buscarlo por toda la casa pero no lo encontró en ningún sitio. Se dijo que no había motivo para preocuparse, que había vivido unos días muy difíciles y que seguramente necesitaba un tiempo a solas para pensar.

Que ella prefiriera estar con gente no significaba que todo el mundo fuera igual.

Se rio. Era una lección que había intentado aprender toda su vida, aunque sin éxito.

Así que se obligó a dejar de buscarlo. Estaba casada y, de repente, entendió lo que su madre le había dicho la noche de su boda. El matrimonio era un compromiso y Phillip y ella eran muy distintos. Puede que fueran perfectos el uno para el otro, pero eso no quería decir que fueran iguales. Y si ella quería que él cambiara algunas actitudes por ella, ella tendría que hacer lo mismo por él.

No lo vio en toda la tarde, ni cuando fue a tomar el té, ni cuando subió a darles las buenas noches a los niños, ni en el comedor, donde tuvo que cenar sola, sintiéndose muy pequeña e insignificante en aquella enorme mesa de caoba. Comió en silencio, aunque vio perfectamente que los lacayos la miraban con lástima mientras le traían y retiraban los platos.

Eloise les sonrió, porque creía que siempre había que ser educada, pero por dentro estaba resignada. Debía de dar mucha pena cuando dos lacayos (dos hombres, por el amor de Dios, que normalmente vivían ajenos a las preocupaciones de los demás) se compadecían de ella.

Y es que allí estaba, después de una semana de casada, y cenando sola. ¿Quién no se compadecería de ella?

Además, lo último que los sirvientes sabían era que Sir Phillip había salido como una exhalación por la puerta para ir a buscar a su mujer, que, por lo visto, había huido a casa de su hermano después de una fuerte pelea.

Visto así, a Eloise no le extrañó que Phillip pensara que lo había abandonado.

Comió deprisa, porque no quería alargar la cena más de lo necesario y, después de las dos cucharadas de pudding obligatorias, se levantó con la intención de irse a la cama, donde pasaría la noche como había pasado casi todo el día: sola.

Sin embargo, cuando salió al pasillo, estaba un poco inquieta y no tenía ganas de acostarse. Así que empezó a caminar, sin rumbo fijo, por la casa. Para ser mayo, hacía bastante frío y Eloise se alegró de haber traído un chal. Había pasado algunas temporadas en grandes casas de campo donde no se apagaba el fuego, y así estaban iluminadas y cálidas por la noche, pero Romney Hall, aunque era una casa muy cómoda y acogedora, no tenía esos delirios de grandeza, así que las habitaciones se cerraban por la noche y solo se encendían los fuegos necesarios.

Y hacía mucho frío.

Se abrigó más con el chal mientras caminaba, disfrutando con que la única guía fuera la luz de la luna. Pero entonces, cuando se acercó a la galería de retratos, vio la luz de una lámpara.

Allí había alguien y Eloise supo, incluso antes de acercarse más, que era Phillip.

Avanzó en silencio, contenta de haberse puesto las zapatillas de suela blanda, y se asomó por la puerta.

Lo que vio casi le rompió el corazón.

Phillip estaba de pie, quieto, frente al retrato de Marina. No se movía, solo parpadeaba de vez en cuando; estaba contemplando el retrato de su difunta esposa y la expresión de su cara era tan triste que Eloise estuvo a punto de gritar.

¿Le había mentido cuando le había dicho que nunca la había querido? ¿Y cuando le había dicho que jamás había sentido pasión por ella?

¿Importaba? Marina estaba muerta. No es como si supusiera una competencia real por ganarse el corazón de Phillip. Y, aunque lo fuera, ¿importaría? Porque él no la quería y Eloise tampoco lo...

O quizás sí, pensó en uno de esos momentos en que uno siente que no tiene aire en los pulmones.

Le costaba imaginar cuándo habría podido suceder, o cómo, pero el afecto y el respeto que sentía por él se habían convertido en algo más profundo.

Y ahora deseaba con todas sus fuerzas que él sintiera lo mismo.

La necesitaba. De eso estaba segura. La necesitaba quizás más de lo que ella lo necesitaba a él, pero no era solo eso. Le encantaba que la necesitara, que la quisiera, incluso que sintiera que era indispensable para él, pero quería más.

Le encantaba cómo sonreía, torciendo ligeramente la boca, como un niño, y siempre sorprendido, como si no diera crédito de su felicidad.

Le encantaba cómo la miraba, como si fuera la mujer más hermosa del mundo cuando ella sabía, perfectamente, que no lo era.

Le encantaba que escuchara lo que tenía que decir y cómo no se dejaba intimidar por ella. Incluso le encantaba la manera que tenía de decirle que hablaba demasiado porque casi siempre lo decía con una sonrisa y porque, claro, era verdad.

Y le encantaba cómo, incluso después de decirle que hablaba demasiado, la seguía escuchando.

Le encantaba cómo quería a sus hijos.

Le encantaba su honor, su honestidad y su pícaro sentido del humor.

Y le encantaba cómo ella se adaptaba en su vida y él en la de ella.

Era muy agradable. Estaba bien.

Y, al final, descubrió que era aquí donde pertenecía.

Sin embargo, ahora Phillip estaba de pie, contemplando el retrato de su difunta esposa y a juzgar por su posición tan inmóvil..., bueno, solo Dios sabía el tiempo que llevaba allí. Y si todavía la quería...

De repente, se sintió muy culpable. ¿Quién era ella para sentir algo que no fuera lástima por Marina? Había muerto muy joven, disfrutando de buena salud. Y se había perdido lo que para Eloise era el mayor regalo de una madre: ver crecer a sus hijos.

Tener celos de una mujer así era casi un delito.

Sin embargo...

Sin embargo, Eloise no debía de ser tan buena persona porque era incapaz de presenciar aquella escena, era incapaz de observar cómo Phillip miraba el retrato de su primera esposa sin sentir cómo se le encogía el corazón de envidia. Se acababa de dar cuenta de que quería a ese hombre, y que lo haría hasta el final de sus días. Ella lo necesitaba y una mujer muerta, no.

«No», pensó, de repente. Era imposible que siguiera queriendo a Marina. A lo mejor, nunca la había querido. El día anterior, por la mañana, le había dicho que hacía ocho años que no estaba con una mujer.

«¿Ocho años?»

Y entonces, Eloise lo comprendió todo.

¡Madre mía!

Los dos últimos días había estado tan alterada, entre una cosa y otra, que no se había parado a pensar en lo que Phillip le había dicho.

Ocho años.

Nunca se lo hubiera imaginado. Y mucho menos de Phillip, un hombre que era obvio que disfrutaba... No, era obvio que necesitaba las relaciones físicas.

Marina había muerto hacía quince meses. Si Phillip llevaba ocho años sin estar con una mujer, eso significaba que no se habían acostado juntos desde que concibieron a los gemelos.

No...

Eloise hizo unos cálculos mentales. No, debió de ser después de nacer los gemelos. Un poco después.

Puede que Phillip se hubiera equivocado con las fechas, o quizás hubiera exagerado, aunque Eloise tenía la sensación de que Phillip tenía razón. Tenía la sensación de que sabía exactamente la última vez que se había acostado con Marina y se temía, y más ahora que había hecho los cálculos, que debió de ser horrible.

Sin embargo, Phillip no la había traicionado. Se había mantenido fiel a una mujer en cuya cama no podía meterse. A Eloise no le sorprendió, porque solo era una muestra más del honor y la dignidad de su marido, aunque no le habría parecido mal que hubiera ido a buscar refugio en otros brazos.

Y el hecho de que no lo hiciera...

Hacía que lo quisiera todavía más.

Y entonces, si su matrimonio con Marina había sido tan difícil y complicado, ¿por qué había ido allí esa noche? Porque la estaba mirando como si le estuviera rogando algo, suplicando una cosa.

Estaba suplicándole a una mujer muerta.

Eloise no podía soportarlo más. Dio un paso adelante y se aclaró la garganta.

Phillip la sorprendió al girarse enseguida; ella había pensado que tendría la cabeza tan lejos de allí que no la escucharía. No dijo nada, ni siquiera su nombre, pero entonces...

Alargó la mano.

Eloise se acercó a él y lo cogió de la mano porque no sabía qué otra cosa hacer ni, por extraño que parezca, qué decir. Se quedó a su lado y levantó los ojos hacia el retrato de Marina.

—¿La querías? —le preguntó, aunque sabía que ya se lo había preguntado antes.

—No —dijo Phillip y Eloise se dio cuenta de que una pequeña parte de ella todavía tenía miedo de que dijera que sí porque, en cuanto Phillip dijo «No», el alivio que sintió fue sorprendente.

—¿La echas de menos?

Phillip respondió en un tono más suave, aunque seguro.

—No.

—¿La odiabas? —susurró Eloise.

Phillip negó con la cabeza y, con una voz muy triste, dijo:

—No.

Ella no sabía qué más decir, o si debería decir algo más, así que esperó a que él hablara.

Y, después de un buen rato, lo hizo.

—Estaba triste —dijo Phillip—. Siempre estaba triste.

Eloise lo miró, pero él mantuvo la mirada fija en el cuadro, como si tuviera que mirarla mientras hablaba de ella. Como si, al menos, le debiera eso.

—Siempre estaba deprimida —continuó—. Siempre un poco serena, si se puede decir así, pero fue peor después del nacimiento de los gemelos. No sé qué pasó. La partera dijo que era normal que las mujeres lloraran después de dar a luz, que no me preocupara, que se le pasaría en unas pocas semanas.

—Pero no se le pasó —dijo Eloise.

Phillip negó con la cabeza y entonces, con un movimiento brusco, se apartó un mechón de pelo que le había caído encima de la ceja.

—Solo empeoró. No sé cómo explicarlo. Era casi como si... —intentó encontrar las palabras que buscaba y, cuando lo hizo, habló en un suspiro—, casi como si hubiera desaparecido... Apenas salía de la cama... Nunca la vi sonreír... Lloraba mucho. Mucho.

Dijo las frases muy despacio, una a una, como si fuera recordando cada pedazo de información lentamente. Eloise no dijo nada, no quería interrumpirlo o decir algo sobre un tema que desconocía por completo.

Y entonces, al final, Phillip apartó los ojos de Marina y miró a Eloise, fijamente.

—Lo intenté todo para hacerla feliz. Todo lo que estaba en mi mano. Todo lo que sabía. Pero no fue suficiente.

Eloise abrió la boca y emitió un pequeño ruido, el principio de un susurro en el que pretendía decirle que lo había hecho lo mejor que había podido, pero él la interrumpió.

—¿Lo entiendes, Eloise? —le preguntó, un poco más alto, en un tono más urgente—. No fue suficiente.

—No fue culpa tuya —dijo ella, con dulzura porque, aunque no había conocido a Marina de mayor, conocía a Phillip, y seguro que era verdad.

—Al final, me rendí —dijo, con una voz totalmente inexpresiva—. Dejé de intentar ayudarla. En lo referente a ella, me cansé de darme golpes con la cabeza contra una pared. Y lo único que hice fue intentar proteger a los niños, intentar mantenerlos lejos de ella cuando tenía un mal día. Porque la querían mucho —la miró suplicante, quizás para que lo entendiera o quizás para algo que Eloise no entendía—. Era su madre.

—Lo sé —susurró ella.

—Era su madre y no... no podía...

—Pero tú estuviste con ellos —dijo Eloise, con entusiasmo—. Estuviste con ellos.

Phillip se rio de mala gana.

—Sí, y ya ves lo bien que les ha ido. Una cosa es tener un padre horrible pero, ¿los dos? Jamás hubiera deseado eso para mis hijos y, a pesar de todo, aquí estamos.

—No eres un mal padre —dijo Eloise, incapaz de esconder el tono de reprimenda de su voz.

Phillip se encogió de hombros y se volvió a girar hacia el cuadro, incapaz de pensar en lo que Eloise le estaba diciendo.

—¿Sabes lo que duele? —susurró él—. ¿Tienes alguna idea?

Ella negó con la cabeza, aunque Phillip no la estaba mirando.

—¿Intentarlo tanto, tantísimo, y no conseguir nada? ¡Diablos! —rio, una risa breve y fuerte llena de odio hacia él mismo—. ¡Diablos! —repitió—. No me gustaba y, a pesar de eso, me dolió mucho.

—¿No te gustaba? —preguntó Eloise, tan sorprendida que incluso la voz le cambió.

Phillip hizo una mueca irónica.

—¿Te puede gustar alguien a quien no conoces? —se giró hacia Eloise—. No la conocía, Eloise. Estuve casado con ella ocho años y nunca la conocí.

—A lo mejor no dejó que la conocieras.

—A lo mejor debería haber puesto más empeño.

—A lo mejor —dijo Eloise, impregnando su voz con toda la convicción del mundo— no podías hacer más. Hay gente que ya nace triste, Phillip. No sé por qué, dudo que alguien lo sepa, pero es así.

Él la miró con los músculos de la cara contraídos, dejando claro con aquella mirada oscura que no estaba de acuerdo con ella, así que Eloise añadió:

—No olvides que yo también la conocí. De pequeña, mucho antes que tú.

Phillip cambió la expresión y la miró con tanta intensidad que Eloise estuvo a punto de retroceder.

—Nunca la escuché reír —dijo, con dulzura—. Ni una sola vez. Desde que te conocí, he estado intentando recordarla mejor y comprender por qué todos los recuerdos que tengo de ella son muy extraños, y creo que es por eso. Nunca se reía. ¿Dónde has visto a un niño que no se ría?

Phillip guardó silencio unos segundos y, después, dijo:

—Creo que yo tampoco la escuché reírse nunca. A veces sonreía, sobre todo cuando los niños iban a verla, pero nunca se reía.

Eloise asintió, y dijo:

—Yo no soy Marina, Phillip.

—Ya lo sé —dijo él—. Créeme, lo sé. Por eso me casé contigo.

No era lo que Eloise quería oír pero se guardó la decepción para ella sola y lo dejó continuar.

Las arrugas en la frente de Phillip eran cada vez más profundas, así que se las alisó con la mano. Parecía cansado, harto de tantas responsabilidades.

—Solo quería a alguien que no estuviera triste —dijo—. Alguien que estuviera con los niños, alguien que no...

Se interrumpió y se giró.

—¿Alguien que no qué? —preguntó ella, con un poco de urgencia, porque presentía que aquello era importante.

Durante un buen rato, Eloise creyó que no le iba a contestar y, al final, cuando ya había perdido las esperanzas, él dijo:

—Murió de gripe. Lo sabías, ¿verdad?

—Sí —dijo ella porque, como Phillip le estaba dando la espalda, si asentía no la vería.

—Murió de gripe —repitió él—. Eso es lo que dijimos a todo el mundo...

De repente, Eloise se sintió mareada porque sabía, con toda la certeza del mundo, lo que iba a decirle.

—Bueno, era la verdad —dijo él, con brusquedad, sorprendiéndola. Estaba convencida de que iba a decirle que era mentira.

—Es la verdad —repitió él—. Pero no es toda la verdad. Murió de gripe, pero nunca le dijimos a nadie cómo enfermó.

—El lago —susurró Eloise, que no pudo evitarlo. Ni siquiera se había dado cuenta de que lo estaba pensando hasta que lo había dicho.

Phillip asintió, muy serio.

—No cayó al agua por accidente.

Eloise se tapó la boca con la mano. No le extrañaba que Phillip se pusiera como una fiera el día que se había llevado a los niños a nadar. Se sentía horrible. Pero ella no lo sabía, jamás se lo hubiera imaginado pero, de todas formas...

—La saqué justo a tiempo —dijo Phillip—. Bueno, justo a tiempo antes de que se ahogara. Aunque no llegué a tiempo para evitar que muriera de fiebre tres días después —soltó una risa muy amarga—. Ni siquiera mi famoso té de corteza de sauce pudo hacer nada por ella.

—Lo siento mucho —susurró Eloise, y era verdad, a pesar de que la muerte de Marina hubiera significado que Eloise fuera feliz.

—No lo entiendes —dijo Phillip, sin mirarla—. Es imposible que lo entiendas.

—Nunca he conocido a nadie que se quitara la vida —dijo ella, con cuidado, porque no sabía si aquellas eran las palabras que debía decir en una situación como aquella.

—No me refiero a eso —dijo él. En realidad, lo espetó—: No sabes qué es estar atrapado, impotente. Intentarlo de todas las maneras y nunca, ni una sola vez —la miró y Eloise vio que sacaba fuego por los ojos—, obtener nada a cambio. Lo intenté. Lo intenté cada día. Lo intenté por mí y por ella pero, sobre todo, por Oliver y Amanda. Hice lo que pude, lo que me dijeron y nada, nada funcionó. Lo intentaba y ella lloraba, lo intentaba una y otra y otra vez y ella se escondía debajo de la colcha, tapada hasta la cabeza. Vivía a oscuras, con las cortinas siempre cerradas, las lámparas con muy poca luz y va y se mata el único maldito día de sol de todo el invierno.

Eloise abrió los ojos.

—Un día de sol —dijo—. Todo el mes estuvo nublado y un día, por fin, que salió el sol, va ella y decide matarse —se rio, con dolor y amargura en la voz—. Después de todo lo que había hecho, encima tenía que dejarme ese mal recuerdo para el resto de días de sol de mi vida.

—Phillip —dijo Eloise, tocándole el brazo.

Pero él la apartó.

—Y, por si eso no fuera bastante, ni siquiera se mató como Dios manda. Bueno, no —dijo, muy seco—. Supongo que eso fue culpa mía. Si no la hubiera sacado del agua y la hubiera obligado a torturarnos tres días más con la incertidumbre de si sobreviviría o no, ella habría estado encantada de ahogarse —se cruzó de brazos y se rio—. Claro que se murió. No sé ni por qué albergamos ninguna esperanza. No luchó, no usó ni un gramo de energía para luchar contra la fiebre. Se quedó en la cama dejando que la enfermedad se la llevara, y yo esperaba que sonriera como si, por fin, se alegrara por haber conseguido lo que tanto quería.

—¡Dios mío! —susurró Eloise, con los pelos de punta por aquella imagen—. ¿Y lo hizo?

Phillip negó con la cabeza.

—No. No le quedaban fuerzas ni para eso. Murió con la misma expresión que siempre. Vacía.

—Lo siento mucho —dijo Eloise, aunque sabía que sus palabras nunca serían suficiente—. Nadie debería pasar por algo así.

Phillip se la quedó mirando, escrutándola con la mirada, buscando algo en sus ojos, una respuesta que ella no estaba segura de poseer. Entonces, de repente, Phillip se giró y caminó hasta la ventana, perdiendo la mirada en la noche.

—Lo intenté todo —dijo, con la voz llena de resignación y arrepentimiento— pero, aun así, cada día deseaba estar casado con cualquier otra persona —echó la cabeza hacia delante hasta que apoyó la frente en el cristal—. Cualquiera.

Se quedó callado mucho rato. Para Eloise, demasiado, así que se acercó a él y susurró su nombre, solo para escuchar su respuesta. Para saber que estaba bien.

—Ayer —dijo él, con la voz muy brusca—, dijiste que tenemos un problema...

—No —lo interrumpió ella, lo más rápido que pudo—. No quería decir...

—Dijiste que tenemos un problema —repitió él, tan alto y con tanta fuerza que Eloise dudó de que la escuchara si lo volvía a interrumpir—. Pero hasta que pases por lo que he pasado yo —continuó—, hasta que no te veas atrapada en un matrimonio desgraciado, atada a un marido deprimido, hasta que no te hayas ido a la cama durante años suplicando que otro ser humano te roce...

Se giró, se acercó a ella y le clavó una mirada tan intensa que la empequeñeció todavía más.

—Hasta que no hayas pasado por todo eso —dijo—, no vuelvas a quejarte de lo que tú y yo tenemos. Porque, para mí... para mí... —se asfixió un poco pero no se detuvo— esto, lo nuestro, es el paraíso. Y no podría soportar que dijeras lo contrario.

—¡Oh, Phillip! —dijo ella, y entonces hizo lo único que se le ocurrió. Se acercó a él y lo abrazó con todas sus fuerzas—. Lo siento mucho —susurró, empapándole la camisa de lágrimas—. Lo siento mucho.

—No quiero volver a fracasar —dijo él, hundiendo la cabeza en el cuello de Eloise—. No puedo... No podría...

—No fracasarás —le prometió ella—. No fracasaremos.

—Tienes que ser feliz —dijo él, como si las palabras le salieran directamente del corazón—. Tienes que serlo. Por favor, di que...

—Lo soy —le aseguró ella—. Lo soy. Te lo prometo.

Él se separó y le tomó la cara entre las manos, obligándola a mirarlo a los ojos. Parecía que buscaba algo, una confirmación, o una absolución o quizás solo una promesa.

—Soy feliz —susurró ella, cubriéndole las manos con las suyas—. Más de lo que jamás soñé. Y estoy orgullosa de ser tu mujer.

Phillip tensó los músculos de la cara y le tembló el labio inferior. Eloise contuvo la respiración. Nunca había visto llorar a un hombre; de hecho, no sabía que fuera posible pero, entonces, una lágrima resbaló por la mejilla de Phillip y se detuvo en la comisura de los labios hasta que Eloise alargó la mano y se la secó.

—Te quiero —dijo él, con la voz ahogada—. Y no me importa si no sientes lo mismo. Te quiero y... y...

—¡Oh, Phillip! —susurró ella, secándole las otras lágrimas—. Yo también te quiero.

Él movió los labios como si quisiera decir algo, hasta que se rindió y la abrazó con toda su fuerza e intensidad. Hundió la cara en su cuello, susurrando su nombre una y otra vez, hasta que las palabras se convirtieron en besos y movió la cabeza por la piel de Eloise hasta ir a parar a su boca.

Eloise no supo el tiempo que estuvieron allí, de pie, besándose como si el mundo fuera a desaparecer esa misma noche. Entonces, él la levantó en brazos, la sacó de la galería de retratos, la subió por las escaleras y, antes de darse cuenta, estaban en la cama y Phillip se había colocado encima de ella.

Y sus labios no se habían separado ni un segundo.

—Te necesito —dijo él, con urgencia, quitándole el vestido con dedos temblorosos—. Te necesito como el aire que respiro. Eres mi pan y mi agua.

Ella intentó decir que también lo necesitaba pero no pudo, cuando Phillip le cubría los pezones con la boca, la succionaba de aquella manera que la encendía de arriba abajo, cuando la tomaba prisionera hasta que lo único que podía hacer era buscar a ese hombre, a su marido, y entregarse a él con todo lo que tenía, no podía hacer nada.

Phillip se levantó, aunque solo para quitarse la ropa, y luego volvió a la cama junto a ella. La atrajo hacia él hasta que estuvieron de lado, frente a frente, y empezó a acariciarle el pelo con suavidad mientras con la otra mano la tenía bien agarrada por la parte baja de la cintura.

—Te quiero —le susurró—. Solo quiero cogerte y... —tragó saliva para tranquilizarse—. No tienes ni idea de lo mucho que te deseo en este momento.

Ella sonrió.

—Creo que me hago una idea.

Aquello lo hizo sonreír.

—Me muero por ti. No he sentido nada así en mi vida y, a pesar de todo... —se acercó a ella y le dio un suave beso en la boca— tenía que parar y decírtelo.

Eloise no podía hablar, casi no podía ni respirar. Sintió cómo se le llenaban los ojos de lágrimas hasta que resbalaron y cayeron en la mano de Phillip.

—No llores —le susurró.

—No puedo evitarlo —dijo ella, con voz temblorosa—. Te quiero tanto... Jamás pensé... Siempre había tenido la esperanza, pero supongo que nunca pensé que de verdad...

—Yo tampoco —dijo él, sabiendo lo que ambos estaban pensando.

«Jamás pensé que me pasaría a mí.»

—Soy muy afortunado —dijo él, mientras le acariciaba el costado, la barriga y la espalda—. Creo que he estado toda la vida esperándote.

—Yo sé que te esperaba a ti —dijo ella.

Él la apretó y la atrajo contra él, casi inflamándole la piel.

—No voy a poder ir despacio —dijo, con voz temblorosa—. Creo que acabo de agotar toda mi fuerza de voluntad.

—No vayas despacio —dijo ella, rodando sobre su espalda y colocándolo encima de ella. Separó las piernas para que él se colocara entre ellas y acercara su verga al núcleo de su deseo. Entrelazó los dedos en el pelo de Phillip y lo atrajo hacia abajo—. No me gusta que vayas despacio —dijo.

Y entonces, en un movimiento fluido, tan rápido que la dejó sin respiración, la penetró, hasta el fondo, de modo que Eloise soltó un «¡Oh!» de sorpresa.

Él sonrió, con picardía.

—Has dicho que querías que fuera deprisa.

La respuesta de Eloise fue enrollar las piernas a su alrededor, levantar la cadera para tenerlo todavía más adentro, y sonreír.

—No estás haciendo nada —le dijo.

Y entonces Phillip lo hizo.

Y cuando empezaron a moverse, todas las palabras desaparecieron. No eran movimientos suaves y compenetrados. No se movían como un único cuerpo y los sonidos que emitían no eran musicales ni dulces.

Solo se movían, con necesidad, pasión y entrega total al otro, para intentar llegar a la cumbre. Y no tuvieron que esperar demasiado. Eloise intentó aguantar, pero era imposible. Con cada empujón, Phillip encendía un fuego en su interior imposible de ignorar. Y al final, cuando ya no podía contenerse ni un segundo más, gritó y se arqueó debajo de él, levantándolos a los dos del colchón con la fuerza del orgasmo. Sintió cómo el cuerpo entero se le estremecía e intentó respirar, y lo único que podía hacer era agarrarse a la espalda de Phillip, clavándole lo dedos con tanta fuerza que estaba segura de que le dejaría moretones.

Y luego, antes de que ella bajara a la tierra, Phillip gritó y empezó a sacudirse cada vez con más fuerza, derramándose dentro de ella, hasta que se dejó ir y cayó con todo su peso encima de Eloise.

Pero a ella no le importaba. Le encantaba la sensación de tenerlo encima, le encantaba el peso, el olor y el sabor de su piel sudada.

Lo quería.

Era así de sencillo.

Lo quería, y él la quería, y si había otra cosa en el mundo, cualquier otra cosa, no importaba. En ese momento, no.

—Te quiero —susurró Phillip, rodando hacia un lado y dejando que los pulmones de Eloise se llenaran de aire.

«Te quiero.»

Era todo lo que necesitaba.

19

«... los días aquí son muy entretenidos. Voy de compras, salgo a comer y mando invitaciones (y las recibo). Por las noches, normalmente acudo a algún baile o voy al teatro, o quizás a alguna fiesta más reducida. A veces, me quedo en casa y leo un libro. En realidad, llevo una existencia muy animada; no tengo motivos para quejarme. En ocasiones me pregunto: ¿Qué más puede desear una chica?»

Eloise Bridgerton a Sir Phillip Crane,
a los seis meses del inicio de su correspondencia.

Eloise recordaría la semana siguiente como la más mágica de su vida para siempre. No acudió a fiestas maravillosas, ni hizo buen tiempo, ni celebró ningún cumpleaños, ni tuvo regalos extravagantes, ni recibió la visita sorpresa de algún invitado.

Sin embargo, aunque todo pudiera parecer muy ordinario...

Todo había cambiado.

No fue algo fulminante como un rayo, ni como un portazo, ni como una nota muy aguda en la ópera, pensó Eloise con una sonrisa. Fue un cambio lento y progresivo, de aquellos que empiezan cuando uno los percibe y terminan antes de que te des cuenta de que han empezado.

Comenzó unos días después de la conversación con Phillip en la galería de los retratos. Una mañana, cuando se despertó, vio a Phillip completamente vestido y sentado a los pies de la cama, mirándola y sonriendo.

—¿Qué haces ahí? —le preguntó Eloise, atrapando la sábana debajo de los brazos e incorporándose.

—Te miro.

Ella abrió la boca, sorprendida, y no pudo evitar sonreír.

—No puedo ser tan interesante.

—Todo lo contrario. No se me ocurre otra cosa que pueda captar mi atención durante tanto tiempo.

Ella se sonrojó, diciendo entre dientes algo así como que era un tonto pero, en realidad, sus palabras hicieron que Eloise quisiera cogerlo y volver a meterlo en la cama. Tenía el presentimiento de que él no se resistiría, nunca lo hacía, pero se contuvo porque, bueno, se había vestido y seguro que debía haberlo hecho por algún motivo en especial.

—Te he traído una magdalena —le dijo, acercándole un plato.

Eloise le dio las gracias y cogió el plato. Mientras masticaba, y pensaba que ojalá también le hubiera traído algo para beber, Phillip dijo:

—He pensado que hoy podríamos salir.

—¿Los dos?

—Bueno —dijo él—, quizás podríamos ir los cuatro.

Eloise se quedó de piedra, con los dientes clavados en la magdalena, y entonces lo miró. Era la primera vez que sugería algo así. La primera vez, al menos que ella supiera, que, en vez de alejarse de sus hijos y dejar que otra persona se hiciera cargo de ellos, Phillip se había acercado a ellos.

—Me parece muy buena idea —dijo ella, con dulzura.

—Muy bien —dijo él, y se levantó—. Dejaré que te arregles y le diré a la pobre doncella a la que engañaste para que hiciera de niñera temporal que nos llevaremos a los niños todo el día.

—Seguro que estará encantada —dijo Eloise.

Mary no quería hacer de niñera, ni siquiera de forma temporal. Nadie del servicio quería; conocían demasiado bien a los gemelos. Y la pobre Mary, que tenía un pelo largo precioso, recordaba perfectamente cuando, al no poder arrancar el pelo de la institutriz que los niños habían pegado a la almohada, habían tenido que quemar las sábanas.

Sin embargo, era la única solución y Eloise les había hecho prometer a los niños que la tratarían con el respeto debido a una reina y, hasta ahora, habían cumplido su palabra. Eloise incluso cruzaba los dedos para que Mary se lo repensara y aceptara el puesto de forma permanente. Además, el sueldo era mejor que el de una doncella.

Eloise miró hacia la puerta y parpadeó al ver que Phillip estaba allí de pie, inmóvil.

—¿Qué pasa? —le preguntó.

Él parpadeó y la miró, con el ceño fruncido.

—No sé muy bien qué hacer.

—Creo que el pomo gira hacia ambos lados —dijo ella, burlándose.

Él la miró a los ojos y dijo:

—No hay ninguna feria ni nada especial en el pueblo. ¿Qué podríamos hacer con los niños?

—Cualquier cosa —dijo Eloise, sonriéndole con todo el amor de su corazón—. O nada en especial. De hecho, no importa. Lo único que quieren es estar contigo, Phillip. Solo eso.

Dos horas después, Phillip y Oliver estaban de pie frente a la sastrería Larkin en Tetbury, esperando impacientes a que Eloise y Amanda acabaran de comprar.

—¿Teníamos que ir de compras? —se quejó Oliver, como si le hubieran pedido que se pusiera trenzas y un vestido.

Phillip se encogió de hombros.

—Es lo que tu madre quería hacer.

—La próxima vez, elegiremos nosotros —dijo Oliver—. Si hubiera sabido que tener una madre significaba esto...

Phillip tuvo que hacer un gran esfuerzo por no reírse.

—Los hombres debemos hacer sacrificios por las mujeres que queremos —dijo, muy serio, dándole unos golpecitos en el hombro a su hijo—. Así son las cosas.

Oliver soltó un largo suspiro, como si ya llevara muchos días haciendo sacrificios.

Phillip miró por la ventana. Parecía que Eloise y Amanda no tenían ninguna intención de salir.

—Sin embargo, en cuanto a lo de ir de compras y a quién decide qué haremos en la próxima salida —dijo—, estoy totalmente de acuerdo contigo.

Justo en ese momento, Eloise asomó la cabeza por la puerta de la tienda.

—¿Oliver? —preguntó—. ¿Quieres entrar un segundo?

—No —respondió el niño, negando con la cabeza.

Eloise apretó los labios.

—Deja que te lo diga de otra manera —dijo—. Oliver, me gustaría mucho que entraras un segundo.

Oliver miró a su padre con ojos suplicantes.

—Me temo que tienes que hacer lo que te pide —dijo Phillip.

—¡Tantos sacrificios! —dijo, entre dientes, meneando la cabeza mientras subía las escaleras.

Phillip tosió para disimular una carcajada.

—¿Tú también vienes? —le preguntó Oliver.

«¡Demonios, no!», estuvo a punto de responder, aunque se contuvo a tiempo y dijo:

—Tengo que quedarme aquí fuera vigilando el carruaje.

Oliver entrecerró los ojos.

—¿Por qué tienes que vigilarlo?

—Eh... La presión de las ruedas —farfulló Phillip—. Y todos los paquetes que llevamos.

No pudo escuchar lo que Eloise dijo entre dientes, aunque por el tono no debió de ser demasiado agradable.

—Venga, Oliver —dijo, empujando a su hijo por la espalda—. Tu madre te necesita.

—Y a ti también —dijo Eloise, sonriendo, y Phillip estaba seguro de que solo lo había dicho para torturarlo—. Necesitas camisas nuevas.

Phillip hizo una mueca.

—¿Y no puede venir el sastre a casa?

—¿No quieres elegir la tela?

Negó con la cabeza y, totalmente convencido, dijo:

—Confío a ciegas en tu criterio.

—Creo que tiene que vigilar el carruaje —dijo Oliver, que todavía estaba en el umbral de la puerta.

—Sí, pues si no entra ahora mismo también tendrá que vigilar su espalda porque...

—Está bien —dijo Phillip—. Entraré, pero solo un segundo —de repente, se vio en la parte femenina de la tienda, un lugar lleno de volantes, y se estremeció—. Si tengo que soportarlo mucho más, me moriré de claustrofobia.

—¿Un hombre grande y fuerte como tú? —dijo Eloise, en un tono inocente—. Tonterías —y entonces lo miró y, con un movimiento, le dijo que se acercara.

—¿Sí? —preguntó él, curioso por saber qué estaba pasando.

—Amanda —susurró Eloise, señalando hacia la puerta que había al fondo de la tienda—. Cuando salga, quiero que sonrías y aplaudas.

Phillip miró a su alrededor. Ni siquiera en China se habría sentido tan fuera de lugar.

—No se me da demasiado bien.

—Pues aprende —le ordenó ella, y después se giró hacia Oliver—. Ahora es tu turno, señorito Crane. La señora Larkin...

El gruñido de Oliver fue propio de un hombre moribundo.

—Quiero ir con el señor Larkin —protestó—. Como papá.

—¿Quieres ir con el sastre? —preguntó Eloise.

Oliver asintió con determinación.

—¿De verdad?

El niño volvió a asentir, aunque con menos determinación esta vez.

—¿A pesar de que, no hace ni una hora, has jurado que no entrarías en ninguna tienda a menos que hubiera pistolas o soldaditos en el escaparate? —continuó Eloise, hablando en un tono propio de una actriz de teatro de Drury Lane.

Oliver abrió la boca, pero asintió. Ligeramente.

—Eres muy buena —le dijo Phillip al oído mientras observaba cómo Oliver cruzaba la puerta que llevaba hacia el otro lado de la tienda, donde estaba el señor Larkin.

—El secreto es hacerles ver que la otra opción es todavía peor —dijo ella—. El señor Larkin va muy despacio, pero la señora Larkin es horrible.

Se escuchó un fuerte alarido y Oliver apareció corriendo y se abalanzó sobre Eloise, algo que dejó a Phillip un poco triste. Quería que sus hijos acudieran a él.

—¡Me ha clavado una aguja! —exclamó Oliver.

—¿Te has movido? —preguntó Eloise, sin inmutarse.

—¡No!

—¿Ni un poquito?

—Bueno, pero solo un poco.

—Está bien —dijo Eloise—. Pues la próxima vez no te muevas. Te aseguro que el señor Larkin hace muy bien su trabajo. Si no te mueves, no te pinchará. Es así de sencillo.

Oliver lo digirió y se giró hacia Phillip, implorándolo con la mirada. Era agradable que su hijo lo viera como un aliado, pero no tenía ninguna intención de contradecir a Eloise y desautorizarla. Y mucho menos cuando estaba totalmente de acuerdo con ella.

Sin embargo, entonces Oliver lo sorprendió. No suplicó que lo alejaran del señor Larkin, ni dijo nada ofensivo de Eloise, algo que Phillip estaba convencido que habría hecho semanas atrás; en realidad, lo habría hecho con cualquier adulto que contradijera sus deseos.

En lugar de eso, lo miró y le preguntó:

—¿Puedes venir conmigo, papá, por favor?

Phillip abrió la boca para responder pero entonces, inexplicablemente, tuvo que detenerse. Se le empezaron a humedecer los ojos y se dio cuenta de que estaba muy emocionado.

No era solo por aquel momento, por el hecho de que su hijo reclamara su presencia para acompañarlo a través de un ritual masculino. Oliver ya le había pedido que lo acompañara en otras ocasiones.

Sin embargo, esta vez era la primera que Phillip fue capaz de decir «sí», y estaba seguro de que haría y diría lo correcto.

Y, si no lo hacía, no importaba. Phillip no era como su padre; nunca sería... nunca podría ser como él. No podía permitirse ser un cobarde y dejar que otros criaran a sus hijos solo porque él tuviera miedo de cometer un error.

Cometería errores. Era inevitable. Pero no serían garrafales y, con Eloise a su lado, sabía que podía hacer cualquier cosa.

Incluso cuidar de los gemelos.

Apoyó la mano en el hombro de Oliver.

—Me encantaría acompañarte, hijo —se aclaró la garganta porque, en la última palabra, se le había roto la voz. Luego se agachó y le susurró al oído—. Lo último que queremos son mujeres en la sección de hombres.

Oliver asintió, muy decidido.

Phillip se incorporó y se preparó para seguir a su hijo hacia donde estaba el señor Larkin, pero entonces escuchó cómo Eloise se aclaraba la garganta, detrás de él. Se giró y ella estaba señalando con la mano hacia el final de la tienda.

Amanda.

Parecía muy mayor con aquel vestido de color lavanda, dejando entrever la espléndida mujer que un día sería.

Por segunda vez en pocos minutos, a Phillip se le volvieron a humedecer los ojos.

Eso es lo que se había estado perdiendo. Entre miedos y dudas, se había perdido todo aquello.

Sus hijos habían crecido sin él.

Phillip dio unos golpecitos a su hijo en el hombro, diciéndole que iba enseguida y cruzó la tienda para ir hacia su hija. Sin decir nada, le cogió la mano y se la besó.

—Señorita Amanda Crane —dijo, con el corazón en la voz, en los ojos y en la sonrisa—, eres la niña más bonita que he visto en mi vida.

Amanda abrió los ojos y la boca, encantada.

—¿Y qué me dices de la señorita... de mamá?

Phillip miró a su mujer, que también tenía los ojos humedecidos, se giró hacia Amanda, se agachó frente a ella y, en voz baja, le dijo:

—Hagamos un trato. Tú puedes creer que tu madre es la mujer más bonita del mundo, pero yo pienso que eres tú.

Y, aquella misma noche, después de acostar a sus hijos y darles un beso en la frente, cuando estaba a punto de cerrar la puerta, Amanda dijo:

—¿Papá?

Phillip se giró.

—¿Amanda?

—Hoy ha sido el mejor día de mi vida —susurró.

—Y de la mía —dijo Oliver.

Phillip asintió.

—De la mía, también —dijo, con suavidad—. De la mía, también.

Todo empezó con una nota.

Más tarde, mientras Eloise acababa de cenar y le retiraban el plato, vio que había una nota debajo, doblada dos veces.

Su marido se había excusado y le había dicho que iba a buscar un libro donde salía un poema del que habían estado hablando durante el postre, así que, sin nadie que la viera, ni siquiera el lacayo, que estaba llevando los platos a la cocina, Eloise desdobló la nota.

Las palabras nunca se me han dado demasiado bien.

Era la inconfundible letra de Phillip y luego, en una esquina, decía:

Ve a tu despacho.

Intrigada, Eloise se levantó y salió del comedor. Un minuto después, entró en su despacho.

Y allí, encima de la mesa, había otra nota.

Pero todo empezó con una nota, ¿verdad?

Siguió las instrucciones, que la llevaron al salón. Tuvo que hacer un gran esfuerzo por caminar porque lo que de verdad le apetecía era correr.

Encima de un cojín rojo, que estaba justo en el medio del sofá, vio otra nota, doblada dos veces.

Así que si empezó con palabras, debería continuar con ellas.

Esta vez las instrucciones la condujeron hasta el vestíbulo.

Sin embargo, no tengo palabras para darte las gracias por todo lo que has hecho por mí, de manera que utilizaré las únicas que sé y de la única manera que conozco.

En una esquina, le pedía que subiera a su habitación.

Eloise subió las escaleras, lentamente con el corazón acelerado. Era la última nota, lo sabía. Phillip la estaría esperando, la cogería de la mano y la guiaría hacia su futuro juntos.

De hecho, todo había empezado con una nota. Algo tan inocente, tan inocuo que, al final, se había convertido en eso, en un amor tan grande y poderoso que apenas podía controlarlo.

Llegó al rellano y, muy despacio, se acercó a su habitación. Estaba entreabierta y, con una mano temblorosa, la abrió y...

Y gritó.

Porque la cama estaba cubierta de flores. Cientos y cientos de flores, algunas incluso de la colección especial del invernadero de Phillip. Y allí, escrito con pétalos rojos sobre un fondo de pétalos blancos y rosas:

TE QUIERO.

—Las palabras no son suficiente —dijo Phillip, que hasta ahora había estado escondido en la penumbra, detrás de ella.

Eloise se giró, con los ojos llenos de lágrimas.

—¿Cuándo has hecho todo esto?

Él sonrió.

—Me permitirás que me lo guarde como un secreto.

—Yo... Yo...

Phillip la tomó de la mano y la atrajo hacia él.

—¿Sin palabras? —susurró—. ¿Tú? Todo esto se me debe de dar mejor de lo que pensaba.

—Te quiero —dijo ella, con la voz ahogada—. Te quiero mucho.

Phillip la abrazó y, cuando Eloise apoyó la mejilla en su pecho, él apoyó la barbilla en su cabeza.

—Esta noche —dijo—, los niños me han dicho que había sido el mejor día de su vida. Y me he dado cuenta de que tenían razón.

Eloise asintió, muy emocionada.

—Sin embargo —continuó Phillip—, después he visto que no es verdad.

Ella lo miró, extrañada.

—No podría escoger un día —confesó—. Contigo, Eloise, escogería cualquiera. Cualquiera.

Le tocó la barbilla y se acercó a ella.

—Cualquier semana —susurró—. Cualquier mes. Cualquier hora.

La besó, con ternura aunque con todo el amor de su ser.

—Cualquier momento —dijo—, siempre que esté contigo.

Epílogo

«Hay tantas cosas que espero enseñarte, pequeña. Y espero hacerlo predicando con el ejemplo, pero también siento la necesidad de ponerlo por escrito. Es una manía mía, una que espero que descubras y te parezca graciosa cuando leas esta carta.

Sé fuerte.

Sé aplicada.

Sé concienzuda. Y eso nunca se consigue escogiendo el camino fácil. (Excepto, claro, cuando el camino ya sea fácil de por sí. A veces, sucede. En tal caso, no te busques uno nuevo más complicado. Solo los mártires van a buscar los problemas de manera deliberada.)

Quiere a tus hermanos. Ya tienes dos y, si Dios quiere, vendrán más. Quiérelos mucho, porque llevan tu sangre y cuando dudes o tengas problemas, ellos serán los que estarán a tu lado.

Ríete. Ríete mucho y con ganas. Y, cuando las circunstancias pidan silencio, convierte la risa en sonrisa.

No te conformes. Descubre lo que quieres y persíguelo. Y si no sabes lo que quieres, ten paciencia. Todas las respuestas llegarán a su debido tiempo y verás que tus deseos han estado frente a ti todo el tiempo.

Y recuerda, recuerda siempre que tienes un padre y una madre que se quieren y que te quieren.

Ahora mismo estás un poco nerviosa. Tu padre está haciendo unos ruidos muy extraños y si no voy a la cama enseguida se va a enfadar.

Bienvenida al mundo, pequeña. Estamos todos encantados de conocerte.»

Eloise Bridgerton, Lady Crane, a su hija Penelope, recién nacida.

¿TE GUSTÓ
ESTE LIBRO?

**escríbenos y
cuéntanos tu opinión en**

/Sellotitania   **/@Titania_ed**

/titania.ed

#SíSoyRomántica

Ecosistema digital

Floqq
Complementa tu lectura con un curso o webinar y sigue aprendiendo.
Floqq.com

Amabook
Accede a la compra de todas nuestras novedades en diferentes formatos: papel, digital, audiolibro y/o suscripción.
www.amabook.com

Redes sociales
Sigue toda nuestra actividad. Facebook, Twitter, YouTube, Instagram.